고전시가의 작품세계와 형상화

고전시가의 작품세계와 형상화

이승남 저

도서출판 역락

서 문

이 책은 고전시가의 작품론으로 엮은 것이지만 향가와 가사만을 대상으로 한 것이다. 가사문학을 전공하면서도 향가는 필자의 학문적 관심에서 그리 멀리 있지 않았기에 가사와 향가를 대상으로 한 작품론들이 함께 꾸려졌다. 향가는 삼국유사 소재의 작품을 중심으로 서사적 문맥과의 연관 하에 시적 정서와 의미에 초점을 맞추되 될 수 있는 한 작품의 배경이 되는 역사적 영역으로의 외연적 확대는 피했다. 가사는 주로 필자가 학위논문에서 지향했던 사대부가사에 관한 총괄적 관심을 보다 예각화하여 작품별로 완결된 문학적 성취의 국면에 주목한 글들이다. 그간의 연구 성과물 중 보다 미시적이고 심미적인 분석의 관점에서 살핀 글들을 중심으로 엮은 이 책은 필자의 학문 여정에 대한 중간 점검의 의미를 지니는 셈이다. 약간의 가필을 했지만 각 편의 글들이 엮어진 시차만큼이나 작품을 바라보는 시선에는 성긴 틈새들이 보인다. 모자라는 학문을 세상에 드러내는 두려움이 앞선다. 워낙 많은 연구자들의 관심이 집중되었던 작품들을 대상으로 새로운 시각에 의한 작품 해석에 욕심부렸던 아둔한 고집이 새삼스러운 후회로 다가오지만, 나름대로의 소박한 계획으로 이루어져 온 것이기에 어떠한 질책도 감수할 수밖에 없으리라.

　책을 펴냄에 있어서 학문의 길에서 언제나 아낌없는 도움을 주신 은사님과 선배님들, 그리고 동학 여러분들께 깊이 감사드리며, 이 책이 자주 찾아뵙지 못하는 먼 고향의 연로하신 부모님께 작은 위안이 되었으면 한다. 곁에서 묵묵히 인내해 준 식구들에게 고맙다는 말도 전해야겠다. 어려운 시기에도 넉넉한 웃음으로 이 책을 출간해 주신 도서출판 亦樂의 이대현 사장님 그리고 편집과 교정의 수고로움을 맡아주신 박윤정님께도 진심으로 감사드린다.

2003년 11월
이 승 남 삼가 씀

차 례

〈彗星歌〉의 배경적 의미와 문학적 형상화

1. 서 론 — 11
2. <혜성가>의 주술성과 수사법 — 13
3. 서사문맥의 분석 — 20
4. 혜성가의 표현과 의미구조 — 35

〈願往生歌〉의 시적 자아와 작자 문제

1. 머리말 — 43
2. 달을 향한 시적 자아의 정서적 위상 — 46
3. 결구 어석의 검토와 그 해석 — 52
4. '此身遺也置遣(이 몸 남겨 두고)'와 작자 문제 — 55
5. 맺음말 — 63

〈遇賊歌〉의 서사적 문맥과 문학적 감동

1. 기존 연구의 검토와 문제의 제기 — 67
2. 避隱篇의 서사와 <遇賊歌> — 73

차 례

3. <우적가>의 문학적 감동 ──────────────── 84

4. 맺는말 ──────────────────────── 91

〈處容假〉의 시적 정서와 서사물의 구조

1. 서 론 ──────────────────────── 95

2. 가요의 시적 정서와 그 의미 ───────────── 97

3. 가요의 시적 정서와 전체 서사 문맥 ────────── 106

4. 가요의 시적 정서와 처용 문신전승의 문맥 ─────── 118

5. 결 론 ──────────────────────── 127

〈恒順衆生歌〉에 나타난 노래하기의 문학적 지향

1. 머리말 ─────────────────────── 129

2. 어석적 검토 ──────────────────── 132

3. 노래하기의 문학적 지향 ──────────────── 138

4. 맺음말 ─────────────────────── 150

차 례

〈賞春曲〉과 〈俛仰亭歌〉의 자연흥취와 갈등표출
－ 강호가사의 문학교육적 접근

1. 머리말 ———————————————————————————— 153

2. 『문학』 교과서의 <상춘곡>과 <면앙정가> 수록 현황 검토 ——— 155

3. 갈등구조와 자연흥취 ——————————————————————— 157

4. 심미적 작품 읽기를 위한 <상춘곡>과 <면앙정가>의 對比 ——— 161

5. 맺음말 ———————————————————————————————— 179

〈關東別曲〉의 심미적 체험
－ 문학교육을 위한 작품의 이해와 감상

1. 문학교육의 지향점과 사대부가사의 이해 방식 ————————— 183

2. <관동별곡>의 심미적 체험을 위하여 ————————————— 186

3. 작품구조와 전개양상 ——————————————————————— 190

4. 맺음말 ———————————————————————————————— 204

차　례

〈星山別曲〉의 갈등표출 양상

1. 머리말 —————————————————————————— 207

2. 강호가사의 서정구조 ————————————————— 211

3. <성산별곡>의 갈등표출 양상 ————————————— 216

4. 맺음말 ————————————————————————— 232

〈回心歌〉와 〈回心曲〉의 작품전개 방식

1. 머리말 —————————————————————————— 235

2. 내용 전개구조의 대비 ———————————————— 237

3. 진술방식의 대비 —————————————————— 249

4. 맺음말 ————————————————————————— 257

■ 찾아보기 / 261

〈彗星歌〉의 배경적 의미와 문학적 형상화

1. 서 론

이 글은 〈혜성가〉 창작의 배경적 의미를 살피고, 이를 바탕으로 문학적 형상화로서 작품의 표현과 의미구조를 살피는 것을 목적으로 한다.

〈혜성가〉 연구에 있어서는 기본적으로 다음과 같은 자료상의 난점이 존재한다. 첫째는 〈혜성가〉의 향찰표기 중 가요의 의미와 성격을 규명하는 관건이 되는 중요한 몇몇 부분에 있어서 어석적 난제가 놓여 있다는 점이고, 둘째는 〈혜성가〉의 창작과 가창의 상황을 알려주는 서사물이 극히 단편적이고 모호한 기술로 이루어져 있다는 점이다. 〈혜성가〉는 주술적, 제의적, 불교적, 화랑찬가적, 治理歌的인 것 등으로 다양하게 이해되었고, 이러한 연구들에서는 항상 향찰로 표기된 가요의 몇몇 부분에 대한 어석의 검토와 함께 창작 배경으로서 몇

가지 역사적 사실의 검증이 논의의 집점으로 다루어졌다.

　<혜성가>는『삼국유사』감통편「융천사혜성가진평왕대」조에 짧은 서사물과 함께 전한다. 이 조는 가요가 중심으로 서사물은 그 가요를 설명한 것이다.[1] 가요의 향찰 표기에 대한 어석상의 난제가 가로놓여 있는 <혜성가>의 문학적 진실에 대한 구명을 위해서는 서사물에 기술된 배경적 사실에 대한 천착이 그 중요한 실마리가 된다. 하지만 <혜성가>의 서사물은 극히 단편적인 기술로 그에 대한 구체적인 설명이 결여되어 있고 가요와 서사물 사이에도 전체 서사의 전개상 어긋남이 존재하는 까닭에,[2] 이를 제대로 재구하기에는 과도한 상상력이 요구된다. 그러므로 서사물에 언급된 단편적이고 모호한 역사적 사실에만 기대어 <혜성가>의 성격과 의미를 구명하는 것은 가요를 여전히 역사적 사실의 모호함 속에 방치하는 결과를 가져오게 된다.

　<혜성가>는 가요 자체 내에 그 배경적 사실과 관련된 서사적 요소가 압축되어 있는 가요이다.[3] 그러므로 <혜성가>의 창작과 가창의 배경적 사실에 대한 규명을 위해서는 가요와 또 가요를 설명하는 서사물을 동시에 바라보는 것이 필요하다. 즉, <혜성가>의 배경적 의

---

1) 신라가요와 그 기술물과의 관계를 보면, …… ①노래가 주이고 기술물은 그 노래를 위해 존재하는 것, ②기술물이 주이고 노래는 부수적인 것, ③노래와 기술물이 병립돼 있는 것, ④노래만 전하고 기술물은 전하지 않는 것 등 4가지의 유형이 있다. …… 첫째, 노래가 추이고 기술물은 그 노래를 위해서 존재하는 것에는 <안민가>, <맹아득안가>, <도솔가>, <혜성가>, <원가>, <제망매가>, <우적가>, <보현십원가>와 그 기술물이 있다. 임기중,『신라가요와 기술물의 연구』, 이우출판사, pp.251~252.
2) 서사물에는 혜성이 나타났다고 했는데 가요에는 혜성이 없다고 했다. 또 서사물에는 일본병의 내침 사실에 대한 언급이 없으나 일본병이 돌아갔다고 하고 가요에는 일본병의 내침을 부정하고 있다.
3) 임기중은 향가의 주사적 내면구조를 분석하여 주사에는 전반적으로 서사적 요소가 압축되어 들어 있다고 보았다. 임기중, 앞의 책, pp.323~324 참조.

미는 서사물뿐만 아니라 가요를 포함하여 「융천사혜성가진평왕대」조 전체를 관류하는 총체적 서사문맥4) 속에서 파악되어야 한다.

따라서 <혜성가>의 배경적 의미와 그 문학적 형상화의 양상을 탐구하고자 하는 이 글의 논의는 첫째, 가요의 주술적 성격을 언어적 진술 양상으로서의 문학적 수사법과 관련하여 살핌으로써 논의의 토대를 마련하고 둘째, 가요의 내용과 서사물의 이야기를 포괄하는 서사문맥의 분석을 통하여 <혜성가>에 대한 기존 논의에서 노출된 문제점을 검토함으로써 가요의 성격을 나름대로 규명한 다음 셋째, 이를 바탕으로 <혜성가>의 표현과 의미구조를 탐구하는 방식으로 전개될 것이다.

2. <혜성가>의 주술성과 수사법

사회적 산물로서 한 작품의 언어적 수사는 그러한 진술의 배경적 상황과 밀접한 관련을 지닐 수밖에 없다. 더욱이 <혜성가>는 앞서 언급했듯이 그 자체 내에 배경적 상황을 알려주는 서사적 요소가 압축되어 있는 가요이다. 그러므로 가요를 설명하는 서사물의 내용이 모호한 <혜성가>의 경우 그 문학적 진실에 보다 가까이 다가가기 위해서는 가요 자체의 언어적 진술에 주목할 필요가 있다. <혜성가>의 언어적 진술에 대한 이러한 관심은 가요에 얽힌 모호한 역사적 사실을 밝히는데 있어서 보다 구체적인 논의의 단초를 마련해 줄 수 있을

---

4) 이는 '서사물'이라는 용어와 구별해서 사용한 것으로, 서사물의 이야기와 가요의 내용을 포함한 「융천사혜성가진평왕대」조 전체의 서사문맥을 가리키는 것이다.

것이다.

대체로 <혜성가>는 주술적 가요로 이해된다. 이 주술적 성격과 의미가 가요의 언어적 수사를 통해 어떻게 드러나고 있는지를 살핌으로써 서사물의 단편성과 모호함에 기인한 <혜성가>의 배경적 상황에 대한 의문을 보다 적확하게 해명할 수 있는 실마리를 마련하는 한편, 이러한 의문으로 인해 다양하게 전개되어온 <혜성가>의 성격과 의미에 대한 논의를 보다 예각화할 수 있을 것이다. 우선 「융천사혜성가진평왕대」조의 기록을 인용하면 다음과 같다.

제5 거열랑, 제6 실처랑(혹은 돌처랑이라 함), 제7 보동랑 등 세 화랑의 무리가 금강산에 유람하려 했다. 그런데 혜성이 심대성을 범하는 일이 생기자 낭도들은 의아하게 생각하고 가지 않으려 했다. 그 때 융천사가 노래를 지어 부르자 혜성의 변괴가 없어지고 일본병도 돌아가 도리어 복이 되었다. 대왕이 기뻐하여 낭도들을 금강산에 보내어 유람하게 했다. 노래는 이러하다.

옛날 동해 물가
건달바가 놀던 성을 바라보고
"왜군도 왔다!"고 봉화를 든 변방이 있구나!
세 화랑의 산구경 오심을 듣고
달도 부지런히 등불을 켜는데
길 쓸 별을 바라보고
"혜성이여!" 사뢴 사람이 있구나!
아, 달은 저 아래로 떠나가 버렸더라
이 보아 무슨 혜성이 있을꼬[5]

---

5) 第五居烈郎 第六實處郎(一作突處郎) 第七寶同郎等　三花之徒　欲遊楓岳　有彗星犯心大星　郎徒疑之　欲罷其行　時天師作歌歌之　星怪卽滅　日本兵還國　反成福慶　大王歡喜　遣郎遊岳焉　歌曰. 가요부분의 해석은 임기중, 『우리의 옛노래』, 현암사, 1993,

극히 짤막한 서사물과 함께 전하는 <혜성가>의 문학적 수사에 대해서는 일찍이 '교묘한 메타포어와 경쾌한 유우머' 그리고 '완곡법(Euphemism, 迂言)' 등으로 언급된 바 있다. 이 중 먼저 '완곡법'에 대해 살펴보자.

① <혜성가> 역시 주술성을 지닌 시가다. 삼국유사 融天師 혜성가 조에 의하면 …… 융천사가 이 노래를 지어 불렀더니 별이 즉시 없어지고 왜병도 돌아갔으므로 도리어 복이 되었다는 것이다. 이로 보면 흉조의 제압 조복을 목적으로 한 주사로 규정되었던 것이 틀림없다. 그런데 여기서의 어법은 명령법이 아니다. ⓐ오히려 비밀한 이름을 불러버리는 데서 그 주술성이 엿보인다. 「리드」(Herbert Read)의 말처럼 고대인은 사물이 공포의 대상일 때에는 직접적인 관련을 피하기 위해서 迂言의 형태를 취하려 했던 것으로 그것이 바로 금기어이다. 혜성과 왜병은 어떤 면에서 공포의 대상이고 염려스러운 세력이다. 이러한 대상의 직접적인 이름을 넌짓이나마 불러버리고 또 당대로서는 어떤 악음적인 리듬을 지니고 있었을 주문을 중얼거림으로써 이러한 언어의 주술력에 의해 왜병도 물러가고 혜성도 사라지는 것이라고 믿었던 것 같다. 흉조와 금기를 벗겨버리려는 역동적인 의지의 흔적은 이런 이름을 부르면서도 왜병은 신기루로, 혜성은 길 쓸어줄 별로 환원시켜버림으로써 하나의 정상적인 결과를 기대하는 것이다. ⓑ결과의 조짐을 미리 전제하고 있다는 점에서 그 주술성이 있다고 하겠다.[6]

② <혜성가>도 역시 앞에서 언명한 바처럼 완곡법(Euphemism)의 속성을 지니고 있다. 두려운 대상으로서의 왜군과 혜성을 실질적으로 문맥의 표면에 떠올리고 있기는 하면서도, 그것

---

p.26 참조.

6) 이재선, 『향가의 이해』, 삼성미술문화재단, 1979, p.64.

을 乾達婆의 놀은 성(신기루)이라 일컫고 있는 요소가 바로 그러한 것이다.[7]

위에서 <혜성가>의 주술성은 ⓐ와 같이 혜성과 왜군이라는 '비밀한 이름을 불러버리는 데서' 발견되며, 혜성과 왜병이라는 공포의 대상이자 염려스러운 세력을 각각 길 쓸어줄 별과 신기루로 부르는 어법을 迂言이라고 규정했다. 그런데 <혜성가>의 수사법은 위에서 언급된 것처럼 주술성을 지닌 가요에서 일반적으로 나타나는 명령법이 아니다.[8] 이 주술적 수사법은 서사물의 이야기와 관련하여 이해된 것이다. <혜성가>는 예고적인 주사 곧 목적하는 바를 선험적으로 달성해버리는 선험적인 주사라고 할 수 있으며, 여기에는 노래의 힘으로서 노래의 내용을 기정 사실화시켜 버리려는 의도가 담겨 있다.[9] 그러므로 ⓐ의 '비밀한 이름을 불러버리는', 그리고 ⓑ의 '결과의 조짐을 미리 전제한' 주술적 어법으로서의 완곡법과 우언이라는 수사법은, 가요 자체의 언어적 진술만이 아니라 혜성의 출현으로 빚어질 지도 모르는 변괴의 소멸을 선험적으로 달성한 <혜성가>의 성격과 관련했을 때 보다 적확한 이해가 가능해진다.

②의 완곡법에 대해서는 보다 조심스러운 이해가 필요하다. 가요에서 일본병을 신기루라고 한 것을 두고 비밀한 이름을 불러버리는 주술적 어법으로 보는 것은 문제가 있다. 왜냐하면 혜성과 일본병은 모두 공포의 대상일 수는 있지만 혜성의 출현과 일본병의 내침이 갖는 공포의 성격은 각각 다른 것일 터이기 때문이다. 즉, 혜성은 그 출현이 예고하는

---

7) 위의 책, p.96.
8) 주술적 가요는 <呼稱 → 命令 → 威嚇>의 어법으로 된 것이 근간을 이룬다. 임기중, 앞의 책, p.322 참조.
9) 위의 책, p.320.

현실적 재난의 정체가 아직 드러나지 않은 비밀스러운 공포의 대상일 수 있지만, 일본병은 그 출현 자체가 곧 현실적 재난으로 정체가 이미 드러나 있는 까닭에 비밀스러운 공포의 대상이 아니라 오히려 공개적인 공포의 대상일 수밖에 없다. 그러므로 <혜성가>의 수사법으로서 우언 혹은 완곡법을, 공포의 이름을 비밀스럽게 불러버린다는 주술성을 지닌 것으로 규정할 때, 이 비밀스러운 공포는 이미 공개된 현실적 재난 그 자체인 일본병의 출현에 대해서가 아니라 아직 구체화되지 않은 현실적 재난의 예고인 혜성의 출현에 대해서만 해당되는 것이다.

　그리고 보면 가요에서 일본병을 신기루라고 한 것은 '일본병 → 신기루임'이 아니라, '일본병 → 신기루였던 사실이 있음'을 말하고자 한 것이 된다. 이 부분만의 개별적인 문맥으로 본다면 하나의 사실을 공개적으로 말하고 있을 뿐 대상을 우회적으로 표현한 것이 아니므로 엄격한 의미에서 우언이나 완곡법이 아니다. <혜성가> 자체의 수사법을 주술성을 지닌 우언, 혹은 완곡법으로 인식하는 것은 혜성을 길쓸별로 불러버리는 것을 두고 가능한 것이지 일본병을 신기루로 부르는 것과는 거리가 먼 것으로 보인다.

　그런데 일본병을 신기루라고 한 것이 그 자체의 어법상으로는 그 비밀스러운 주술성을 지니고 있지 않지만, 가요에서 이 '일본병이 신기루였다는 사실'을 혜성 출현을 부정하는 수단으로 이용하고 있다고 본다면, 비밀스러운 공포의 대상인 혜성의 존재를 길쓸별로 말하기 위해 일본병을 신기루라고 완곡하게 말한 것이 된다.[10] 즉, 일본병을 신기루라고 말한 것이 주술적인 완곡법의 의미를 지닐 수 있는 것은 그 부분적이고 개별적 문맥이 아닌 다른 문맥과의 관계를 통해서이다.

　또 공포의 대상인 혜성을 길쓸별이라고 한 완곡법도 가요 전체의

---

10) 이에 관해서는 '4. 혜성가의 표현과 의미구조'에서 구체적으로 다루겠다.

어법으로 볼 때 비밀스럽게 불려진 것이라고는 할 수 없다. 오히려 혜성이라는 단어는 그 존재의 비밀스러움에도 불구하고 화자의 단호한 어조 속에서 등장하여 그 존재가 부정된다. 이어지는 '이보아 무슨 혜성이 있을까'라는 문맥이 그것이다. 이것은 비밀스러운 이름을 비밀스럽게 불러버리는 것이 아니라 단호하게 드러내어 불러버리는 것이다. 여기에서 주술성의 의미는 비밀스러운 이름을 단호하게 드러내어 불러버린 그 '비밀스러운 의도'에서 찾아야 할 것이다. 결국 <혜성가>는 혜성 출현으로 인한 변괴를 미리 예방했다는, 가요와 서사물을 관류하는 총체적 서사문맥 속에서 그 주술적 의미를 획득하게 되는 것으로 파악된다.

다음으로 혜성가의 수사법을 '교묘한 메타포어와 경쾌한 유우머'로 인식한 견해를 보자.

① 사뇌가를 신성시·주술시하는 전통적 유풍을 단적으로 보이는 好例인 동시에, 그 詼諧的인 歌風과 巧緻한 직유법 등 사뇌가 중에서 가장 우수한 예술적 기교를 보인는 명작이다.11)

② 羅歌 十四首 전부가 個個의 특질로 보아 어느 것이나 뜻깊은 秀作 아님이 아니나, 순연한 문학적 眼目으로 보아, 모르긴 몰라도, 그 約半數는 참으로 뛰어난 驚異로운 작품들이다. 이를테면 年代順으로—저 融天師「彗星歌」의 교묘한 메타포어와 경쾌한 유우머……12)

①에서 <혜성가>를 '사뇌가를 신성시·주술시하는 전통적 유풍을 단적으로 보이는 好例'라고 하여 주가적 성격으로 파악한 것은, 서사

---

11) 양주동, 『增訂 고가연구』, 일조각, 1990, p.561.
12) 위의 책, p.883.

물에 언급된 <혜성가>가 지닌 신비로운 효험 즉, '노래를 지어 부르니 星怪가 없어져 일본병이 환국하고 도리어 복이 되었다'13)는 서사물의 이야기와 관련하여 이해한 것으로 보인다.

①의 '諧謔的인 歌風'은 가요 전체를 통하여 풍기는 분위기를 말하는 것이다. 또 ①의 '巧緻한 직유법'과 ②의 '교묘한 메타포어'의 '교치함'과 '교묘함'이라는 언급도 가요의 문면에서 혜성을 길쓸별로 혹은 일본병을 신기루로 부른 것만을 가리키는 것으로 볼 수 없음은 물론이다. ②의 '경쾌한 유우머'도 가요 문면의 특정 부분을 지적하여 설명한 것은 아닌 듯이 보인다. 그렇다면 <혜성가>는 그 어법과 수사에 있어서 교묘함, 교치함, 경쾌함, 해학적임을, 가요의 부분적인 문맥 내부에서가 아니라 총체적 서사문맥 속에서 그 부분적이고 개별적인 문맥들 사이의 관계를 통해서 비로소 획득하고 있다고 할 수 있다.

요컨대 <혜성가>의 주술적 수사법은 가요 자체의 언어적 진술만이 아니라 혜성 출현의 변괴를 가요를 통해 해결한 가요와 서사물을 관류하는 총체적 서사문맥 속에서 발견되는 것으로, 가요의 개별적이고 부분적인 문맥 단위가 아닌, 이들 사이의 관계를 통한 가요 전체의 의미구조 속에서 이루어지는 것으로 인식해야 할 것이다.14)

---

13) 天師作歌歌之 星怪卽滅 日本兵還國 反成福慶

14) <혜성가>의 언어적 수사에 대하여 '점층적 설득의 표현과 구조'(양희철, 『삼국유사 향가연구』, 태학사, 1997.)와 '은유와 대구를 통한 의미화 과정'(고혜경, 혜성가의 시가적 성격, 『이화어문논집』 11집, 이화여대, 1990.) 등 서사적 의미의 전개를 바탕으로 이해한 논의가 있다.

3. 서사문맥의 분석

앞서 언급했듯이 「융천사혜성가진평왕대」조의 서사물은 가요를 설명하는 것이고, 이 경우는 가요가 서사물의 중요한 화소로서 가요가 없이는 서사물의 전승이 거의 불가능하다.[15] 이 조의 가요와 서사물은 세 가지의 의미소를 공유한다. 혜성과 일본병과 화랑이 그것이다. 이들은 가요의 문면에 등장하여 이들을 중심으로 각각 내용이 분단되며,[16] 서사물에도 마찬가지로 이 세 요소가 등장한다. 그렇다면 앞서 살폈던 가요의 교묘하고, 巧緻하고, 경쾌하고, 해학적인 주술적 수사법은 이 세 요소들을 중심으로 분단된 부분적이고 개별적인 문맥들 사이의 관계를 통해서 이루어지는 것이라고 볼 수 있다.

가요의 주술적 수사법이 혜성, 일본병, 화랑을 중심으로 하는 개별 문맥들 간의 관계를 통해서 이루어지면서 가요의 의미를 생성하고 있다고 본다면, 가요를 설명한 서사물의 모호한 행간도 혜성, 일본병, 화랑이라는 세 요소들 사이의 관계 하에서 주목할 필요가 있다. 아울러 서사물상의 이 세 요소들 사이의 관계 속에서 가요가 지닌 메타포어의 '교묘함 혹은 巧緻함', 유우머의 '경쾌함' 혹은 '詼謔的임'이라는 어법과 수사의 분위기와 원리를 함께 생각한다면, 단편적이고 모호한 서사물의 의미를 보다 적확하게 짚어낼 수도 있을 것이다. <혜성가>의 어법과 수사에 관한 이와 같은 이해의 관점을 바탕으로 「융천사혜성가진평왕대」조의 총체적 서사문맥을 분석하기로 한다.

---

15) 임기중, 앞의 책, pp.251~252.
16) 가요의 내용 분단은 4장에서 구체적으로 다루겠다.

「융천사혜성가진평왕대」조는 가요의 배경적 정황에 대한 설명에 있어서 서사물과 가요의 사이에 괴리가 있다. 서사물에는 혜성의 출현과 소멸, 일본병 회귀 등의 사실을 언급하고 있는데 비해 가요에는 혜성의 존재와 일본병의 내침이 부정되어 있다.[17] 또 서사물에서는 세 화랑이 혜성의 출현을 의아하게 생각하고 금강산 유람을 중지하려 하다가 혜성가를 부르자 혜성의 변괴가 없어지고 일본병도 돌아간 후에 유람을 하게 되었다고 했는데, 혜성의 변괴가 없어지고 일본병이 돌아가기 전에 불리어진 가요에서는 세 화랑의 산구경 오심을 말하며 화랑에 대한 찬미의 진술을 하고 있다.[18] 이처럼 서사물과 가요는 혜성, 일본병, 화랑이라는 세 가지 중심 의미소와 관련해서 진술상의 오차를 드러내고 있다.

그런데 이 조의 내용상의 핵심은 <혜성가>가 지닌 가요의 효험 곧 왕권과 왕실을 수호하기 위해 동원된 노래의 효험에 있다.[19] 그러므로 서사물과 가요 사이에 놓인 이러한 정황적 괴리는 가요가 지닌 효험과 그 효험의 문학적 형상화라는 틀 속에서 그 양상을 추적할 필요가 있다. 즉, 혜성, 일본병, 화랑이라는 세 중심 의미소들의 관계를 통해서 이루어지는 <혜성가>의 서사문맥을 가요의 효험을 중심으로 바라볼 필요가 있다.

---

17) 이와 같은 해석은 앞의 논지를 따라 양주동의 어석을 따른 것이다.
18) 서사물에서 화랑이 산행을 하게 된 것은 <혜성가>의 창작과 가창이 끝난 후의 일로서 <혜성가>의 창작·가창 시점은 화랑이 산행을 중지하려 한 때이다.
19) 임기중, 앞의 책, p.254.

1) 혜성과 일본병

「융천사혜성가진평왕대」조의 <혜성가> 창작·가창과 관련된 역사적 사실에 대한 기존의 논의들에서 가장 중요한 쟁점은 크게 보아 혜성 출현과 일본병 내침에 대한 검증의 문제로 집약된다.

혜성의 출현은 이 조의 서사물이나 가요의 핵심적인 모티프이자 이둘을 맺어주고 있는 연결고리이다. 서사물과 가요를 총체적으로 바라보면 혜성의 출현과 소멸은 이 조 전체 서사의 처음과 끝을 장식하는 가장 중요한 화소가 된다. 여기에서 주목하고자 하는 것은 혜성의 출현이 일본병의 침입을 의미하는가의 문제이다. 이는 곧 혜성의 卽滅이 일본병의 환국을 의미하는가의 문제로 이어지게 되어 <혜성가>의 해석에 가장 중요한 실마리가 된다.

일본병의 내침에 대해서는 그 역사적 시기나 정황에 대한 논란이 분분하다. 일본병 '來侵'은 서사물에서 혜성가의 창작 및 가창과 직접적으로 관련하여 언급되지 않는 내용으로 가요에서도 이를 부정하고 있으며[20], 단지 일본병 '還國'에 대한 내용이 서사물상에서 혜성의 소멸을 이야기하는 부분에 덧붙여져 나올 뿐이다.

경우에 따라서는 서사물에서 일본병이 돌아갔다고 한 점에서 일본병의 내침이 이미 있었다고 할 수도 있다.[21] 기존 연구에서도 일본병의 내침에 대해서 『삼국유사』나 『삼국사기』, 『일본서기』 등의 기록을

---

20) 舊理東尸汀叱/乾達婆矣遊烏隱城叱肹良望良古/倭理叱軍置來叱多/烽燒邪隱邊也藪耶
　　이 부분의 어석은 양주동의 '예전 동해물가/건달바의 논 성(신기루)을랑 바라보고/왜군도 왔다/봉화를 든 변방이 있어라'를 따른다.
21) 윤영옥은 혜성의 출현을 일본병 내침의 징조로 보는 한편, 이 일본병을 이미한 차례 침입해 왔다가 격퇴를 당하여 돌아가지 못했던 패잔병으로 추측하기도 했다. 윤영옥, 혜성가의 고찰, 『영남어문학』 4, 1977, p.21 참조.

통해 역사적으로 검증하고 있기는 하다.[22] 그러나 역사적으로 많은 일본병 내침의 사실이 기록되어 있다 하더라도, 이것이 곧 <혜성가>의 창작의 원인이 되는 직접적인 단서라고 할 수는 없다.[23] 일본병의 내침은 그 당대와 시간적으로 아주 가까운 시기에 있었던 역사적 사실일 수 있을지는 모르나, 현실적으로 또 직접적으로 <혜성가>의 창작과는 관련이 되었다고 보기는 어렵다. 그러므로 이는 다만 당대 사람들에게 널리 인식되었던 과거의 객관적인 사실로서 그 의미의 영역이 제한되어야 할 것이다. 결국 일본병의 환국이라는 서사는 그 역사적 사실의 진위 여부를 떠나 가요의 효험을 설명하는 하나의 증거라는 점에 주목할 필요가 있다.

그런데 가요에는 일본병의 존재를 '신기루'로 돌려버림으로써 이를 간단하게 부정한다. 그리고 세 화랑에 대한 찬미를 거쳐 혜성에 대한 부정으로 이어진다. 그러므로 가요의 일본병에 대한 진술은 결국 혜성에 대한 부정을 하기 위해 늘어놓는 예비적 진술로 보인다. 혜성의 출현이 그 어떠한 현실적 불행이나 재난을 예고하는 것이 아님을 증명하기 위해 가요는 일차적으로 일본병의 내침이 사실이 아닌 적이 있었다고 하는 것이다. 당대인의 뇌리에 이미 각인된, 빈번했던 일본병의 내침 사실을 가요에서 이용한 것이다. 여기에서 일본병의 내침에 대한 부정은 혜성의 출현에 대한 부정을 더욱 강화하기 위한 보조적 언술의 구실을 하고 있다. 당대인에게 현실적으로 빈번했고 기정 사실화된 역사적 사건을 이용하여 그것을 부정함으로써, 현재의 그와

---

22) 김승찬, 『향가문학론』, 새문사, 1986, pp.199~200..
23) 혜성의 출현을 일본병의 내침 징조로 볼 때, 혜성(일본병)의 존재는 있을 수 없다는 노래를 지어 불렀는데도 일본병이 침입했다면 <혜성가>의 효험은 없었던 셈이 된다. 최시한, 향가 해석의 한 국면, 김열규편, 『삼국유사와 한국문학』, 학연사, 1985, pp.130~131 참조.

비슷한 성격의 또 하나의 사실을 부정하는 데 있어서 진술의 신빙성을 얻고자 한 것이라고 할 수 있다. 신기루를 일본병으로 착각한 사실이 옛날에도 있었다는 이 말은, 일본병의 내침을 부정함으로써 혜성의 출현에 대한 관심과 우려를 희석시키는 효험을 획득하기 위한 것이었다고 할 수 있다. 이것은 천체의 의심스러운 변괴를 오히려 유리한 것으로 전환시켜 해석함으로써 그 변괴를 해결한 방식이다.[24) 이러한 방식은 다음과 같이 정리된다.

천체의 변괴	변괴의 내용	변괴의 해결을 위한 작위	변괴의 해결
혜성 출현	언급되지 않음	보조적 작위: 일본병 내침 부정 주 작위: 혜성 출현 부정	혜성 소멸: 언급되지 않은 변괴의 해결

이러한 일련의 과정은 천체의 변괴가 인간 일에 대한 불길한 예고이기는 하나 그것을 유리한 쪽으로 해석하여 밝힘으로써 문제를 해결하고 있음을 보여준다. 여기에서 서사물의 '일본병도 돌아가 도리어 복이 되었다'는 진술에 주목할 필요가 있다. 이는 '전화위복'과 같은 의미인데[25) 서사물상에서는 이 '복'에 해당하는 일이 단순히 일본병의 환국 그것을 가리키는 것처럼 보인다.

그러나 위의 표에서 지적한 바와 같이 일본병 내침에 대한 부정이

---

24) 이와 유사한 방식이 삼국사기에도 산견되는데 권41 열전 김유신조의 毗曇과 廉宗의 반란을 진압하는 과정도 그 한 예라고 할 수 있다. 비담과 왕의 군사가 대치하여 열흘 동안 싸움이 계속되던 때, 월성에 큰 별이 떨어진 것을 보고 비담의 무리가 선덕여왕이 敗績할 징조라고 하여 기상이 충천한 것을, 김유신이 허수아비를 만들어 거기에 불을 안기어 종이연에 달아서 띄워버리고는 떨어졌던 별이 다시 하늘로 올라갔다고 소문을 내어, 적군으로 하여금 의심을 품게 하고, 군사를 독려하여 비담의 무리를 물리쳤다.

25) 임기중, 앞의 책, p.281.

혜성 출현을 부정하기 위한 보조적 작위임을 감안할 때, 서사물에서 '도리어 복이 되었다'는 '복'은 일본병이 돌아간 것에만 국한해서 생각할 것이 아니라, 그 의미가 보다 확장될 수 있는 여지를 지니고 있는 단어임을 알 수 있다. 일본병이 돌아간 것은 그 '복'의 부분적 의미만을 지닐 뿐, 오히려 혜성 출현이 예고했던 그 어떠한 불행한 일이 해결되어 이루어진 그 어떤 다른 구체적인 '복'의 의미에 부수적으로 동반된 것으로 해석된다.

가요의 '왜군도 왔다'라는 문맥의 '도'라는 조사로 미루어 볼 때도 '그 어떤 일'과 더불어 왜군이 왔다는 것을 상정할 수 있고, '그 어떤 일'이란 혜성의 출현이라고 보는 것이 합리적이다.[26] 따라서 그 복의 의미는 혜성의 즉멸로 인해 일본병이 돌아간 것과 같은 시기에 해결되었을 또 다른 현실적 사건에서 찾아진다. 왕이 기뻐하며, 혜성의 출현을 의아해 했던 세 화랑 무리의 산행을 허락했던 이유는, 일본병의 환국이 아닌 또 다른 현실적 사건(이것이 곧 혜성 출현이 예고한 그 현실적 변괴가 된다.)의 해결과 관련된 그 '복'의 주된 의미에서 찾을 수 있다는 말이다.[27] 그러나 그 현실적 사건에 대한 언급은 생략되어 있다.

이 '복'의 주된 의미는 곧 가요에서 일본병의 내침을 부정함으로써 노렸던 혜성 출현의 부정 의도가 궁극적으로 무엇이었던가라는 점과 관련된다. 「융천사혜성가진평왕대」조의 주된 사건은 일본병의 내침이 아니라 혜성의 출현이다. 주된 사건의 해결 곧 혜성의 소멸에 때맞추어 일본병도 돌아갔다. 결국 서사물상의 일본병의 환국은 가요의 창

---

26) 이도흠, 혜성가연구, 한양대 석사논문, 1984, p.38.

27) 서사물의 다음과 같이 끊어 읽어서 그 생략된 부분의 의미를 재구할 수도 있다. '星怪卽滅 日本兵還國 / 反成福慶 大王歡喜 遣郎遊岳焉.' '성괴가 즉멸하고 일본병도 환국했다. (이로써 어떤 모종의 일이) 도리어 복이 되었고 이 때문에 대왕이 기뻐하면서 낭도들을 풍악으로 보내었다.'

작과 가창으로 인한 필연적 결과가 아닌 우연적 결과이면서도, 가요로 인한 혜성 소멸의 효험을 보다 확실하게 인식시키는 구실을 하고 있다. 일본병의 내침과 회귀는, 혜성의 출현과 직접적으로 관련된 왕이나 세 화랑, 융천사 등의 의도와 그들에 의한 행위가 게재되지 않았던 또 다른 時空에서의 사건이었을 것이다. 이는 화를 복으로 전환시키기 위한 의도나 행위(혜성 출현의 부정)의 연장선상에서 그러한 의도나 행위의 성공을 더욱 확인시켜주는 우연적이고 보조적 사건일 뿐이며 혜성의 소멸과는 직접적 관련이 없는 것이다. 곧, 일본병의 돌아감은 <혜성가>의 효험(일본병의 내침이 아닌 또 다른 현실적 불행이나 재난을 해결하는)을 가져오는 데 있어서 부차적인 힘을 발휘하는 것이었다.

그러므로 일본병의 내침과 회귀를 혜성의 출현과 소멸로 곧바로 연결시키게 되면 이 조의 전체 문맥에 담겨진 의미를 추적하는데 있어서 무리가 따르게 된다. 일본병의 내침에 대한 부정은 <혜성가>를 통해서 혜성의 출현을 부정함으로써 혜성이 예고한 현실적 변괴를 용이하게 예방하기 위한 수단에 불과하다. <혜성가>는 그 옛날부터 지금까지 빈번하게 있었던 일본병의 침입도 사실이 아니었던 적이 있다고 하면서, 혜성이 출현이 실질적으로 예고한 또 다른 현실적 불행이나 재난을 비껴가고자 한 것이라 할 수 있다.

혜성이 출현하자 세 화랑의 무리가 의아하게 생각하여 산행을 중지하였고, 이 때 융천사가 <혜성가>를 불러 혜성의 변괴를 없앤다. <혜성가>에서 혜성의 변괴를 없애는 내용은 실은 혜성의 존재 자체를 부인하는 것이다. 서사물상의 일본병의 환국은 가요에서 혜성의 존재를 부인하는 진술상의 신빙성(가요의 효험)을 획득하게 하는 데 있어서 보조적인 구실을 하고 있다. 혜성이 사라지고 왕이 기뻐하며 화랑들의 산행을 허락한 것은 <혜성가>로 인한 효험이다. 가요에서 혜성이 없다고 한 것은 애초에 현실적으로 아무런 변괴가 없었다는 것이고, 이를 증명이라도 하듯이 일본병조차 돌아가 버렸다. 그리하여 왕은 불안을 씻고 기뻐하며 화랑이 산행을 할 수 있도록 보내주었던 것이다.

2) 화랑과 일본병, 화랑과 혜성

〈혜성가〉의 성격을 화랑에 대한 찬가적 요소에 주목하면, 治理歌이거나 花郎讚慕歌의 요소도 내재해 있는 것,[28] 화랑의 이상주의를 반영하는 것[29] 등으로 이해할 수 있다. 〈혜성가〉에는 화랑에 대한 찬미가 나타나 있고 이것이 가요의 성격을 결정하는 중요한 모티프 중의 하나로 자리하고 있는 것은 부인할 수 없는 사실이다. 제5, 6행의 "세 화랑의 산구경 오심을 듣고/ 달도 부지런히 등불을 켜는데"라는 문맥은 세 화랑의 산행 사실을 빌어 전체 화랑 집단을 찬미한 것으로 해석된다. 그런데 이 화랑 찬미를 가요의 전체적 의미로 볼 수는 없다. 또한 앞서 살핀 〈혜성가〉의 '교묘한 메타포어와 경쾌한 유우머', '완곡법(Euphemism, 迂言)' 등은 찬미가의 어법과 수사에는 어울리지 않는다.[30]

그리고 〈혜성가〉가 화랑과 관련된 가요라는 점은 부인할 수 없지만 화랑에 대한 찬미를 서사물상의 일본병의 환국과 직접 관련된 것으로 보는 점은 재고를 요한다. 화랑 찬미를 일본병의 환국과 관련된 것으로 보는 논리 전개는 다음과 같이 상정해 볼 수 있다.

---

28) 박노준, 『신라가요의 연구』, 열화당, 1982.
29) 조동일, 혜성가의 창작연대, 『한국시가문학연구』, 신구문화사, 1983.
30) 화랑에 대한 찬미가로 대표되는 〈찬기파랑가〉나 〈모죽지랑가〉의 경우에도 그 내용은 그리움과 찬양이며, 문학적 수사에 있어서도 이러한 범주에서 벗어나지 않는다.

① 혜성의 출현으로 나라의 변괴를 예고함
② 일본병 내침
③ 화랑의 일본병 물리침
④ <혜성가>의 화랑찬미
　　(③과 ④는 순서를 바꿀 수도 있다.)31)

이와 같은 논리 전개는 <혜성가>의 화랑에 대한 찬미를 일본병의 내침이라는 것에 전적으로 기대어 상정한 것이다. <혜성가>가 화랑찬미가가 되기 위해서는 대개 혜성의 출현이 일본병 내침의 예고이고, 일본병을 물리쳤기 때문에 화랑을 찬미했다거나 혹은 화랑을 찬미하여 일본병을 물리쳤다는 식의 서사 연결이 이루어져야 한다.32)

화랑의 무리는 혜성이 심대성을 범하자 금강산으로의 산행을 '그만둔' 것이 아니라, 그 산행을 '그만두려(欲罷其行)' 했으며, 그리고 왕은 혜성이 '卽滅'하자 그것을 허락한 것이다. 이는 일본병의 내침이 산행 중지의 이유라고 한다면 선뜻 이해가 가지 않는 정황 전개이다. <혜성가>를 불러 星怪卽滅하자 일본병이 돌아갔다고 한 서사물의 내용에서 유추하여 일본병 내침을 인정한다 하더라도 일본병이 내침하고 물러나기까지는 얼마간의 시일이 필요했을 것이므로, 일본병의 내침이 있었다면 적어도 <혜성가>의 창작보다는 시간적으로 앞서 일어난 일로 보아야만 하며 그 때 바로 산행은 중지되었어야 한다. <혜성가>의 창작이 일본병의 내침 이후에 이루어진 것으로 본다면 앞서 언급한 대로 앞으로 일어날 변괴를 선험적으로 예방한 주술성을 지닌

---

31) 화랑찬미를 통해 화랑에게 용기를 북돋운 가요(혜성가 창작 → 화랑의 사기 진작 → 일본병 격파)로 인식하기도 한다. 김학성, 『한국고시가의 거시적 탐구』, 집문당, 1997, pp.153~154.
32) 이 때의 물리침은 직접적인 對戰의 유무를 고려하지 않아도 된다. 화랑의 힘이나 세력이 간접적으로 일본병을 물리치는 결과를 가져왔을 수도 있다.

〈혜성가〉의 성격33)에 부합하지 않는다.

화랑들은 혜성이 나타났기 때문에 유람을 중지하려 했으며 혜성이 소멸하자 왕은 그들을 유람 보낸 것뿐이다. 화랑들의 산행은 혜성의 소멸로 인한 결과이고 일본병의 돌아감도 혜성의 소멸과 때맞추어 일어난 일이다. 더욱이 가요에서는 일본병의 내침을 부정하고 있다. 앞에서도 살폈듯이 가요는 단지 혜성의 존재에 대한 부정을 위해 일본병의 침입에 대한 당대인의 인식을 이용했을 뿐, 일본병의 내침은 〈혜성가〉 창작과 직접적인 관련이 없다. 그러므로 서사물상의 일본병의 환국이 가요의 화랑에 대한 찬미와 직접적이고 인과적인 관련을 지니고 있다고 보는 것은 무리한 상상력이 필요한 매우 회의적일 수밖에 없는 정황이다.

이렇게 볼 때, 「융천사혜성가진평왕대」조 전체 서사의 기본 줄기는 화랑의 산행 계획, 혜성의 출현, 화랑의 산행 중지, 융천사의 〈혜성가〉 창작, 왕의 기쁨과 화랑의 산행 실현 등의 다섯 단계로 구성된다. 혜성의 출현과 소멸은 전체 서사 문맥의 처음과 끝을 장식하고 있는 화랑의 산행과 관련되어 있다. 서사물의 첫 부분과 마지막 부분은 혜성의 출현으로 인한 문제의 발생과 그 해결인 혜성의 소멸로서 이는 화랑의 산행 중지와 산행의 실현으로 대응된다.

앞서 언급했듯이 「융천사혜성가진평왕대」조는 가요가 중심이며 서사는 가요를 설명하는 것으로, 그 주된 내용은 융천사가 혜성의 출현을 부정하는 〈혜성가〉를 불러 혜성의 소멸을 가져온 가요의 효험에 관한 것이다. '星怪卽滅'로만 끝난 것이 아니라, '日本兵還國' 등을 부

---

33) 이 노래에는 기대하는 바를 이미 성취한 것처럼 외쳐대면 결과도 또한 그대로 된다는 주술심리가 나타나 있는데 이는 '衆口鑠金'과도 상통하는 바가 있다. 임기중, 앞의 책, p.255.

연한 것은 서사물의 내용이 노래의 효험에다 초점을 맞추고 있기 때문이다.34) 가요의 문면을 보아도 그 내용의 중심은 혜성의 소멸에 있다.

가요에서는 혜성 출현 자체를 부정한다.35) 이러한 혜성의 출현에 대한 부정은 그 앞부분 제4행과5행의 화랑에 대한 찬미에 이어진 내용이다. 가요가 혜성의 출현에 대한 부정을 통하여 혜성을 소멸시킨 효험을 지녔다는 점을 상기할 때, 이 화랑에 대한 찬미 또한 혜성의 출현에 대한 부정과 관련된 것이라고 볼 수 있다. 가요의 문학적 진실은 화랑의 찬미 자체가 아닌 화랑을 찬미한 진술상의 의도에서 찾아야 할 성격의 것이다.

혜성의 출현을 부정하는 것과 관련하여 화랑의 찬미 그 자체 외에 또 다른 의미가 내포되어 있다고 볼 수 있다. 이를테면 화랑을 찬미해야 할 만한 무슨 까닭이 있었을 것이다. 굳이 화랑의 산행에 있어서 달이 부지런히 등불을 켜면서 비춰준다는 의미36)를 내세우는 까닭은, 이것이 단순한 찬미 그것에만 그치는 것이 아니라면 그러한 의미를 강조할 또 다른 필요가 있었기 때문이 아니었을까? 혜성의 출현이 예고한 현실적인 변괴는 일본병의 내침도 아니고 화랑의 찬미 또한 일본병의 내침·환국과 인과적 관련이 없다. <혜성가> 내용의 일부분으로 나오는 화랑 찬미는 결국 혜성 출현의 부정을 통하여 혜성의 소멸이라는 효험을 얻기 위한 것으로 귀결된다.

그 효험은 왕권과 왕실 수호를 위한 것이었다고 볼 수 있다.37) 혜

---

34) '星怪卽滅'로만 끝난 것이 아니라, '日本兵還國' 등을 부연한 것은 서사물의 내용이 노래의 효험에다 초점을 맞추고 있다는 근거이다. 위의 책, p.254.
35) 6~9행에서 혜성의 출현을 부정하고 있다.
36) 달은 왕을 상징하고 화랑의 호국의식은 왕권 수호와 관련된다. 유효석, 풍월계 향가의 장르성격 연구, 성대 박사논문, 1993, p.126 참조.
37) 임기중, 앞의 책, p.254 참조.

성이 심대성을 범하자 화랑은 왕과 혹은 왕실에 중대한 변괴가 있음
을 감지하고 산행을 중지하려 했다. 이 때 융천사가 <혜성가>를 지
어 불러 세 화랑을 찬미한 것은 그들 세력의 힘과 의지를 빌어 혜성
출현이 예고한 변괴를 미리 예방함으로써 왕권과 왕실을 수호하기 위
한 의도에서 나온 것이었다. <혜성가>의 효험으로 인해 성괴가 즉멸
하고 왕권과 왕실의 변괴가 예방되자 왕은 기뻐하며 화랑들의 산행을
허락했던 것이다.

3) 가요의 성격

<혜성가>의 창작 배경을 진평왕대 왕권도전의 모반과 같은 정치
적 사건으로 보는 견해는 그 개연성에도 불구하고 혜성 출현을 일본
병 내침으로 인식하는 견해의 그늘에 묻혀 있는 듯하다.38) 그것은 서
사적 문맥에 나타난 정황의 모호성으로 인해 그 충분한 근거가 부족
한 듯하고, 유사나 사기의 진평왕대 기록에도 그러한 추단을 입증할
만한 충분한 관련 사실이 발견되지 않고 있기 때문일 것이다.

그런데 삼국사기에는 <혜성가>와 직접 관련된 것은 아니지만, 혜
성의 출현이 왕의 사망이나 모반과 같은 정치적 사건의 원인으로 기
록된 것이 산견된다.

> ① 탈해왕 23년 2월에 혜성이 동쪽에 나타나고 또 북방에 나타
> 났다가 20일만에 없어졌다. 24년 4월에 京都에 큰 바람이 일

---

38) <혜성가>를 정치적 성격을 지니는 것으로 보았지만, 작품의 창작연대와 당
  시의 정치적 배경을 알 수 없다고 하면서, 혜성의 출현을 왕의 실정으로 인
  한 것으로 본 견해도 있다. 양희철, 앞의 책, p.429 참조.

어났으며, 서울의 동문이 저절로 무너졌다. 8월에 왕이 돌아
갔다.[39]

② 흥덕왕 11년 12월조. 흥덕왕 11년 정월에 일식이 있었다. 6월
에 혜성이 동쪽으로 흘렀으며, 7월에 太白星이 달을 범하였
다. 12월에 왕이 돌아갔다.[40]

③ 효소왕 10년 2월에 혜성이 달에 들어갔다. 5월에 靈巖郡 太守
一吉湌 諸逸이 公利를 거역하고 私利를 도모하므로 일백장으
로 벌 주고 섬으로 귀양보냈다. 이듬해 7월 왕이 돌아갔다.[41]

④ 혜공왕 6년 5월 11일에 혜성이 東車의 북쪽에 나타나 6월 12
일에야 없어졌다. 29일에 호랑이가 執事省으로 들어오므로
잡아죽였다. 8월에 大阿湌 金融이 모반하므로 伏誅하였다.[42]

천재지변에 관한 기사는 하늘의 경고가 정치발전에 큰 영향을 준다
는 고대의 자연관 내지 천명사상에서 기인된 것으로, 이를 통해 천재
지변에 상응하는 정치적 경고와 의미와 또 자연의 도전(천재지변)에
대한 인간(왕)의 대응(정치변화 대책)을 살필 수 있는 것이다.[43] 천체의
변괴인 혜성의 출현은 ①, ②에서는 왕의 사망과 관련되고 ③과 ④에
서는 왕에 대한 모반과 관련되어 있다. 이처럼 혜성의 출현은 왕의 사
망이나 왕에 대한 모반처럼 왕의 신변에 직접적인 변괴를 예고하는
것으로도 볼 수 있다.

혜성출현, 화랑의 의심, 화랑의 산행중단, <혜성가>의 창작, 혜성의
소멸, 왕의 기쁨 등으로 이어지는 서사문맥의 일련의 정황 전개에서 정
치적 사건과의 연관성을 짐작해 내는 것은 그리 어려운 일이 아니다.

---

39) 삼국사기, 권 제1 탈해이사금조.
40) 위의 책, 권 제10 흥덕왕조.
41) 위의 책, 권 제8 효소왕조.
42) 위의 책, 권 제9 혜공왕조.
43) 신형식, 『신라사』, 이대출판부, 1988, p.52 참조.

극히 짧은 서사물의 모호한 행간의 비밀스럽고 수상한 분위기에서 그것을 감지할 수 있고, 더욱이 서사문맥의 중심에 위치하는 가요의 교묘한 메타포어와 경쾌한 유우머, 그리고 완곡법이라는 언어적 수사도 정치적 정황에서의 언술이 지니는 비밀스러운 분위기를 풍기고 있음을 외면하기 어렵다. 왕권에의 도전과 관련된 정치적 갈등 상황은 보다 비밀스러운 성격을 지녔을 것이며 따라서 그에 대한 공개적인 노출은 불가능한 것이었는지도 모른다.[44]

또한 <혜성가>의 변괴를 없애는 口唱儀禮는 신속한 효과를 위해서 능동적으로 적극성을 띤 것이며,[45] 여기에 創作者와 口唱者가 일치하는 것으로 보아 이는 왕실과 왕권의 위급한 전조를 면하려는 발상에서 실로 위급하면서도 긴급을 요하는 상황에 대치하기 위한 것이었다.[46] <혜성가>의 창작과 가창은 화급할 뿐 아니라 직접 왕실의 안위와 관련된 중대사로서 신속한 주력의 발동이 요청되었던[47], 그리고 아직 현실화되지 않은 비밀스러운 정치적 변괴인 왕권도전의 변란을 해결하기 위한 것이었다.[48]

---

44) <혜성가>와 관련 서사물에 감춰진 서사적 문맥의 모호함은, 유사의 저자인 일연의 진평왕 당대의 정치적 상황에 대한 서술 태도에 그 원인이 있는 것으로 보인다. 일연의 의도는 조명에서 나타나듯이 융천사와 <혜성가>가 이룩한 감통에 대한 서술에 집중되어 있다. 융천사와 그리고 그가 지은 <혜성가>가 가져온 효험이 중심이기 때문에 그와 관련된 정치적 상황은 생략되어 있다. 일연은 융천사의 <혜성가>를 수록하면서 국가적으로나 혹은 민족적으로 명예롭지 못한 역사적 사실에 대한 언급을 회피하면서, 民族史家로서 민족적인 자존심을 지키면서 민족사의 자랑스럽고 긍정적인 면을 부각시키려 했을 것이다. <도솔가>나 <안민가>의 경우도 가요에 얽힌 정치적 상황에 대한 언급은 생략되어 있다.

45) 임기중, 앞의 책, p.288 참조.

46) 위의 책, p.290 참조.

47) 위의 책, p.280.

48) <혜성가> 창작의 상황을 연상할 수 있는 그와 비슷한 정황으로 다음과 같은

혜성의 출현을 부정함으로써 혜성이 예고하는 변괴를 해결한 <혜성가>의 '교묘한 메타포어'는 이러한 비밀스러움의 은근한 노출이고 그 '경쾌한 유우머'는 반어적으로만 가능했던 수사였을 것이다. 또한 '완곡법'은 불쾌하거나 난처한 것을 실제보다 더 듣기 좋게 또는 적합하게 하는 말로 표현하는 언어적 살균 소독제[49]로서 그러한 왕권도전의 비밀스러운 정황에서 강한 감화력을 발휘할 수 있었을 것이다. 일본병의 내침을 부정하고 화랑을 찬미함으로써 얻을 수 있었던 가요의 효험도 국내적으로 왕권도전의 정치적 변란을 예방하여 왕권을 수호함으로써 나라를 평안하게 한 것이라고 볼 수 있다.

「융천사혜성가진평왕대」조의 가요와 서사물을 총체적으로 바라보면 혜성의 출현으로 시작해서 혜성의 소멸로 끝난, 가요의 효험을 중심으로 한 이야기 구조를 지닌다. 앞서 언급한 바대로 일본병 내침의 부정이 혜성의 부정을 위한 것이었듯이, 그 다음에 나오는 화랑에 대한 찬미 또한 혜성의 부정과 관계가 깊다. 혜성이 출현하여 심대성을 범한 것은 모종의 무리에 의한 왕권도전을 예고하는 것으로, 이들 무리에게는 변란의 절대적 계기로서 그러한 도전을 정당화시켜주고 그

골품제하의 왕족과 씨족집단 간의 갈등을 들 수 있다. "(五十三年)夏五月 伊湌柒宿與阿湌石品謀反 王覺之 捕捉柒宿 斬之東市幷夷九族 阿湌石品亡至百濟國境 思見妻子 晝伏夜行 還至叢山 見一樵夫 脫衣換樵夫敝衣 衣之負薪 潛至於家 被捉伏刑"(삼국사기 권4 진평왕 53년) 이는 진평왕 말년(631)에 일어난 伊湌 柒宿과 阿湌 石品의 모반에 대한 기록인데, 반란 직전 모반단계에서 왕이 사전에 알고 이를 제지한 사건이다. 이 모반사건의 주동인물인 柒宿은 官等이 伊湌인 것으로 보아 진골귀족이었던 것은 확실하고, 모반이 발각된 후 夷九族까지 처형하는 族刑이 부과된 것은 씨족공동체의 단결성을 고려한 때문이었다고 할 수 있는데, 이는 결국 眞骨氏族의 集團主義 理念과 王者支配 意識의 갈등에서 연유한 것이었다. 이기동, 『신라골품제 사회와 화랑도』, 일조각, 1993, p.83 참조.

49) Geoffrey Leech, 언어의 기능과 사회, 이정문외편, 『언어과학이란 무엇인가』, 문학과 지성사, p.21.

것의 성공을 예감케하는 하늘의 뜻으로 인식되었을 수도 있다. 이러한 상황에서 <혜성가>는 겉으로는 세 화랑의 산행을 찬미하는 진술을 통하여 화랑의 본래적 의미인 왕권 수호의 역할을 강조함으로써 화랑 세력에 대한 굳건한 믿음을 천명하고, 또 한편으로는 모반의 무리들에게서 감지된 왕권에 대한 비밀스러운 도전의 움직임을 간접적으로 경계함으로써 이를 사전에 예방하고 극복하는 구실을 했다고 볼 수 있다.

결국 「융천사혜성가진평왕대」조의 <혜성가>는 진평왕대의 정치적 갈등에서 빚어진 왕권도전에의 기미를 예방하기 위해 창작 가창된 것이고, 그 서사물은 아직 일어나지 않았던, 그러나 매우 위급했던 왕권 도전 사건의 해결을 비밀스럽게 단편적인 문맥으로 전하고 있는 것으로 보인다.

4. 혜성가의 표현과 의미구조

<혜성가>는 향가의 신이한 힘에 대한 당대인의 인식을 이용하여 혜성의 출현이라는 천체의 변괴가 예고한 왕권 도전의 사실을 부정함으로써 당대의 정치적 변괴를 예방한 정치적 의미를 지닌 가요이다. 이러한 논지를 바탕으로, <혜성가>를 4부분으로 나누어 그 문학적 형상화로서 진술상의 표현과 의미구조를 살피기로 한다.[50]

---

50) 기존의 견해는 세 부분으로 나누는 것이 일반적이었다. 윤영옥은 원문 그대로 전체 9행으로 보고 1~3행, 4~7행, 8~9행(윤영옥, 앞의 논문, p.23.)의 세 부분으로 나누었으며, 김승찬, 양희철, 고혜경 등은 전체 10행으로 보고 1~4행, 5~8행, 9~10행의 세 부분으로 나누었다.(김승찬 앞의 책, p.206, 양희철,

1) 1~3행

舊理東尸汀叱
乾達婆矣遊烏隱城叱肹良望良古
倭理叱軍置來叱多烽燒邪隱邊也藪耶

‘舊理’를 소창진평은 ‘녜로’로, 양주동은 ‘녜’로 김완진은 ‘녀리’ 등
으로 읽었다. 어떻게 읽든 옛날이라는 의미는 변함이 없다. ‘乾達婆’는
신기루로 보는 견해와 금강산의 절승의 보는 견해가 대립되고 있으나,
뒤이은 부분이 왜군의 내침을 부정하고 있는 것으로 본다면 신기루로
보아야 한다. 금강산의 절승으로 해석한다면 ‘望良古’는 ‘바라고(원하
고)’로 되어 일본병의 침입을 인정하는 것이 된다. 이 ‘望良古’는 6행
의 望良古와 표기가 동일한 한 그 의미도 또한 동일하게 ‘바라보고’로
해석됨이 자연스럽다. 그리고 ‘옛’은 1~3행 전체를 한정하는 것으로
보는 것이 타당할 듯하다. ‘옛날, 신기루를 바라보고 왜군이 왔다고
봉화를 사른 동해물가 변방이 있었다’라는 의미다. 이러한 해석의 연
장선상에서 ‘옛날’을 ‘예부터’로 해석한 견해[51]는 매우 시사적이다. 이
는 ‘예부터 자주 나타나던 건달바(신기루)를 보고’라는 의미에서, ‘지
금 왜군이 왔다고 봉화를 올린 것도 옛날의 신기루를 왜군으로 착각
했던 사실과 같다’는 의미로까지 해석의 확장이 가능하다.[52] 앞서 살
폈듯이 왜군을 신기루로 표현한 것은 완곡법이라고 할 수 없다. ‘왜군

앞의 책, pp.413~429, 고혜경, 앞의 논문, pp.249~259.)
51) 홍기삼,『향가설화연구』, 민음사, 1997, pp.433~434 참조.
52) 삼국사기 신라본기에는 박혁거세로부터 진평왕대 사이에는 28회의 왜침의 사
  실이 기록되어 있다. 김승찬, 앞의 책, p.193 참조. 비록 약 500여 년이라는 긴 기
  간 사이에 일어난 일이긴 하지만, 왜침의 사실은 <혜성가> 창작 당시에도 신라
  인에게 역사적으로 빈번한 사실로 인식되어 이러한 착각이 있었을 수 있다.

→ 건달바의 놀은 성(신기루)'은 후반부에 나오는 '혜성 → 길쓸별'로 말한 부분적인 완곡법을 위한 전제로서 일종의 객관적인 정보에 불과한 것이다. 혜성을 길쓸별로 인식시키기 위해, 왜군을 건달바의 놀은 성(신기루)라고 한 것이다. 왜냐하면 「융천사혜성가진평왕대」조에서 혜성의 출현이 의미하는 변괴는 앞의 서사문맥의 분석에서와 같이 왜군의 침입이 아닌 왕권도전의 정치적 변란사건이었기 때문이다. <혜성가>의 메타포어는 왜군 내침의 부정이라는 부분의미와 혜성 존재에 대한 부정이라는 또 하나의 부분의미 사이의 관계에서 빚어지는 것이다. 혜성의 존재를 부정하는 것이 메타포어를 형성하는 원관념이 되고 왜군의 내침에 대한 부정이 그 보조관념으로서 구실을 담당하는 것이다. 이런 의미에서 <혜성가>의 직유 혹은 메타포어는 '巧妙함과 巧緻함'이라는 의미를 획득하게 된다. 여기에서 일본병의 내침에 대한 부정은 혜성의 출현으로 예고된 변란의 기미를 숨김으로써 없었던 일로 돌리고자 하는 의도에서 나온 '둘러대기'라고 할 수 있다.

2) 4~5행

> 三花矣岳音見賜烏尸聞古
> 月置八切爾數於將來尸波衣

위는 세 화랑의 산행을 위해 달이 빛을 비춰준다는 의미로 해석되며, <혜성가>에 화랑 찬가적 성격을 부여하게 하는 부분이다. <혜성가>가 혜성의 출현을 부정함으로서 혜성의 소멸을 가져온 효험을 지닌 것으로 볼 때, 이러한 화랑에 대한 찬미는 곧 혜성의 출현을 부정하는 것과 밀접한 관련을 지닐 수밖에 없는 것이다.

화랑(풍월도)의 호국의식은 곧 왕권수호를 의미한다.[53] 또한 화랑 산행의 목적은 나라의 안녕을 비는 것이었다.[54] 결국 화랑을 찬미함으로써 혜성의 출현을 부정하는 것은 화랑의 본연의 자세를 강조함으로써 왕권도전의 변란을 예방하고자 하는 의도를 지닌다. '세 화랑의 산구경 오심을 듣고 달도 부지런히 불을 켜는데'라는 진술은 화랑의 본연의 자세 강조하는 것으로, 세 화랑의 산행 사실을 빌어 화랑의 역할과 의무를 일깨우고 그 세력이 왕의 편임을 당위적으로 내세우고자 하는 의도를 지닌다. 이로써 모종의 무리에게서 감지되었을 변란의 움직임을 사전에 방지한 것으로 해석할 수 있다.

왕의 편을 향해서는 반대파에 속한 무리에 의한 변란의 가능성에 대한 의심을 제거하는 동시에, 반대쪽을 향해서는 화랑의 왕권수호의 힘과 의지를 강조하면서 변란의 기도를 중지할 것을 비밀스럽게 경계한 것이다. 달이 부지런히 불을 켠다는 진술은 화랑은 본래 왕권수호의 호국의식을 지닌 풍월도의 집단이며 지금 바로 이 자리에서도 이러한 자세를 지키고 있음을 천지신명도 알고 있다는 의미로 해석된다. 결국 여기서는 변란의 기미를 알고서도 모르는 척 시치미를 떼면서[55] 둘러대는 것이라고 할 수 있다.

---

53) 유효석, 앞의 논문, p.126.
54) 화랑도는 명산대천을 돌아다니며 노래와 춤을 추어 나라의 평안과 발전을 비는 종교적인 성격을 지니고 있기도 하였다. 이기백, 『한국사신론(개정판)』, 일조각, 1986. p.72.
55) 홍기삼, 앞의 책, p.440 참조. 이는 마지막 행을 두고 한 해석이지만, 가요의 전편에 둘러대기와 시치미 떼기의 어법이 사용되고 있다고 볼 수 있다.

3) 6~7행

道尸掃尸星利望良古
彗星也白反也人是有叱多

위는 길쓸별을 바라보고 혜성이라고 착각했다는 것이다. <혜성가>
의 문학적 진실에 대한 접근은 여기에서 혜성의 출현을 부정한 진술
상의 의도를 짚어내는 것에 달려 있을 것이다. 신기루를 왜군으로 착
각한 것이라는 진술, 화랑이란 왕권수호의 충성스러운 집단임을 강조
하는 진술 등은 곧 혜성을 길쓸별로 둘러대는 진술로 이어진다. 흉조
를 길조로 둘러대는 이 진술은 이미 그 이전에 이를 위한 두 번의 예
비적 둘러대기 진술로 인해 그 진술의 효과가 강화된 것으로, 왕권에
대한 변란의 기미를 해결하기 위한 설득적 언술이다. 이러한 진술로
인해 앞의 두 부분의 진술 의도에 대한 의문이 비로소 해결되는 것이
며 <혜성가>의 문학적 함의는 바로 여기에 집중되고 있다.

앞서 왜군의 내침을 부정한 것도 이 부분과 대응하는 것으로 이 부
분에 대한 완곡법이라고 할 수 있다. 혜성의 의미는 왕권도전의 변란
이며, 신기루를 바라보고 왜군이 왔다고 한 것을 들어, 그리고 화랑에
대한 찬미를 통해 혜성을 길조로 인식시키고자 한 것은 이 왕권도전
의 변란을 감추기 위한 매우 교묘한 정치적 언술이었다. 앞으로 닥칠
지 모르는 왕권도전의 변란에 대한 위기감은 이 설득의 진술을 통하
여 거의 소멸된다.

왕권을 수호하고자 하는 쪽에서는 혜성의 출현으로 인해 왕권에 대
한 변란의 기미를 눈치채게 되었지만 그것을 인정함으로써 닥칠지도
모르는 환란을 두려워했을 것이다. 그래서 이러한 사실을 굳이 인정

하지 않으려 하면서 현실로 나타나지 않기를 바라고 있었을 것이다. 또한 왕권을 탈취하려는 쪽에서는 변란의 의도를 노골적으로 드러내지 않고 기왕의 출병의 계획을 감추려고 했을 것이다.

혜성을 길쓸별로 설득하는 진술은 이러한 양측에게 매우 유익한 해결책이었다. 전자에게는 그들이 지닌 변란에 대한 의구심 내지 위기감을 소멸시킨 것이 되고, 후자에게는 비밀스럽게 감추고 있던, 그리고 가요의 가창으로 인해 금방 노출되어버린 그러한 의도를 공개적으로 드러나지 않은 상태에서 없었던 일로 돌릴 수 있는 빌미를 제공하는 것이었다. 서사물에서 '왜군도 돌아가서 도리어 복이 되었다'는 그 '복'의 의미는 바로 이러한 가요의 진술 방식을 통해서 성취된 변란의 바람직한 해결 방식에서 찾아진다. 갈등의 양측에 매우 적절한 처방을 내림으로써 국가적 위기 상황을 미리 예방한 것이다.

4) 8～9행

後句 達阿羅浮去伊叱等邪
此也友物?(*叱·北·比·甚?)所音叱彗叱只有叱故

여기에서 어석상 문제가 되는 '達阿羅'에 대해 살펴보자. 이에 관해서는 '달이 아래에'[56]와 명사인 '달'로 풀이한 것,[57] 그리고 '산 아래'[58] 등의 해석이 있다. '달이 아래에'나 '달'로 풀이한 것은 공통적으로 달이 흘러갔다는 것이지만, '산 아래'로 보는 견해는 '혜성이 산 아래에 떴다'는 의미로, 이 글에서 가요의 전반부의 의미를 혜성의 출

---

56) 양주동, 앞의 책, pp.596～598.
57) 소창진평은 '돌', 김완진은 '드라라'로 읽었으나, 의미는 '달'로 마찬가지다.
58) 김승찬, 앞의 책, pp.204～205.

현을 부정한 것으로 보는 것과 모순된다. 그러므로 여기서는 '달이 아래에 떠갔더라'로 보아 '달이 아무 일도 없이 저 아래로 떠 갔다.'로 해석한다. 달은 왕을 상징하기도 하고[59] 달을 중심으로 풍월도(화랑도)의 국가 이데올로기가 형성된 것으로 보기도 한다.[60] 달의 운행이 순조롭다는 이 진술은, 앞에서 혜성을 길조로 전환시켜 설득한 것에 이어서 왕이나 국가에 아무런 변괴가 일어나지 않을 것이라는 보다 강화된 설득의 확실한 표명이다. 천체의 변괴에 대하여 '현실적으로 아무 일도 없지 않느냐'라고 확신시킴으로써 결론적으로 '이에 무슨 혜성이 있을까'라는 원천적 부정의 '시치미떼기'[61]로 마감한다. 여기에서 가요의 전편을 통하여 풍기는 유우머의 의미심장한 의미가, 변란의 양측에 대하여 변란을 변란이 아닌 것으로 둘러대며 양측을 설득하고 그 변란을 예방하는 것이었음을 최종적으로 확인하게 된다.

이상의 논의를 바탕으로 <혜성가>의 의미구조와 개별 의미 단락들 간의 관계에서 이루어진 진술상의 의도를 정리하여 제시하면 다음과 같다.

단락(행)	의미단위	내 용	진술의 의도
A (1~3)	일본병	일본병 내침의 부정	혜성 출현의 부정을 위한 1차 예비 진술
B (4~5)	화 랑	세 화랑의 찬미	일본병 내침에 대한 부정의 강화 혜성 출현의 부정을 위한 2차 예비 진술

---

59) 앞의 주 40)와 41) 참조. 삼국사기 권4 진평왕조에도 달이 왕을 상징하는 것으로 나온다.(53년 …… 토성이 달을 범하였다. 54년 정월에 왕이 돌아갔다.)

60) 김학성, 앞의 책, p.150.

61) 홍기삼, 앞의 책, p.440.

C (6~7)	혜　성	혜성을 길쓸별로 전환	혜성의 출현을 부정
D (8~9)	혜　성	혜성 존재의 원천적 부정	혜성의 출현에 대한 부정의 강조와 마감

　　문맥상 A와 C, 그리고 B와 C는 각각 의미상 댓구로 볼 수 있다. 이러한 댓구는 직유의 수단으로 사용하는 것으로 기정사실을 이용하여 말하려는 내용을 비유 증명해 주는 것[62]이라 할 수 있다. 즉, A의 일본병 내침에 대한 부정은 당대인에게 기정사실화된 것으로 C의 혜성을 길쓸별로 전환시켜 혜성 출현을 부정하기 위한 예비적 진술의 구실을 한다. B와 C의 댓구도 마찬가지로 B에서 세 화랑의 산행이란 기정사실을 들어 역시 C의 혜성 출현을 부정하기 위한 또 하나의 예비적 진술로 삼는다.

　　따라서 A와 B는 모두 C에서 혜성의 출현을 부정하기 위한 것으로 귀결되며, 마지막 D의 혜성의 존재에 대한 부정을 통하여 이러한 혜성 출현의 부정이라는 전체적 의미는 강조되면서 완결된다. 결국 가요의 의미 전개는 혜성의 출현에 대한 부정을 위해 귀결되는 점층적 구조이다.[63] 혜성의 출현 내지 존재에 대한 부정으로 마감되는 가요의 이러한 의미구조는 곧 서사물의 혜성 소멸로 귀결되는 의미구조에 대응되는 것이기도 하며, 가요의 주술적 효험을 설명하는 이 조의 총체적 서사구조의 핵심이다.

---

62) 조종업, 對偶(對句)의 機能硏究, 『한국언어문학』 제8·9 합병호, p.277 참조.
63) 이에 대해서는 '설득의 정도를 더하는 점층'으로 설명하기도 한다. 양희철, 앞의 책, pp.413~429 참조.

〈願往生歌〉의 시적 자아와 작자 문제

1. 머리말

『삼국유사』 소재 향가의 이해는 주로 서사물과의 관련에 힘입어 이루어지는 바가 크다. 그런데 감통편의 「광덕엄장」조에서 〈願往生歌〉와 서사물의 관계는, 서사물의 말미에 가요를 소개하는 정도로 서사물이 주가 되고 노래는 부수적으로 첨가되어 있는 구성을 취하고 있다는 점[1]에서 그 직접적인 관련성이 부정되기도 한다. 그런 까닭에 <원왕생가>에 대한 논의들에서는 주로 전체 서사의 큰 틀을 이루고 있는, 아미타불의 정토를 갈망하는 불교적 신앙이라는 거시적인 차원의 범주 속에서 가요와 서사물의 상호 관련성을 인식하는 경우가 많았으

---

1) 임기중, 『신라가요와 기술물의 연구』, 이우출판사, 1981, 257면과, 김열규, 향가의 문학연 연구 일반, 김열규·정연찬·이재선, 『향가의 어문학적 연구』, 서강대 인문과학연구소, 1971, p.29 참조.

며, 가요의 정서와 주제도 주로 '원왕생 원왕생'이라는 불교적 기원의 문면에 초점을 맞추어 이러한 차원에서 이해되었다.

<원왕생가>의 작자 구명은 대부분 서사물의 '其婦乃芬皇寺之婢盖十九應身之一德嘗有歌云'이라는 문맥을 바탕으로 이루어졌는데, 대체로 보아 광덕처설,[2] 광덕설,[3] 원효설,[4] 엄장설,[5] 전승 민요설,[6] 불찬가라는 특수 기능의 창작가요설[7] 등으로 정리된다. 이들 논의에서는 가요와 서사물의 관련성 여부와 함께 문맥상의 끊어 읽기, '有歌'의 의미에 대한 해석 등의 문제가 중요한 쟁점으로 부각되었다. <원왕생가>의 작자 문제를 포함한 다양한 견해들 간의 차이는 궁극적으로 가요와 서사물 간의 관련 구조에 대한 인식의 차이에 기인하는 것으로, 여기에는 가요가 서사물과 어느 정도 거리에서 어떠한 층위로 관련되는 것인가의 문제가 가장 근원적으로 자리하고 있는 듯하다.

「광덕엄장」조에서 가요와 서사물 사이의 직접적인 관련성은 주로 작자를 광덕으로 보는 견해들에서 지적된 바 있다. 그러나, 가요를 개인적 상상력의 관점에서 바라본 이러한 해석의 논리도, 가요의 문면이 광덕의 염원이라는 특정 화자로서의 구체적 개별성을 선명하게 드러내지 않고 있는 것으로 인식하는 한, 서사물과의 직접적인 관련을 떠나 집단적 상상력의 관점에서도 충분히 적용될 수 있는 성격의 것이라는 점에서,[8] 가요와 서사물 사이의 이러한 관련성은 그 직접적이

---

2) 양주동, 『增訂 古歌硏究』, 일조각, 1990.
3) 김동욱, 신라정토사상의 전개와 원왕생가, 『한국가요의 연구』, 을유문화사, 1961.
4) 김사엽, 『향가의 문학적 연구』, 계명대 출판부, 1979.
5) 김병권, 「원왕생가의 작자 추정고」, 부산대 어문교육론집 5, 1981.
6) 최　철, 『신라가요연구』, 개문사, 1979.
7) 성기옥, 원왕생가의 생성 배경, 김학성·권두환 편, 『고전시가론』, 새문사, 1984.
8) 이와 함께 <원왕생가>의 시적 자아가 개인적 자아와 집단적 자아의 중층성을 지닌다고 보았다. 성기옥, 원왕생가, 화경고전문학연구회 편, 『향가문학연구』, 일

고 구체적인 의미가 상실된다.

그런데 「광덕엄장」조의 가요와 서사물 사이에는 전체 서사의 큰 틀을 이루는, 미타정토를 갈망하는 불교적 신앙의 거시적인 차원의 범주 속에서만 그 상호 관련성을 해석해 버릴 수 없는 보다 구체적인 연관 고리가 존재한다. 즉, 가요에 등장하는 달과 서사물에 등장하는 달이 불교적 기원의 의미와 기능을 공유하고 있다는 점만이 아니라, 가요에 나타난 달을 바라보는 시적 자아의 정서적 위상이 정토왕생을 위한 수행이나 그 과정과 관련되어 있고, 서사물 역시 이러한 수행의 과정과 결과에 관한 이야기를 중심으로 전개되고 있다는 점에서 보다 직접적이고 구체적인 관련성이 시사된다.9) 이러한 관련성을 염두에 두고 전체 서사를 천착해 보면 이 외에도 가요와 서사물 사이에는 절연될 수 없는 긴밀한 관련을 지닌 부분, 또는 서사물의 외연을 보다 확대하여 가요와 관련시킬 수 있는 부분들이 있을 것이다. 「광덕엄장」조 전체의 서사를 읽을 때, 가요와 서사물 사이에 어떠한 관련의 개연성을 시사하는 부분이 있다면 그것을 애써 외면할 필요 없이, 거기에 주의를 기울이는 것이 더욱 온건하고 바람직한 독법일 수 있다.

이 글은 「광덕엄장」조의 가요와 서사물 간의 상호 관련성에 대한 이와 같은 인식을 바탕으로, <원왕생가>의 시적 자아가 지닌 정서적 위상10)을 검토하여 <원왕생가> 연구의 가장 큰 쟁점인 작자 문제의 해결을 위한 하나의 구체적 대안을 마련하고자 한다.11) 향가 가운데

지사, 1993, pp.347~354 참조.

9) 가요의 달과 서사물의 달 사이의 구체적인 관련성에 대한 언급은 위의 글, pp.350~350 참조.

10) 이 정서적 위상이란, <원왕생가>의 정서에 대하여, 종교적 차원에서 정토로의 왕생을 염원하는 불교적 신앙의 산물로 인식하는 기존 논의의 초점을 보다 예각화하여, 하나의 작품을 통해 형상화된 더욱 구체적이고도 특정한 정서의 국면에 보다 미시적인 관점으로 접근하기 위한 의미로 사용한다.

뛰어난 서정성을 지닌 <원왕생가>의 작자 구명 문제는, 가요를 대상으로 1인칭 화자의 개인적이고 주관적 발화에 나타난 시적 자아의 정서적 위상에 주목할 때 비로소 그 해결의 실마리를 찾을 수 있을 것이며, 이에 대한 논의를 통해 가요의 문면에서 서사물과의 보다 구체적이고 뚜렷한 관련성을 확인하게 될 때 시인으로서의 작자는 그 구체적인 모습이 드러날 수 있을 것으로 본다.

이를 위해 먼저, 가요의 문면을 통해 달을 향해 기원하는 시적 자아의 정서적 위상을 살핀 다음 이러한 시적 자아의 정서가 집약되어 표출된 결구 부분의 어석을 검토하여 나름대로의 해석을 시도함으로써, 가요와 서사물 간의 보다 긴밀한 관련성을 드러낼 수 있는 단서를 포착할 수 있도록 할 것이다. 그리고 가요의 문면에 대한 이러한 이해를 바탕으로 가요와 서사물 사이의 긴밀한 관련하에 「광덕엄장」조의 전체 서사를 관류하는 일관된 소통구조 속에서 가요의 작자를 구명할 수 있도록 하겠다. 이러한 논의를 통해 부수적으로 그 동안의 <원왕생가> 연구에서 불거진 다른 몇 가지 쟁점 사항들에 대해서도 부분적으로나마 나름대로 해결의 대안을 제시할 수 있을 것이다.

2. 달을 향한 시적 자아의 정서적 위상

<원왕생가>는 왕생을 위한 불교적 기원을 담은 가요로서 그 정서

---

11) 이 글은 광덕을 작자로 보는 기존의 견해와 같은 입장에 선다. 앞서 언급했듯이 이러한 견해가 보다 확실한 근거를 지니기 위해서는 가요와 서사물 사이에 보다 직접적이고 구체적인 관련성이 드러나야 한다는 것이 이 글의 근본 취지이다.

의 바탕에 정토신앙이 짙게 배어 있다. 가요의 원문과 현대어역을 제시하면 다음과 같다.

　　月下伊底亦
　　西方念丁去賜里遣
　　無量壽佛前乃
　　惱叱古音(鄕言云報言也)多可支白遣賜立
　　誓音深史隱尊衣希仰支
　　兩手集刀花乎白良
　　願往生願往生
　　慕人有如白遣賜立
　　阿邪　此身遣也置遣
　　四十八大願成遣賜去

　　달님이시여, 이제
　　서방까지 가셔서
　　무량수불 전에
　　일러다가 사뢰소서,
　　"다짐(誓) 깊으신 부처님을 우러러
　　두 손을 모아 올려
　　'원왕생 원왕생'
　　그리는 사람 있다!"고 사뢰소서.
　　아, 이 몸을 남겨 두고
　　사십팔대원이 이루어지실까.12)

　　정토왕생사상을 바탕으로 하는 <원왕생가>의 시적 자아의 염원은

---

12) 임기중,『옛노래 시로 읽기』, 이회문화사, 2002, p.50에서 인용. 여기서는 '사
　　십팔대원을 이루실까'로 소개되어 있으나 양주동의 어석을 토대로 '사십팔대
　　원이 이루어지실까'로 제시했다.

궁극적으로 무량수불(아미타불)의 힘에 의지하는 것이지만, 위에서 알 수 있듯이 그 전언의 경로가 '화자 → 달 → 무량수불'로 나타난다. 따라서 이 가요는 서방세계를 주관하는 무량수불이 아니라, 그 무량수불에게 시적 자아의 염원을 전달해 줄 서방으로 가는 달, 西昇의 매개인 달을 향해 간접적인 기원을 하는 노래이다.[13] 물론 <원왕생가>에서 달은 원왕생이라는 불교적 기원의 의미망 속에서 다양한 모습으로 해석될 수 있지만,[14] 분명한 것은 가요의 문면에 제시된 것으로 볼 때, 달과 부처가 각각 시적 자아의 기원을 전달해 줄 매개자와 서승을 주관하는 절대자라는 점에서 뚜렷하게 구별되어 드러나고 있다는 점이다.[15] 더욱이 제 3, 4구 '無量壽佛前乃 惱叱古音(鄕言云報言也)多可支 白遣賜立(무량수불전에 일러다가 사뢰소서)' 중의 협주인 '鄕言云報言也'의 '報言'이, 달을 향해 요청하는 아미타불에의 報告의 말씀이라는 점에서,[16] 또한 '원왕생'이라는 서원 그 자체를 읊조리는 그것이 아니라 '원왕생을 외치며 그리는 사람 있다'고 사뢰어 달라고 하는 간접적인 전언의 요청이라는 점에서도, 달이 지니는 이 매개자로서의 의미는 더욱 분명해진다.[17]

---

13) 향가 가운데 불교적 기원의 방식으로 노래한 또 하나의 작품으로 맹아득안가가 있다. 관음사상을 바탕으로 하는 맹아득안가는 천수관음에게 밝음을 달라는 기원을 담고 있다. 이 가요는 시적 자아의 염원을 이루어 줄 직접적인 능력을 지닌 천수관음을 화자의 직접적인 발화의 대상으로 삼는다는 점에서 원왕생가와 차이가 있다.

14) <원왕생가>의 달은 기존의 논의들에서 아미타불의 使者, 보살, 神佛의 광명, 佛神, 대세지보살 등으로 그 의미가 부여되고 있다. 양희철, 『삼국유사 향가 연구』, 태학사, 1977, pp.479~480 참조.

15) 기존의 원왕생가 논의들에서는 달이라는 존재에 대해서 대체로 아미타불의 화신이거나 아니면 아미타불을 향한 화자의 원왕생의 소원을 간접적으로 전해 주는 매개자로 인식하고 있다.

16) 김완진, 『향가해독법연구』, 서울대출판부, 1991, p.114 참조.

　　<원왕생가>의 이러한 달과 시적 자아와의 관계는 속요 <정읍사>의 경우와 비슷하다. 이 두 작품은 비록 그 구체적 기원의 내용은 달리하지만 공통적으로 달이 발화의 직접적 대상으로 존재한다. 또 <정읍사>는 달에게 남편이 있는 먼 곳까지 그 밝음을 비춰달라는 기원이고, <원왕생가>도 역시 달에게 아직은 먼 거리에 있는 서방세계를 애타게 염원하고 있는 이가 있다는 것을 전해달라는 기원으로서, 달은 공통적으로 시적 자아의 염원을 전달해 주는 매개자로서 존재한다.

　　<원왕생가>의 달은 남편에게 밝은 빛을 비춰달라는 <정읍사>의 달처럼 시적 자아의 간절한 목소리를 직접 들을 수 있을 것으로 여겨지는, 눈앞의 현실세계와 아주 가까운 거리에 보다 세속적인 세계 속에서 친밀한 대화의 상대로 존재한다.[18] 따라서 시적 자아가 달을 향해 올리는 기원은 온전한 종교적 의식에서 행해지는 경건하고 엄숙한 기원이라기보다 그러한 종교적 기원이 보다 속화된 형태로 나타난 것으로 이해될 수가 있다.[19] 그러므로 종교적 염원을 노래한 <원왕생가>에서 달을 향한 시적 자아의 정서적 위상을 살피는 잣대는, 왕생을 기원하는 종교적 신앙의 구현으로서 시적 자아의 기원이 정토왕생이라는 종교적 기원의 궁극적 목표 그 자체보다는 달과 화자의 관계에서

---

17) "<원왕생가>에서 달은 서방에 이르고자 하는 시인이, 그 간절한 염원을 호소하고 위탁하는 정도로 해석되어도 무방하다. 달이 불교와 어떤 교의적 관계를 갖는 표상인가 하는 문제는 오히려 부차적이다.", 홍기삼, 『향가설화문학』, 민음사, 1997, pp.348~349.

18) <원왕생가>의 달은 불교적인 관점을 떠나서도 인간의 소망을 풀어 줄 수 있는 위력을 지닌다는 점에서 정읍사의 달과 유사한 것으로 보기도 한다. 박노준, 『신라가요의 연구』, 열화당, 1985, pp.72~73 참조.

19) "어디까지나 初步的 觀想이면서, 또한 眞率한 信仰心을 표시해 주는 좋은 표본 …… 稱名念佛로서 淨土에 왕생하겠다고 思惟하는 자체가 學識에 물들어 있는 批判的인 淨土感보다는 보다 庶民的이고 또 眞實한 宗教的 發想이라고 보아야 할 것" 김동욱, 앞의 글, p.100.

보여 주는 것처럼 보다 현실적이고 세속적 상황에서의 문제 내지는 그 해결의 국면에 놓여 있다는 점에서 마련될 수 있다.[20]

달을 향해 무량수불전에 원왕생의 염원을 전달해 달라는 이와 같은 기원에서 아직은 정토로 가지 못해 애태우고 있는 시적 자아의 정서적 위상이 포착된다. 서방 정토와 나를 이어주는 매개자인 달을 바라보는 시적 자아의 정서는, 결구의 '사십팔대원이 이루어지실까(四十八大願成遣賜去)'에서 시사하는 것처럼 아직 서방정토와 가까워지지 못하고 있다는 거리감 속에 존재한다. 이러한 거리감 속에서 나오는 '다짐 깊으신 부처'라는 말은 아미타불의 다짐 깊으신 은혜에 기대어 정토 왕생을 이루기 위한 것이기는 하지만, 그 거리감으로 인하여 보다 애절한 '매달림'[21]의 목소리로 들리게 된다.

이러한 거리감 속에서의 애절함은 앞서 언급한 것처럼 달을 향하여 빌고 또 비는 기도가 '원왕생 원왕생' 그것이 아니라 '그리는 사람이 있다'는 것을 무량수불전에 전해달라는 것에 그치는 간접적 전언의 요청이라는 점에서도 드러난다. 이 간접적인 기원으로서 달이라는 매개를 통한 전언은 기원의 직접적인 대상인 무량수불을 향한 것과는 본질적으로 차이가 있다. '원왕생 원왕생'이라는 애절한 반복적 되뇌임과 그러나 그러한 기도를 전해달라는 것에 그치는 간접적 전언의 요청은, 왕생의 염원이 아직 달성되지 못하고 있는 것에 대한 안타까움의 구체적인 반증이기도 하며,[22] 이는 곧 이러한 기원이 오랜 세월

---

20) <원왕생가>의 시적 자아가 지닌 이러한 정서적 위상이, 서사물에 등장하는 인물들이 상층의 신도들이 아니라 짚신을 삼아 생계를 영위하거나, 밭을 갈아 농사를 짓고, 분황사의 여종으로 되어 있는 등 보다 세속적인 하층의 인물이라는 점과도 일맥상통하고 있다는 점에서, 가요와 서사물 사이의 보다 긴밀한 연관고리가 형성될 수 있을 것이다.
21) '다짐 깊으신 부처'는 아미타불에 대한 '묶어놓기'와 '매달림'의 의미로 해석되기도 한다. 박노준, 앞의 책, pp.72~73 참조.

동안 행해져 왔음을 의미한다.

이 간접적 전언이 품고 있는 안타까움은 '이제'라는 시간을 의미하는 시어를 통해서 그 정서적 위상이 보다 구체적으로 드러난다. '이제', '가셔서', '무량수불전에 일러다가 사뢰소서'이다. 여기에서 '이제'는 시간상 어느 한 시점인 지금 이 시간만을 가리키는 것이 아니라, 지금까지 수행해 온 과거의 세월을 모두 포함하는 보다 포괄적인 의미를 지닌다. '이제' 전해달라는 말은 오히려 아직껏 전하지 못하고 있다는 의미로 지금까지 수행을 해 온 세월 동안 수없이 되뇌었을 시적 자아의 기원에 안타까움과 애절함을 더해 주고 있는 것이다.

서방을 가고 있는 달을 바라보며, 오랜 세월 동안 이렇게 서원하면서 아직껏 가지 못하고 있는데 '이제' 전해 달라는 말이다. 오랜 세월 동안의 수행과 기원에도 불구하고 지금 내가 아직 서승을 이룰 수 없는 까닭은 지금까지의 나의 수행이 아직 완전하지 않기 때문이다. '이제'라는 말은 이처럼 오랜 세월동안의 수행에도 불구하고 그 수행이 완성되지 않은 탓에 아직 서승을 이룰 수 없다는 시적 자아의 정서적 위상을 반영하는 것이며, 이 수행의 미완에 대한 자기 반성과 고뇌는 결국 서승이라는 궁극적 목표와의 거리감을 드러내는 것이기도 하다.[23] 그러므로 이 기도는 경건하고 엄숙한 의식 속에 들리는 고요한 목소리가 아니라 고통스러운 수행의 과정에서 터져 나오는 애절한 탄

---

22) 아미타불이 아닌 달을 매개로 한 청원을 아미타불과의 거리감, 그에 대한 외경심, 자신의 왜소 때문으로 풀이하기도 한다. 위의 책, pp.78~79 참조.

23) 제 2구의 '居賜里遣'을 '가셔서'가 아니라 김완진의 '가시리고'(가실것인가)라는 의문문으로 본 어석에 따라, 가요의 제 1, 2구의 돈호법과 설의법이 품신과 제도의 빠른 청원을 의미하는 것으로 보기도 한다. 양희철, 앞의 책, pp.482~484 참조. 시적 자아가 빠른 청원의 진술 태도를 취하고 있다는 점에서도 서승이라는 궁극적 목표와의 거리감 속에서의 안타깝고 애절한 정서적 위상이 시사된다.

식으로 들리는 것이다. 이처럼 <원왕생가>는 달을 향해 기원하고 또 기원하며 오랜 세월 동안 수도 없이 되뇌었을, 서승을 향한 수행 과정의 갈등과 고뇌를 담은 노래임을 알 수 있다.

3. 결구 어석의 검토와 그 해석

가요의 시적 자아가 지닌 수행 과정에서의 이러한 갈등과 고뇌의 정서적 위상은 감탄사와 함께 하는 결구 부분에서 집약되어 표출된다.

> 阿邪 此身遺也置遣/ 四十八大願成遣賜去
> 아, 이 몸을 남겨 두고/ 사십팔대원이 이루어지실까.

왕생을 염원하는 종교적 기원이 의혹과 우려의 탄식으로 끝맺음하고 있다. 이는 기도문의 양식이 가요의 진술상에 배어있는 <맹아득안가>의 기원의 경우와는 사뭇 다르다. 이러한 탄식의 정서가 가요 전체의 의미와 성격을 대변하는 것이라고 한다면, 이것은 <원왕생가>가 단순히 서승을 기원하는 정토신앙의 불교적 가요라는 보다 포괄적인 의미로만 존재하고 그러한 층위에서만 서사물과 관련된 것이 아니라, 여기에는 보다 더 구체적인 상황이 관련되어 있음을 감지할 수 있다. 그렇다면 이러한 탄식의 정서를 지닌 가요가 서사물의 내용과 어떠한 층위에서 서로 관련되는지 해명할 필요가 있다. 이렇게 함으로써 가요에 나타난 시적 자아의 정서적 위상이 서사물에 등장하는 인물 가운데 누구냐의 것이냐를 살필 수도 있어, <원왕생가>를 두고 벌어진 논의상의 가장 큰 쟁점인 작자 구명의 문제에 접근할 수 있는 단서가 마련될 수 있다. 이 결구 부분에 대한 어석을 검토함으로써 이를 구체적으로 살피기로 한다.

　우선 ‘此身遺也置遣’의 ‘遺也置遣’에 대해 ‘버려두고(ᄇᆞ리·棄)’가 아닌 ‘남겨두고(깉·餘)’로 읽은 어석24)은 가요의 의미를 보다 분명하게 드러내는 것이 된다. ‘남겨두고’는 ‘남긴다’는 점에서 그 반대로 ‘버린다’의 의미가 중심이 되는 ‘버려두고’로 이해하는 것과는 분명한 차이가 있다.25) 그리고 ‘四十八大願成遣賜去’는 ‘사십팔대원을(목적격) 일우고(타동)샬까’가 아니라 ‘사십팔대원이(주격) 일고(타동이 아닌 자동)샬까’로 어석된다.26) 사십팔대원은 아미타불의 서원이다. ‘사십팔대원을 이루실까’로 읽을 경우, 이는 그 사십팔대원을 이루는 주체인 아미타불을 향한 나의 물음이 된다. 그러나 ‘사십팔대원을(목적격)’이 아닌 ‘사십팔대원이(주격)’로 읽고, 또 ‘일우고(타동)’가 아닌 ‘일고(자동)’로 읽는다면, ‘일고’가 타동이 아닌 자동이므로 ‘이루는 것’이 아닌 ‘이루어지는 것’이 되는 동시에, ‘샬가(賜去)’의 존칭조동사 ‘샤’의 존재는 사십팔대원이라는 서원 자체를 높인 것으로 되며, ‘일고샬가’는 내가 다른 이를 향한 존칭의 물음을 한 것이 아니라는 점이 드러난다.

---

24) “「遺」의 訓이 「投贈」의 義 「기티」外에 외에 「ᄇᆞ리·깉」(棄·餘)의 兩訓이 잇음. …… 近古文獻의 譯例도 대부분 「깉」임으로 本條도 「기텨」로 읽어둔다.” 양주동, 앞의 책, p,518. 이하 양주동의 어석은 가요의 작자를 광덕의 처로 본 문학적 해석이지만, 어석만으로 보면 광덕의 처라는 구체적인 근거는 보이지 않는다.

25) ‘남겨두고’와 ‘버려두고’의 의미는 ‘둔다’의 의미에 중심을 둘 경우 비슷한 의미를 지니지만, ‘이 몸을 버린다’가 아닌 ‘이 몸을 남긴다’의 의미로 볼 경우 시적 자아의 정서적 위상은 더욱 분명해 질 수 있을 것이다.

26) “成는 訓讀 「일」 …… 「일」은 自動이요 그 타동은 「일우」이다. …… 「遺」 畧音借 「고」. 「成遺」은 「일고」. 「일고」는 自動임으로 上語 「四十八大願」은 目的格 아닌 주격이다. …… 本條의 「四十八大願」을 「四十八大願을 일우」의 義로 驟解키 쉬우나, 「成遺賜」는 「일우고샤」(他動) 아닌 「일고샤」(自動)이다.” 양주동, 앞의 책, pp.519~520.

　이처럼, '사십팔대원 일고샬가'의 '일고샬가'는 사십팔대원을 이루는 것이 아니라 사십팔대원 그 자체가 성취되는 것에 대해 말하고 있는 것이다. 말하자면 시적 자아는 아미타불이 사십팔대원을 이루는 것에 대해서가 아니라, 아미타불의 사십팔대원이 이루어지는 것, 즉 사십팔대원 그 자체가 이루어지거나 이루어지지 않는 것에 대해 관심이 있다고 할 수 있다. 그러므로 여기에서 염두에 둘 것은 사십팔대원을 이루는 주체(기원의 대상)가 아닌 사십팔대원이 이루어지는 것을 갈구하는 주체인 시적 자아의 정서적 위상에 주목하는 것이 중요하다는 점이다.27) '賜去'에는 1인칭 화자가 자신을 향하는 진술임이 강하게 드러난다. 'ㄹ가'의 'ㄹ가 두렵다' 혹은 'ㄹ가 젛노라'28)는 사십팔대원이 이루어지지 못하는 것에 대한 시적 자아의 애절하고도 안타까운 탄식이다.

　여기에서 시적 자아의 정서적 위상은 자신의 왕생이 이루어지지 않고 있다는 점과 관련된 것이지 무량수불이라는 기원의 대상을 향하여 '무량수불의 원력을 疑慮하는'29) 것이 아니다. 시적 자아가 아미타불의 사십팔대원이 이루어지기를 갈구하는 까닭은, 그의 왕생을 이루기 위해서는 아미타불의 사십팔대원이 이루어져야 하기 때문이다. 이 문맥 속의 목적과 수단의 항목은 이 둘을 바꾸어 역의 논리로 도치시킬 때도 동일한 의미를 지닌다. 곧, 사십팔대원이 이루어지기 위해서는

---

27) 이 부분에 대한 기존의 해석은 주로 사십팔대원이 누구의 것이냐에 초점을 맞추어 이루어진 듯하다.

28) "賜는 존칭조동사「샤」…… 去는 訓借로서 疑問助詞「가」에 해당한다. ……「ㄹ가」에 兩義가 잇으니, 一은 單純한 未來疑問形, 他는「ㄹ가 저흐, ㄹ가 두렵」等「疑慮」의 義를 表하는 辭인데 本條는 곧 後者. 由來 歌辭의 結句를「ㄹ가·ㄴ가」로 맺음은 한 傳統的 形式이다." 위의 책, pp.520~521.

29) 양주동, '德'字 辨-원왕생가의 작자문제, 『국학연구론고』, 을유문화사, 1962, p.134.

시적 자아의 왕생이 이루어져야 한다는 논리가 그것이다. 그러므로 사십팔대원이 이루어지는 것은 시적 자아의 왕생이 이루어지는 것과 다름없는 것으로, 아미타불의 사십팔대원은 바로 시적 자아의 사십팔대원이기도 한 것이다. 그러므로 '사십팔대원이 이루어지실까'는 '나의 왕생이 이루어질까'라는 의미를 생성하게 된다.

　이상과 같이 사십팔대원이 이루어지기를 갈구하는 주체인 시적 자아의 정서적 위상에 주목할 때, 결구의 어석 '이 몸을 남겨 두고 사십팔대원이 이루어지실까'는, 시적 자아가 '이 몸을 남겨 두고(버리지 못하고) 청정한 정토로 왕생할 수 있겠느냐'는 의미로 해석된다. 그러므로 '이 몸을 남겨 두고(此身遺也置遣)'의 '이 몸(此身)'을 단순히 '나'라는 대명사적인 의미를 지니는 것으로 해석하는 것은 불가능하다. 이렇게 해석할 경우 이 문맥은 '나를 남겨두고 내가 어떻게 청정한 정토로 왕생할 수 있겠느냐'는 논리적인 모순에 빠져든다. 그러므로 '이 몸(此身)'은 화자를 지칭하는 대명사 '나'가 아니라 글자 그대로 의미인 '이 身體'로 해석해야 할 것이다.

4. '此身遺也置遣(이 몸 남겨 두고)'와 작자 문제

　가요의 결구 '此身遺也置遣/ 四十八大願成遣賜去(이 몸 남겨두고/ 사십팔대원이 이루어지실까)'는 시적 자아의 정서를 집약적으로 형상화한 부분이다. 그 동안 <원왕생가> 연구의 논의들은 작자 구명의 가장 긴요한 열쇠가 될 수 있는 결구 부분의 '此身(이 몸)'이라는 어구에 대해 별로 관심을 기울이지 않았다. 이 '此身'에 대하여 '나의 몸 → 나

(자기자신)'로 해독하여 화자를 가리키는 대명사적인 것으로 본 것 이상의 설명이 없고,[30] 가요의 문면을 해석하는 논의들에서도 이를 그대로 따르고 있다. 그러나 '이 몸(此身)'은 앞서 살폈듯이 '나'라는 대명사가 아니라 글자 그대로 '이 身體', '나의 신체'라는 보다 구체적인 의미로 해석된다. 이렇게 될 경우 가요의 시적 자아가 지닌 정서도 보다 구체적이고 특정한 상황의 좌표 위에 위치할 수 있게 되고, 나아가 이 가요의 작자에 대한 보다 뚜렷한 정보를 제공받을 수 있게 된다.

『삼국유사』에 나오는 서승(정토왕생)을 소재로 한 다음과 같은 또 다른 두 편의 이야기를 이 「광덕엄장」조의 이야기와 함께 비교해 보자. 이들 세 편의 이야기에는 공통적으로 '身體'가 등장하고 이 '身體'는 서승과 밀접한 관련을 맺고 있다.

> (가) 아간 귀진의 집에 계집종이 하나 있었는데 이름이 욱면이라 하였다. 계집종은 …… ① 밤낮 쉬지 않고 염불을 하였다. …… ② 뜰의 좌우에 긴 말뚝을 세우고 노끈으로 두 손바닥을 꿰어 말뚝 위에 매어 합장하고 좌우로 흔들어 자신을 격려했다. 이 때에 하늘에서 "郁面娘은 불당에 들어가 염불하라"는 소리가 있

---

30) 양주동의 어석에서 '此身'의 용례는 '身'에 대한 것에 그치고 있다. 이 용례들에서도 '身'은 역시 '몸'이라는 신체를 가리키는 것이다. 다른 용례로서 <보현십원가>의 <수희공덕가> 중 '몸衣身'의 경우를 들고 있기는 하나 이 역시 '身'은 '몸衣'와 함께 함으로써 '나의 몸'인 '나'를 의미하는 것이다. 양주동, 『增訂 古歌研究』, 일조각, 1990, pp.517~518 참조. <보개회향가>에도 '몸衣身'이 보인다. 다른 가요들에서 '나'를 의미하는 것으로는 <헌화가>, <제망매가>, <처용가>, <보현십원가>의 <수희공덕가>, <청전법륜가>, <상수불학가>, <항순중생가>, <총결무진가> 등에 모두 '몸'라는 글자로 표기되어 있다. 상수불학가에서 '我佛體'의 我는 '우리'로 해석되고 있기도 하다. 이렇게 볼 때, '此身'은 구태여 '나'로 읽을 이유가 없으며, 축자적인 해석이 더욱 바람직해 보인다. 이 때, 지시어인 '此(이)'는 '身'을 강조하는 의미로 볼 수 있다.

었다. 절의 대중들이 이를 듣고 계집종에게 불당에 들 것을 권하여 예에 따라 정진하게 했다. 얼마 안되어 ③ 하늘의 음악소리가 서쪽으로부터 들려오고 계집종은 집 대들보를 뚫고 솟아나와 ④ 서쪽 교외에 이르러 유해(骸)를 버리고 부처의 몸으로 변하여 나타났다. 그는 ⑤ 연화대에 앉아 큰 광명을 내뿜으면서 천천이 떠나갔는데 음악소리가 하늘에서 그치지 않았다. 승전에 보면, …… 이러하기 9년만에 을미 정월 21일 예불을 하다가 집의 대들보를 뚫고 올라갔다. 소백산에 이르러 신 한짝이 떨어졌으므로 그 자리에 보리사를 지었고, ⑥ 산 밑에 이르러서 그 몸(其身)이 버려졌으므로 그 자리에 두 번째 보리사를 짓고 그 전각에 욱면등천지전(郁面登天之殿)이라고 써 붙였다.

(『三國遺事』, 感通篇, 「郁面婢念佛西昇」條)

(나) ⑦ 다섯명의 이름을 알 수 없는 비구가 와서 머물면서 아미타불을 염불했다. 서방정토를 구한지 몇 십년 만에 홀연 聖衆이 서쪽으로부터 와서 맞이하였는데, 이에 ⑧ 다섯 비구는 각기 연화대에 앉아 허공을 타고 갔다. 통도사 문 밖에 이르러 머물렀는데 하늘에서 하늘의 풍악이 간간히 울렸다. 절의 승려들이 나가 살피니 다섯 비구는 무상고공(無常苦空)의 이치를 설하고 ⑨ 유해(遺骸)를 벗어 던지고 큰 광명을 뿜으면서 서쪽을 향하여 갔다. ⑩ 그 유해를 버린 곳에 절의 승려들이 정자를 짓고 이름을 치루(置樓)라고 했는데 지금도 남아 있다.

(『三國遺事』, 避隱篇, 「布川山五比丘景德王代」條)

위에 소개한 서사물들의 내용을 「광덕엄장」조의 서사와 함께 정리하여 제시하면 다음과 같다.

<표 1>　　서승의 순간

(가) 욱면비 염불서승	③ 하늘의 음악소리가 서쪽으로부터 들려오고 ⑤ 연화대에 앉아 큰 광명을 내뿜으면서 천천이 떠나갔는데 음악소리가 하늘에서 그치지 않았다.
(나) 포천산오비구 경덕왕대	⑧ 다섯 비구는 각기 연화대에 앉아 허공을 타고 갔다. 통도사 문 밖에 이르러 머물렀는데 하늘에서 하늘의 풍악이 간간히 울렸다.
(다) 광덕엄장	・엄장이 문을 밀치고 나가서 돌아보니 구름 밖에서 하늘의 음악소리가 들리고 광명이 땅에 드리웠다.

<표 2>　　서승의 자취

(가) 욱면비 염불서승	④ 서쪽 교외에 이르러 유해(骸)를 버리고 부처의 몸으로 변하여 나타났다. ⑥ 산 밑에 이르러서 그 몸(身)이 버려졌으므로 그 자리에 두 번째 보리사를 짓고 그 전각에 郁面登天之殿이라고 써 붙였다.
(나) 포천산오비구 경덕왕대	⑨ 유해(遺骸)를 벗어던지고 큰 광명을 뿜으면서 서쪽을 향하여 갔다. ⑩ 그 (유해를) 버린 곳에 절의 승려들이 정자를 짓고 이름을 置樓라고 했는데 지금도 남아 있다.
(다) 광덕엄장	・(엄장은) 이에 광덕의 아내와 함께 유해(骸)를 수습하여 장사를 지냈다.(同營蒿里) ・가요 : 이 몸 남겨 두고 사십팔대원이 이루어지실까

<table>
<tr><td colspan="2"><표 3>　서승을 위한 수행 과정과 정성</td></tr>
<tr><td>(가)
욱면비
염불서승</td><td>① 밤낮 쉬지 않고 염불을 하였다.
② 뜰의 좌우에 긴 말뚝을 세우고 노끈으로 두 손바닥을 꿰어 말뚝 위에 매어 합장하고 좌우로 흔들어 자신을 격려했다.</td></tr>
<tr><td>(나)
포천산오비구
경덕왕대</td><td>⑦ 다섯명의 이름을 알 수 없는 비구가 와서 머물면서 아미타불을 염불했다. 서방정토를 구한지 몇 십년 만에……</td></tr>
<tr><td>(다)
광덕엄장</td><td>· (광덕은) 매일밤 몸을 단정히 하고 바로 앉아서 한결이 아미타불의 이름을 염불했다.
· 남편(광덕)은 나와 함께 산지 십여년에 아직 하루밤도 잠자리를 같이 한 적이 없는데, 하물며 몸(身)을 더럽혔겠는가.
· 관이 무르익으면 밝은 빛이 집으로 들어와 때로는 그 빛을 타고 올라 가부좌를 하였다.</td></tr>
</table>

　위와 같은 비교를 통해 「광덕엄장」조, 「욱면비염불서승」조, 그리고 「포천산오비구경덕왕대」조의 이야기들이 서승의 순간, 그 자취, 그리고 서승을 위한 수행의 과정과 정성이라는 세 가지 내용들을 공통적으로 지니고 있으며, 서승을 위한 아미타불 염불 수행의 과정과 결과로 이어지는 하나의 줄거리를 형성하고 있음을 알 수 있다.31) 여기에서 '身體'는 이러한 줄거리 가운데 들어 있는 하나의 중요한 모티프라는 사실이 드러난다.

　위의 <표 2>에서 알 수 있듯이 「욱면비염불서승」조의 ④와 ⑥, 그리고 「포천산오비구경덕왕대」조의 ⑨과 ⑩에서는 신체를 버린다는 내용이 제시되고 있다. ④의 '骸'는 같은 서사물에서 동일한 사건에 대한 僧傳의 다른 기록을 소개하는 이야기인 ⑥에서 '身'으로 표현되

---

31) 「광덕엄장조」의 실질적인 주제를 정토왕생을 위한 '정성어린 信仰生活과 修道의 피나는 과정'으로 이해하기도 한다. 박노준, 앞의 책, p.56.

고 있어 이는 몸, 곧 身體를 의미하는 것임을 알 수 있으며 수행을 끝내고 서승하는 순간 몸, 이 신체는 버려지는 것으로 설명되고 있다. 더욱이 이 신체가 버려지는 것에 대해서 ⑥에서 제2 보리사를 지어 '육면등천지전'이라 하고 ⑩에서 정자의 이름을 置樓라고 한 것으로 그 의의를 부여하기도 했다.

이러한 신체를 버린다는 내용은 「광덕엄장」조의 서사물에서 '(엄장은) 이에 광덕의 아내와 함께 유해(骸)를 수습하여 장사를 지냈다.'라는 문맥과 상응한다. 광덕이 서승을 이루고 난 후 버려진 그의 유해를 엄장과 아내가 수습해서 장사지냈던 것이다. 또한 이 신체를 버린다는 내용은 <원왕생가>에서 '이 몸을 남겨 두고(버리지 못하고) 사십팔대원이 이루어지실까'와 상응한다. 앞서 어석 검토에서 살폈듯이 '이 몸'은 '나'가 아닌 글자 그대로의 '이 신체'를 의미한다. 이 신체를 버리는 순간 사십팔대원이 이루어지고 내가 왕생할 수 있는 것인데, 나는 아직 신체를 버리지 못하고 있는 것이다. 이로써 이 '신체'는 「광덕엄장」조의 가요와 서사물을 잇는 보다 긴밀한 연관고리로서 존재하게 되고, 가요의 '이 몸 남겨 두고(此身遺也置遣)'에서 '신체(身)'는 서사물의 등장 인물 중의 하나인 광덕의 몸을 가리키는 것임이 더욱 분명해진다.

그리고 이 신체를 버린다는 의미는 「욱면비염불서승」조의 ②에서 '뜰의 좌우에 긴 말뚝을 세우고 노끈으로 두 손바닥을 꿰어 말뚝 위에 매어 합장하고 좌우로 흔들어 자신을 격려'한 것처럼, 왕생을 위한 수행의 과정이 자신에게 스스로 가하는 신체적 고통을 감내해야만 하는 것이라는 점에서 찾아진다. 「욱면비염불서승」조에는 일연의 讚詩를 통하여 이 신체를 버리는 의미가 재차 강조되고 있다.

西隣古寺佛燈明
春罷歸來夜二更
自許一聲成一佛
掌穿繩子直忘形

서편 이웃 옛절에는 佛燈이 밝은데
방아 찧고 돌아가면 밤도 이경이라
스스로 한마디 염불마다 부처 되기 기약하고
손바닥을 노끈으로 꿰어 제 몸 바로 잊었도다.

原詩의 마지막 행에서 '忘形'으로 표현된 '몸, 신체를 잊는(버리는) 것'은 <표 3>의 ②를 형상화한 것으로, '成一佛' 하기 위해 스스로 신체에 가하는 고통의 과정을 수반하는 것이다. 이러한 '몸을 버리는', 신체에 가하는 고통의 의미가 <광덕엄장>조의 서사물에서는 엄장과 광덕의 처 사이에 벌어진 실랑이를 통해 암시되고 있다.

엄장은 광덕의 유해를 장사지낸 후 광덕 처에게 함께 살자고 제의하여 '欲通'하려 했다가 거절당한다. 엄장은 아내를 데리고 살지 않아 그 동안의 수행의 과정이 육체적 욕망에서 보다 자유스러웠을 것임도 불구하고, 광덕의 처라는 존재로 제시된 육체적 욕망의 대상 앞에 무릎을 꿇고 말았다.32) 「광덕엄장」조에서 이 '身體'는 더욱 구체적으로

---

32) 서사물의 서두에서 광덕은 처를 데리고 살았지만 엄장은 그렇지 않았고, 또 사귐이 좋은(友善) 두 사람은 서로 먼저 서승하는 자는 서로 알리자고 약속한 사이임을 밝히고 있다. 이러한 내용은 처를 데리고 산 자와 그렇지 않은 자의 서승을 위한 수행의 환경과 과정을 대조적으로 드러낸 것으로, 광덕의 처는 여기에서 육체적 욕망의 대상임이 시사되고 있다. 「광덕엄장」조의 전체 서사는 먼저 수행의 환경에 대한 일반적인 인식, 곧 광덕은 수행의 환경이 열악하고 엄장은 양호하리라는 점을 제시하지만. 그러나 서사의 전개과정을 통하여 이를 반전시킴으로써 그러한 일반적인 인식을 무너뜨리고 있다.

서승을 위한 수행 과정에서 끊어 없애야만 하는 '육체' 혹은 '육체적 욕망'으로 제시된 셈이다.33) 이러한 육체적 욕망의 문제가 광덕과 관련해서는 제시되지 않고 있는 것처럼 보이지만, 같은 <표 3> 「광덕 엄장」조에서 '남편은 나와 함께 산지 십여 년에 아직 하루밤도 잠자리를 같이 한 적이 없는데, 하물며 몸(身)을 더럽혔겠는가'라는 광덕처의 말에서 분명히 시사된다. 육체적 욕망을 끊는 수행의 고통은 광덕에게도 정토로의 왕생을 갈구하는 수행자로서 지켜야할 자신 스스로가 내건 계율이자 종교적 기원의 담보였을 것이다. 광덕이 십여 년 동안의 수행의 과정에서, 매일 밤 잠자리에 누운 아내를 곁에 두고 외면하면서도 완전히 떨쳐 버리지 못했던 육체적 욕망을 끊는 고통은, 위의 일연의 찬시에서 욱면이 '스스로 한마디 염불마다 부처되기를 기약하고, 손바닥을 노끈으로 꿰어 제 몸을 바로 잊었'던, 육체를 버리는 고통과 같은 것이었다.

　이렇게 볼 때, <원왕생가>의 '이 몸(此身)'의 '身', '신체'는 서승을 위한 수행의 과정에서 걸림돌이 되고 있는 '육체적 욕망'을 의미하며, 이로써 가요의 시적 자아가 달을 향해 기원한 원왕생의 염원은 보다 뚜렷한 정서적 좌표상에 위치하게 된다. <원왕생가>의 결구 '아, 이 몸을 남겨 두고 사십팔대원이 이루어지실까'는 육체적 욕망를 버리지 못한 채 갈등하고 고뇌하는 수행자의 고통을 드러내는 탄식이다. 광

---

33) 이를 근거로 가요의 '이 몸'을 엄장의 것으로 볼 수는 없을 것이다. 앞서 언급한 바대로, 서사물에서 광덕이 유해를 남기고 서승했다는 문맥과 '德譽有歌云'이라는 문맥을 통해 가요와 서사물과의 연관 고리를 찾을 수 있는 이상 그 이상의 추론은 불필요하다고 본다. 또 가요의 문면에 드러난 시적 자아의 정서적 위상에서 서승을 위한 이러한 기원이 오랜 세월 동안 행해져 왔음을 시사받을 수도 있기에 때문에, 십여 년 동안 그의 처와 한 번도 동침하지 않았다는 서사물의 내용과 관련하여 광덕에게로 이어지는 것이 더욱 자연스러운 귀결일 것이다.

덕은 십여 년 동안이나 수행을 해 오면서도, 관음보살이 아내라는 이름으로 현신한 한 여인, 육체적 욕망의 대상과 완전히 결별하지 못한 탓에 아직껏 서승하지 못하고, 서방세계의 무량수불을 향한 '원왕생 원왕생'의 애타는 염원을 달을 보고 대신 전해달라고 한 것이다. <광덕엄장>조는 육체적 욕망의 문제를 서사물뿐만이 아니라 가요를 통해서도 제시하고 있는 셈이다.[34]

이처럼 <광덕엄장>조의 가요와 서사물은 서로 긴밀한 연관고리를 지닌 가운데, 서승을 위한 육체적 욕망의 극복이라는 전체 서사를 관류하는 총체적 의미망을 형성하고 있으며, 서사물의 이야기에 이어서 <원왕생가>는 광덕의 목소리를 통하여 이 육체적 욕망을 남겨두고서는 서승을 이룰 수 없다는 불교적 수행에 대한 가르침을 다시 한 번 강조하고 있는 셈이다.

5. 맺음말

이 글의 목적은 <원왕생가>의 시적 자아가 지닌 정서적 위상을 검토하여, 이 가요를 대상으로 한 논의 가운데 가장 큰 쟁점인 작자 구명의 문제에 대한 하나의 구체적인 대안을 제시하려는 것이었다. 지금까지의 논의 내용을 요약하여 제시한다.

---

34) <광덕엄장>조의 서사물을 통해 육체적 욕망의 문제를 언급한 견해들은 있으나, 대개 서사물에 제시되어 있는 내용을 토대로 엄장과 관련된 것으로 보았고, 광덕과 관련된 것으로 본 경우도 가요의 문면을 통해 이러한 점을 확인하지는 않았다. 광덕과 관련된 것으로 본 견해로는 김동욱, 앞의 글, pp.96~99 참조.

<원왕생가>에서 달을 향한 시적 자아의 정서적 위상은 극락왕생을 기원하는 보다 현실적이고 세속적인 상황에서의 문제와 그 해결이라는 국면에 놓여 있으며, 오랜 세월 동안의 수행 과정에서 아직 극락왕생 하지 못하고 있는 시적 자아의 갈등과 고뇌의 정서를 반영하고 있다.

이러한 시적 자아의 정서적 위상과 관련하여 <원왕생가> 결구의 어석을 검토하였다. 결구의 '이 몸(此身)'에 대하여, 단순히 화자를 가리키는 '나'라는 대명사적인 의미로 해석한 기존의 견해들과는 달리 글자 그대로 '이 신체'의 의미를 지닌 것으로 새롭게 해석하였다. 이렇게 해석할 경우 시적 자아가 지닌 정서도 보다 구체적이고 특정한 상황의 좌표상에 위치하게 되는 한편, 지금까지의 논의들에서 구체화되지 못했던 서사물과 가요 사이의 직접적인 관련성이 부각된다.

<원왕생가>의 결구 '이 몸 남겨 두고(此身遺也置遺)'의 의미를 서사물의 내용과 관련하여 작자 문제를 구명하였다. 이를 위해『三國遺事』에 수록된 이야기들 중 정토왕생의 소재를 지닌 「욱면비염불서승」조, 「포천산오비구경덕왕대」조의 내용을 정리하여 「광덕엄장」조의 서사물과 비교하였다. 이 세 편의 서사물에서 공통적으로 '몸(身體)'은 왕생의 순간에 버려지는 것이었고, 이 신체를 버리는 것은 「욱면비염불서승」조의 이야기를 통해 수행과정에서 육체에 가해지는 고통, 육체를 버리는 고통의 의미를 지닌 것임을 알 수 있었다. 그러므로 <원왕생가>의 결구 '이 몸을 남겨 두고 사십팔대원이 이루어지실까'는 '육체적인 욕망을 버리지 못하고 나의 정토왕생이 이루어질까'라는 의미로 해석된다. 이로써 가요의 '이 몸(此身)'은 광덕의 몸을 가리키는 것으로, 가요의 작자는 광덕이 된다. 이처럼 「광덕엄장」조의 가요와 서사물은 서로 긴밀한 연관 고리를 지닌 채 서승을 위한 육체적 욕망의

극복이라는 전체 서사를 관류하는 총체적 의미망을 형성하고 있으며, <원왕생가>는 이 육체적 욕망을 남겨두고서는 서승을 이룰 수 없다는 불교적 가르침을 광덕의 노래를 통하여 제시하고 있다.

이와 같은 논지를 따라 <원왕생가> 연구의 부분적인 쟁점 가운데 아래의 두 가지 사안에 대하여 다음과 같은 입장을 취한다.

첫째, 가요의 창작과 가창의 시점에 관한 것이다. 가요의 시적 자아를 광덕으로 볼 수 있다면, 가요의 창작과 가창 시점은 서사물에서 광덕이 '每夜'에 '一聲念阿彌陀佛號' 하였다는 시점과 연관된다. 그러나 이 '每夜'는 시간상의 어느 한 시점이 아니라, '德甞有歌云'의 '甞'이 지니는 시간적 융통성처럼 왕생을 위한 수행 과정의 오랜 세월을 포괄하는 것으로, 앞서 살핀 바 있는 가요의 '이제'라는 포괄적 시간의 의미와 상응하는 것이다. 그러므로 '德甞有歌云'은 축자적인 해석으로 '광덕에게 일찍이 노래가 있었다'로 읽는 편이 더욱 정확한 해석이 될 수 있다. '作歌'가 아닌 '有歌'라고 해서 가요가 광덕 이전부터 오랜 기간 동안 전승되어 온 것을 의미하는 것이 아니다. 또한 이것은 광덕이 창작했다는 의미에 그치는 것이 아니라 그것을 포함해서 광덕이 십여 년 동안의 수행 과정에서 오랫동안 노래를 불러 왔다는 의미를 지닌 것으로 이해될 수 있다. 그렇다면 '有歌'의 의미는 광덕이 지어서 오랜 기간 부른 노래가 후대의 전승 과정에서 '광덕의' 노래라는 인식으로 자리잡은 것을 말해 주는 것이고, 이것이 '일찍이 광덕의 노래가, 광덕이 오랫동안 불러왔던 노래가 있었다'로 이해되어 '德甞有歌云'으로 기록될 수 있었다고 본다.

둘째, 광덕의 처에 관한 것이다. 서사물에서 광덕의 처는 분황사의 여종으로 관음보살의 19應身 가운데 하나로 제시되어 있는 탓에 주로 광덕과 엄장의 수행을 도와 서승을 이루게 한 보살의 역할에 주목하여 논의가 많이 이루어졌다. 그러나 전체 서사의 핵심이 정토왕생을 위한 수행 과정에서의 육체적 욕망 극복의 서사라는 점을 감안한다면, 광덕의 처는 보살이라는 측면이 아니라 왕생에의 걸림돌이 되는 육체적 욕망의 대상으로서 그 역할과 의미가 부각되어야만 될 것이다. 광덕의 처가 관음보살의 19응신 가운데 하나였다는 것은 서사물의 마지막 단계에서 그 정체를 밝히면서 언급되는 것이다. 서사의 전개 과정에서 광덕의 처는 엄장에게, 관음보살이 수행자의 육체적 욕망을 시험하여 그것을 초월하도록 돕기 위한 존재로 변신하여 나타난 것으로 이해된다. 그녀는 수행자에게 있어서 금기시되는 파계의 원인, 곧 육체적 욕망의 대상으로 존재하는 것이며, 이러한 점은 엄장 이전에 그녀와 십여 년을 함께 살았던 광덕에게도 마찬가지로 적용되는 것이다.

<遇賊歌>의 서사적 문맥과 문학적 감동

1. 기존 연구의 검토와 문제의 제기

<遇賊歌>는 『三國遺事』卷五 避隱 第八 「永才遇賊」條에 실려서 전한다. 이 가요는 명칭, 어석, 작자, 종교적 성격 및 역사적 배경 등에 관해서 다양한 접근이 있어 왔다. 語釋에 있어서는 가요의 缺字 부분에 대한 천착이 거의 필수적으로 수반되어 많은 논의가 이루어졌으며, 가요의 성격에 대해서는 불교를 중심으로 몇 가지 신앙적 관점에서 파악하거나 가요에 얽힌 역사적 배경을 밝히는 데 관심을 집중하고 있는 것이 대부분이다.

기존의 연구들에서 비교적 그 견해가 다양하게 제시되어 온 쟁점들을 작자인 영재와, 도적, 그리고 가요의 성격에 관한 것 등의 셋으로 나누어 그 대강을 살펴보면 다음과 같다.

■ 작자 永才에 대하여

(1) '永'은 '長命'의 뜻인 '길'로, '才'는 근세인명용례의 '次序'의 뜻인 '째'와 같은 '치'라는 인명접미어로 보았다.[1]

(2) 오래 살았다는 뜻의 '가라자'로 풀이하여, 낙천가 또는 세속적 욕심을 벗어난 신선을 성격을 지녔다고 보았다.[2]

(3) '不累於物 善鄕歌'로 보아 탈속한 가승으로 보았다.[3]

(4) 남악에 은거하려 했던 것으로 보아 당시 禪門 중 敎와 習俗을 떠나 純善만을 위해 고양해 온 설악산을 중심으로 한 北山系의 禪門이 아니라, 禪敎를 통합하고 習俗과 함께하는 융통성 있는 지리산을 중심으로 한 南岳系 禪門의 계통을 이어받은 禪師로 보았다.[4]

(5) 永言之才, 노래를 잘 부르는 재주있는 사람으로 보았다.[5]

(6) 여기저기 마음 내키는 대로 명산대찰을 찾아다니는 수도승이면서도 오히려 풍류를 더 즐기는 도승으로 보았다.[6]

(7) 능변, 달변의 정치적 수완이 있었음에도 불구하고 不累於物하는 保身策을 가지고서야 시대를 살아갈 수 있었던, 당대의 정치권에서 소외된 인물로 보았다.[7]

(8) 발심하여 화엄의 道場인 남악으로 가기 이전에는 在家僧이었을

---

1) 양주동,『조선고가연구』, 박문서관, 1942, p.639.
2) 김선기, 도독만난 노래(<우적가>)-신라 노래 열넷-,『현대문학』177, 1969.9. p.309.
3) 김성배,『한국불교가요의 연구』, 문왕사, 1973, p.34.
4) 박태상, <우적가>고,『원우론집』제10집, 연세대 대학원 원우회, 1982. p.19.
5) 최철,『향가의 문학적 연구』, 새문사, 1985, p.278.
6) 최성호, <우적가>의 시대적 배경고,『동악어문론집』17집, 동악어문학회, 동국대, 1983. pp.283~284.
7) 이웅재, <우적가> 설화의 연구,『平沙閔濟先生華甲紀念論文集』, 1990.10.

것이라고 하였다.[8]

■ 도적에 대하여

(1) 화랑단의 잔비이거나 집권층에서 일어났던 세력권 쟁탈전에서 실각하여 산중에 피신한 일단의 반체제 세력이라 하였다.[9]

(2) 단순한 도둑이 아니라, 지성과 감성을 고루 갖춘 조직적 집단으로서 현세적인 탐욕이 아닌 무언가 차원 높은 목표를 지닌 도둑답지 않은 도둑으로 보았다.[10]

(3) 당시의 정치상황과 관련시켜 周元系 일파인 憲昌系의 반체제 인사로 보았다.[11]

(4) <大日經> 法心品에 瑜伽行者의 心相을 貪이하 60心으로 나눈 것에 관련시켜, 영재가 聖俗境界에서 일으킨 모든 마음에 비유하고 있다.[12]

■ 가요의 성격에 대하여

(1) 비록 졸지의 소작이나 도적을 감격케한 명작이라 하였다.[13]

(2) 가요의 첫 절이 '無名'·'阿黎耶識'을 상징한 것이고, 둘째 절에서 '精進'·'修業'·'死生'의 경계를 방황하는 마음의 신화적 비약을 노래하여, 종결구에서 恒順衆生을 써 法悅에 사무친 正覺의 심경을 읊은 것으로 보아 '心歌', '禪歌'로 보았다.[14]

---

8) 김승찬, <우적가> 연구, 『신라문화』, 동국대, 1990.12. p.18.
9) 박노준, 『신라가요의 연구』, 열화당, 1982. pp.280~281.
10) 최성호, 앞의 논문, p.340.
11) 이웅재, 앞의 논문, p.304.
12) 김승찬, 앞의 논문, p.18.
13) 양주동, 앞의 책, p.639.

(3) 영재가 도적을 만나 노래를 불러 도적을 회개시킨 說道의 노래[15]이며 순수한 불교의 노래라고 하였다.[16]

(4) 영재가 은거차 가던 중 도적을 만나 그들에게 읊어 준 觀音力을 표상한 노래로 죽음보다도 더 강한 淨土希求의 뜻을 읊은 것이라고 하였다.[17]

(5) 뇌물로 나라가 기울어가는 신라 원성왕대라는 역사적 상황에서 불린 노래이며, 또한 예술품으로만 높은 것이 아니라 '길닦음'에도 공로가 큰 것으로 보았다.[18]

(6) 彌勒淨土에의 發願을 노래한 불교가요(향찬)이라 하였다.[19]

(7) 영재가 60여의 도적과 상대하여 실제상·심성상을 막론하고, 행동으로나 말로나 노래를 통하여 자기의 身·口·意 三業을 깨끗이 하였고, 고요히 번뇌의 대현령을 넘어설 수가 있었다고 하면서, <우적가>는 그런 의미에서 永才에게 있어서는 自警自覺하는 심적 과정을 묘사한 自警歌이며, 修道人에게는 煩惱의 妄賊을 잡아서 굴복시켜야만 眞覺의 佛性을 證得하게 된다는 것을 보인 것으로 性修一如의 證道歌인 동시에 禪歌라고 하였다.[20]

(8) 작자의 '性滑稽'와 '不累於物'은 禪佛敎의 특성이고, 작품 제작시기도 신라후기 원성왕대로서 선불교의 시대정신을 반영하고 있어서,[21] 숭고를 심층 미의식으로 깔고 희극미를 표층 미의식으

---

14) 지헌영, 『향가여요신역』, 정음사, 1948. p.27.
15) 장덕순, 『국문학통론』, 신구문화사, 1960, p.94.
16) 위의 책, p.98.
17) 김동욱, 『한국가요의 연구』, 을유문화사, 1961, p.26.
18) 김선기, 앞의 논문, pp.308~309.
19) 김성배, 앞의 책, p.35.
20) 김종우, 『향가문학연구』, 선명문화사, 1974, p.109.
21) 김학성, 『한국고전시가의 연구』, 원광대출판국, 1980. p.101.

로 구현하는 유형으로, 골계·숭고의 선불교적 양면정신이 작품에 투사되었다고 보았다.[22]

(9) 주가적인 효험이 아닌 문학적 감동의 효험을 지녔다고 보아 불교적 서정시로 보았다.[23]

(10) 불교 교리의 설파도 아니고, 서민대중의 계도도 아닌, 賊徒의 칼날 앞에서 스스로의 생을 성찰하여 칼날로 위협하는 賊徒까지 憐憫하는 고도의 인간적 서정시라고 하였다.[24]

(11) 불교가요임이 틀림없지만 종교적인 이념을 뚜렷하게 내세우고 있지는 않은 것으로 보았다.[25]

(12) 역설의 논리와 초월의 상징성이 작품 속에 내재되어 있다는 점에서 선교적 경향이 확고하게 입증되는 노래로 보았다.[26]

(13) 강력한 교훈성을 갖는 불교의 포교담과 관련된 노래로 보았다.[27]

(14) 미타신앙과 정토신앙이 노래로써 표현되고 행동으로써 현시되어 도둑떼들을 감화시킨 대표적인 불교가요라고 하였다.[28]

(15) 시의 내용상 관음, 미타, 미륵신앙 등 어느 한가지 신앙형태에 관련되는 것이 아닌 통불교적인 관점에서 해석되어야 한다고 하

---

22) 위의 책, p.106.
23) 임기중, 『신라가요와 기술물의 연구』, 1981.7. p.256.
24) 윤영옥, 『신라시가의 연구』, 형설출판사, 1981, p.248. 윤영옥은 또한 이 가요를 영재가 60여 적도의 장애에 봉착한 특수한 상황에서 그들에게 내재한 불성을 깨우쳐 그들을 攝受하게 된 한 방편의 노래로 보기도 했다. 윤영옥, <우적가>의 고찰, 『신라문학의 신연구』, 신라문화선양회, 1986.2, p.119.
25) 박노준, 앞의 책, p.286.
26) 박태상, 앞의 논문, p.27.
27) 최철, 앞의 책, p.281.
28) 최성호, 앞의 논문, p.281.

여, 헛된 삶을 버리고 깊은 깨달음으로 나아가려는 굳은 결심을
나타낸 노래로 보았다.[29]

　이와 같이 각 연구자의 견해들은 전체적으로는 서로 상이하나 위의
세 항목 즉, 작자인 영재와 도적 그리고 가요의 성격 중 어느 하나 혹
은 두 항목에서 부분적으로 공통된 견해를 보이기도 한다. 이 글의 논
의를 전개함에 있어서, 영재와 도적의 정체 및 그들의 성격에 대해서
는 관련 서사물 상에 드러난 것 이상의 추리를 피하여, 영재는 '善鄕
歌'하고 '滑稽'·'不累於物'의 성품을 지닌 老僧으로, 도적들은 도둑은
도둑이지만 향가를 즐길 줄 아는 정도의 교양을 지닌 부류들로 본다.
위에서 가요의 성격은 대체로 불교적인 것으로 설명되었는데, 통불교
적 관점이나 혹은 불교적 관점 가운데서도 관음, 미타 및 정토, 미륵
혹은 선불교적 관점 등으로 이해하기도 했다. 또한 문학적 감동을 지
닌 불교적 서정시로 보거나 고도의 인간적 서정시로 보는 등 서정적
관점의 논의도 있었다. 이 글에서는 이러한 견해들 중 (9)·(10)·(11)·
(15) 등에서 제시된 견해를 토대로 보다 서정적인 관점에서 '文學的인
感動을 지닌 人間的인 敍情詩'로 보고 가요의 성격을 규정하는 데 관
건이 되는 이 '文學的 感動'의 授受樣相을 구체화하고자 한다. 이를 위
해 우선『삼국유사』의 撰者인 일연의 의도에 주목하여 避隱篇의 의미
와 이 피은편의 부분 서사로 존재하는「영재우적」조의 서사 및 <우
적가>와의 연관성을 살핌으로써 서사적 문맥을 분석하고, 다음으로
<우적가>와 관련 서사물과의 관계를 구명하기로 하겠다.
　「영재우적」조에는 가요에 4개, 관련 서사물에 3개의 缺字가 있다.

---

29) 홍기삼, 영재우적고,『국어국문학논문집』제16집, 동국대 국문과, 1993.12. p.5.

가요상의 4개의 결자는 가요의 성격을 규정하는 관건이 되는 것으로 이에 대해 많은 논의가 있었으나 관련 서사물상의 3개의 결자는 별로 주목을 받지 못한 듯하다. 그러나 가요의 창작과 가창의 장을 직접적으로 서술한 부분에 속하는 이 3개의 결자 역시 가요상의 4개의 결자 못지 않은 중요한 의미를 지니고 있다고 여겨지는 바, <우적가>의 문학적 감동의 수수양상을 고찰하는 과정에서 부수적으로 이 결자들에 대한 구명이 이루어지기를 기대한다.

2. 避隱篇의 서사와 〈遇賊歌〉

『삼국유사』의 서사적 성격상 그 속에 전하는 향가의 성격을 논의함에 있어서는 경우에 따라 다소 무리한 상상과 유추가 따르게 되는데, 이러한 상상과 유추는 그 자체로서 그치고 말 위험성을 항상 안고 있다. 그러므로 논의의 엄격함을 위해 서사물에 대한 보다 근원적이고 넓은 시야와 서사물과 가요 사이의 연관 관계에 대한 세밀한 시선이 필요하게 된다.

『삼국유사』는 단순한 佛敎文化史라고 하기에는 많은 부분을 일반사 쪽에 깊숙히 간여하고 있지만 그렇다고 史書로 편찬한 것은 아니다.[30] 이는 일반사와 불교사를 혼연일체의 것으로 파악하는 撰者 一然이 지닌 역사인식의 기본 입장으로, 『삼국유사』가 禪僧인 일연이 당시의 현실인식에서 출발하여 새로이 인식한 自國의 歷史傳統에 관한 選擇的

---

30) 김태영, 일연의 생애와 사상, 『삼국유사의 문예적 가치해명』, 새문사, 1982, pp.6~7.

敍事였다는 사실을 전제로 하는 것인데, 이러한 선택적 기록으로서의 『삼국유사』 편찬에는 撰者의 의식이 크게 반영되어 있다.31) 그런데 『삼국유사』는 典據를 밝혀서 인용하는 것을 원칙으로 하고 있는데, 일연이 찬자로서 자신의 견해를 첨가하는 경우에는 자기의 의견이라는 것을 밝히면서 전거로 제시한 인용문을 자의로 변경하지 않고 사료와 의견을 구분하여 서술하는 방법을 취하고 있다.32) 다시 말하면 『삼국유사』는 자유로운 사료의 선택으로 기술되었지만 엄격한 원칙에 의하여 자신의 의도를 객관화시키고 있는데,33) 편목의 작성도 이러한 一然의 의식이 『삼국유사』의 체제에 그대로 반영·참작되어 이루어진 것으로 볼 수 있다.34)

<우적가>의 문학적 감동을 고찰함에 있어서 피은편에 들어 있는 10편의 개별 서사들이 어떠한 의미를 공유하고 있는가에 대해 관심을 가지게 되는 것은, 피은편을 구성하는 하나의 부분 서사인 「영재우적」조의 서사와 <우적가>가 어떤 형태로건 피은편이라는 전체 서사의 의미화에 기여하는 방향으로 수용되었으리라는 점과, 더욱이 「영재우적」조

---

31) 위와 같음.

32) 이기백, 삼국유사의 사학사적 의의, 『창작과 비평』 41호. 1976. pp.53~61. 이기백은 이를 두고 현실의 논리로서는 설명이 불가능한 신앙의 세계를 신이의 설화로써 유교의 도덕적 합리주의에 대항하기 위해서는 그러한 설화들이 틀림없는 역사적 사실이라는 증거를 제시할 필요가 있었기 때문이라 보았다.

33) 『삼국사기』는 본문 서술 자체를 편찬자의 목적에 맞추어 修正加筆하고 있다는 점이 다르다.

34) 이기백, 앞의 논문, p.53. 이 논문에서는 『삼국사기』와 『삼국유사』를 비교하면서, 『삼국유사』의 편목이 중국의 양·당·송 삼고승전의 체재를 따른 것으로 보는 견해(민영규, 『삼국유사』, 한국의 고전백선, 신동아, 1969년 1월호 부록, p.88.)를 부정하고, 『삼국유사』는 일반사화나 불교사화를 가리지 않고 일연의 관심이 가는 사화들을 수집하여 이를 적절히 분류, 편집한 것으로서, 주제나 사료의 선정이 훨씬 자유로웠다는 견해를 피력하고 있다.

는 가요인 <우적가>가 서사구조의 중심으로 자리하고 있어 가요를 바탕으로 하여 서사가 이루어지고 있다는 점 때문이다.[35] 그러므로 <우적가>의 성격을 보다 선명히 드러내기 위해서는 「영재우적」조의 서사뿐만이 아니라 피은편의 전체 서사로 시야를 확대함으로써, <우적가>의 존재 의미를 보다 넓은 관점에서 인식할 필요가 있다.[36] 피은편에 실린 10편의 부분 서사 중 피은의 의미가 비교적 잘 드러난 5편을 살펴보기로 한다.

「朗智乘雲普賢樹」條는 '朗智乘雲'과 '普賢樹'라는 두 편의 독립된 이야기로 이루어져 있다. 전반부의 '보현수'에 해당하는 이야기는 智通의 出家를 소재로 하여 朗智의 고매한 인품을 드러내고 있다. 지통은 까마귀의 말을 따라 낭지의 제자가 되려고 찾아가던 중 보현보살을 만나 계를 받는다. 다시 가다가 낭지를 만나게 되는데 낭지도 또한 까마귀의 말을 따라 지통을 맞이하러 나온 길이었다. 낭지는 그에게 귀의한 지통에게 계를 주려 했으나, 지통은 보현보살에게서 이미 계를 받았으므로 낭지에게서 계를 받을 수 없다고 했다. 그러자 낭지는 아직 보현보살을 만나지도 못한 자기로서는 보현보살에게서 이미 계를 받은 지통에게 미치지 못한다고 하여 도리어 지통에게 예를 갖추었으며, 이로 인해 지통이 보현보살에게서 계를 받았던 나무를 보현수라 한다고 했다. 피은 중이던 낭지는 출가하는 지통을 제자로 삼았으나, 제자인 지통이 그보다 먼저 이미 보현보살의 계를 받았으므로 오히려 예를 갖추었다는 이야기로 낭지의 인물됨을 높이 평가하고 있다. 후반부의 '낭지승운'에 해당하는 이야기는 겸손한 인품을 지닌 낭지의

---

35) 임기중, 앞의 책, p.252.
36) 피은편에 대한 이해를 일연의 작가적 연구와 연관시킨 논의가 있다. 고운기, 일연의 세계인식과 시문학 연구, 연세대박사논문, 1993.

이름이 널리 알려지게 된 과정을 그리고 있다. 지통과 원효가 스승으로 공경할 정도로 도가 높았던 낭지는 전혀 자신을 드러내지 않았다. 구름을 타고 신도들과 함께 중국의 청량산에 강의를 들으러 간 그는, 청량산 절에서 이름난 꽃과 진귀한 식물을 道場에 바치라고 하자 이튿날 산 속의 이상한 나무 한 가지를 꺾어와 바쳤는데, 그 나무로 인하여 결국 海東의 靈鷲山에 사는 성인임이 밝혀져 그의 이름이 널리 알려지게 되었다. 낭지는 자신을 전혀 드러내지 않으려 했으나 자연히 그 이름이 알려지게 되었던 것이다. 이 조에서 낭지의 고매한 인품에 대한 이야기는 그가 널리 명예를 떨치게 되는 이야기로 귀결되고 있는 셈이다.

「緣會逃名文殊岾」條의 피은은 '緣會逃名' 곧, 연회가 명예를 피한 이야기에 초점이 모아진다. 高僧 연회는 元聖王이 그를 불러 國師로 삼으려 했으나 암자를 버리고 도망할 정도로 명예를 멀리했다. 그러나 노인으로 분한 文殊菩薩과 노파로 분한 辯才天女의 조화로 왕의 부름을 받아 대궐로 가서 국사가 된다. 결국 연회는 그의 뜻대로 피은하지 못하고 국사가 되었지만 이는 오히려 명예를 판 것37)이 아니었으며, 자신의 의지로 피은하지 않은 것이 아니라 문수보살과 변재천녀에 의해 피은하지 못한 것이다. 결과적으로 피은의 뜻을 이루지 못한 연회이지만 자신 스스로 명예를 멀리하려 했기 때문에 오히려 명예를 얻게 된 것인데, 피은함의 서사가 아닌 피은하지 못함의 서사임에도 불구하고 이처럼 변재천녀와 문수보살이라는 불교적 신이의 설화적 채색을 통해 피은의 명예로움을 획득하고 있다.

---

37) 노인으로 분한 문수보살은 연회가 관작을 피해 피은하는 모습을 보고, 명예를 팔려면 이곳에서 팔 것이지 왜 먼 데서만 팔려고 하느냐고 하면서, 연회야말로 명예를 팔기를 좋아하는 것이 아니냐고 하였다.

「惠現求靜」條에서 惠現은 처음에 修德寺에서 살았으나 그를 흠모하여 모여드는 사람이 많아져 번거롭고 시끄러워지자, 산세가 험준하여 사람의 내왕이 힘든 江南의 達拏山에 가서 고요히 세상을 잊고 산 속에서 生을 마쳤다. 그는 중국에 유학간 일도 없었지만 이름이 중국에까지 알려지고 전기까지 쓰였으며 당나라에 이름이 높았다. 혜현의 경우는 이처럼 스스로 물러나 명예를 피해 조용히 생을 마치고자 한 피은이 결과적으로는 높은 명예를 얻게 되었던 것이다.

「信忠掛冠」條에서 信忠은 두 친구와 함께 서로 약속하고 벼슬을 버리고 南岳으로 들어간다. 왕이 그를 불렀으나 나오지 않고 머리를 깎고 沙門이 되었으며 斷俗寺를 세워 왕의 眞影을 모셔두고 평생을 왕의 복을 빌기를 원했다. 신충의 이 피은 이야기는 '掛冠'의 의미에 초점을 맞추어야 할 것 같다. '掛冠'은 辭職의 뜻을 지닌 말로서 자구상의 뜻 그대로는 타의가 아닌 자의에 의한 것임을 의미한다. 그러나 이 서사의 전반부에 언급된 원가의 창작 동기나 신충의 '괘관'에는 정치적인 사건이 그 역사적 배경으로서 자리하고 있다.[38] 결국 「신충괘관」조는 왕도 어찌할 수 없었던 정치적인 상황[39]에서 왕을 위해 스스로 괘관하고, 반대파를 등용한 왕을 위해 복을 빌었던 신충의 '괘관'(벼슬을 스스로 사직함)에서 피은의 의미를 되새겨볼 수 있을 것이다.

「勿稽子」條에서는 勿稽子가 피은하는 태도에 대해 말하고 있다. 奈解王 때 여덟 나라가 합세하여 침범해 오자 태자 捺音과 장군 一伐 등이 군사를 이끌고 싸워 이겼다. 이 때 물계자는 그의 軍功이 으뜸이었

---

38) 신충이 피은하게 되는 이유와 掛冠을 둘러싼 역사적 배경에 대해서는 이기백, 『신라정치사회사연구』, 일조각, 1990(중판), pp.224~226과 박노준, 앞의 책, pp.146~156 참조.

39) 이 상황이 결과적으로는 신충이 경덕왕에게 정치적인 배신을 당한 것과 같은 것이라는 견해를 참고할 필요가 있다. 이기백, 앞의 책, p.225.

는데도 불구하고 태자의 미움을 사 상을 받지 못하게 된다. 그러나 그는 태자를 원망하지 않음은 물론 자기의 공을 나타내려 하지도 않았다. 또 세 나라가 침범해 와 왕이 친히 군사를 이끌고 싸워 이겼는데 이 때 역시 물계자의 공이 큼에도 불구하고 사람들은 그를 거론치 않았다. 물계자는 이에 대한 억울한 심정을 호소함도 없이, 다만 나라의 환란과 임금의 위태로움에 처하여 목숨을 바치는 용맹이 없어 충과 효의 도를 잃었다고 하면서 사체산으로 피은하게 된다. 여기에서 물계자가 피은하게 된 동기가 그의 공을 알아 주지 않는 데 대한 원망으로 나타나지 않고 있다. 물계자는 자신의 공로를 몰라주는 것에 대하여 적대적인 태도를 취하지 않고 오히려 스스로 자신의 잘못으로 돌리고 피은한다. 물계자가 자신의 정당한 공로를 알아주지 않는 주변의 몰가치적인 태도를 탓하지 않고 오히려 이를 자신의 잘못으로 돌림으로써 개인의 사사로운 軍功을 구차하게 내세우지 않고 깨끗이 피은하는 모습 속에 피은의 의미는 구현되고 있다.

이상과 같이, 『삼국유사』 피은편의 각 부분 서사를 통해 피은은 '피은함'과 '피은하지 못함'의 두 가지의 경우를 다 포함하고 있다. 5편의 이야기 중 대부분의 인물들은 모두 피은을 하여 명예가 널리 알려진 경우이지만, 「緣會逃名文殊岾」條의 高僧 緣會는 결과적으로 피은하지 못했음에도 불구하고 명예를 지킬 수 있었다. 아무래도 일연은 '피은함'을 '피은하지 않음'에 비해 보다 나은 가치를 지닌 것으로 보는 한편,[40] 고승 연회의 경우처럼 피은하지 못한 경우에는, '피은하지 못함'에 대한 피치 못할 이유가 있고 또한 피은하지 못한 결과와 관계

---

40) 「包山二聖」條에서 일연은 포산의 9성중 반사와 첩사의 피은에 대하여 "옛날의 은자들의 세속을 떠난 운치가 이와 같음이 많으나 답습하기는 어려운 일이다."라고 하면서 자신의 시선으로 피은함에 대한 가치를 높이 사고 있다.

없이 피은하려 했다는 사실로써 '피은함'에 버금가는 가치를 지니는 것으로 인식한 듯하다. 이는 곧 피은편이 피은의 결과가 아닌 피은의 태도나 과정에 관한 서사라는 점을 의미하는데, 그렇다면 이 피은편의 의미는 피은의 동기나 결과의 사실보다는 그 과정에 나타난 인물의 피은 태도에서 찾아진다. 郎智의 경우는 그의 자신을 드러내지 않는 겸손한 태도에서, 緣會의 경우는 國師의 명예를 피하고자 했던 점에서, 惠現의 경우는 스스로 물러나 명예를 피해 생을 마친 점에서, 信忠은 스스로 사직하고 왕을 위해 절을 지은 점에서, 勿稽子의 경우는 자신의 軍功에 사사로이 구차하게 집착하지 않은 점에서 각각 그 의미를 찾을 수 있을 것이다.

이렇듯 찬자인 일연은 단지 도피와 은거라는 피은의 字句的 의미로서의 소재적 類似性만을 염두에 두고 이 이야기들을 한 데 모아 기록했던 것은 아님을 알 수 있다. 또한 이 피은편의 이야기들은 꼭 승려가 아니라도 피은의 과정에서 드러난 각 인물들의 피은 태도에 대하여 사회적인 가치를 부여하고 있는 듯하다. 이 서사들은 사회에 대한 개인의 태도에 주목하는 것으로서, 사회를 축으로 하는 參與와 隱逸이라는 드나듦의 대립적인 두 행동 양식에 대한 암시라고도 할 수 있다.

이렇듯 이들 서사는 사회를 떠나는 혹은 떠난 이들의 이야기를 공통 소재로 하고 있지만 피은이란 단지 이러한 사실만을 의미하지는 않는다. 앞서 살핀 5편의 이야기들을 좀 더 신중히 살피면 피은 그것이 아니라 피은에 얽힌 개인의 명예로운 모습과 태도에 시선이 모아지고 있음이 드러난다. 이 중 3편은 고승들의 피은에 얽힌 명예로운 태도와 모습에 관한 이야기이며, 「신충괘관」조의 경우도 이와 관련된 역사적 사실과 연관을 시켜 볼 때 신충의 피은에 얽힌 서사가 그가 취한 행위나 태도의 명예로움[41]을 강조하고 있고, 또한 「물계자」조의

물계자의 경우도 그의 행동에서 볼 때 어쩌면 종교적 차원의 승화라고 할 수 있을 정도의 불의에 대한 개인의 대응 방식이 명예로움을 획득하고 있다.

그렇다면 이들 피은편의 각 서사들이 공유하고 있는 의미의 핵심은 '명예로움의 획득'이라고 할 수 있다. 곧, 피은편 전체의 서사구조 속에서 각각의 부분 서사들은 개인의 피은하는 태도나 행위가 하나의 명예로운 사회적 가치를 획득하게 되는 것으로 그려지고 있는데, 이 서사들은 피은에 얽힌 명예로운 삶에 대한 이야기이며 그에 대한 찬미인 것이다.

피은편에 들어있는 전체 10편의 서사를 개인의 피은 태도와 명예로운 사회적 가치를 기준으로 요약하면 아래의 <표>와 같다.

조명	인물	개인의 피은 태도	명예로운 사회적 가치
(1) 朗智乘雲普賢樹	朗智	자신을 드러내지 않음	이름이 널리 알려지게 됨
(2) 緣會逃名文殊岾	緣會	명예를 멀리 하려함	국사가 됨
(3) 惠現求靜	惠現	명예를 피해 조용히 살고자 함	높은 명예를 얻게 됨
(4) 信忠掛冠	信忠	스스로 사직하고 피은하여 왕을 위해 복을 빔	벼슬을 멀리하고 상대편을 등용한 왕을 위해 기도함
(5) 包山二聖	觀機 道成	암자, 굴 속에서 숨어삼	두 성사의 이름을 따서 살던 곳의 이름을 붙임
	橵師 牒師	오랫동안 숨어 지내면서 세상과 사귀지 않음	
(6) 永才遇賊	永才	滑稽와 不累於物의 성품	도적들을 감동시켜 함께 피은함

---

41) '掛冠'이나 斷俗寺를 지어 왕의 복을 빌었다는 것 등.

(7) 勿稽子	勿稽子	부당한 처사에 대해 원망하지 않고 오히려 자신을 책망함	자신의 군공을 내세우지 않음.
(8) 迎如師	迎如	덕과 행실이 높아(왕의 부름을 받았으나)숨어서 세상에 나오지 않음	왕의 부름을 받았음에도 나아가지 않음
(9) 布川山五比丘 景德王代	다섯 比丘	5비구가 포천산 석굴에서 몇 십년간 아미타불을 염하고 서방정토로 감	그들의 유해를 버린 곳에 정자를 짓고 置樓라 이름 지음
(10) 念佛寺	失名 僧侶	아미타불을 염함	염불 소리에 공경해 마지 않는 사람이 없었음

이 <표>를 통하여 살펴보면 피은편의 서사에 등장하는 인물들은 世俗을 멀리하거나 명예를 피하여 피은함으로써 명예를 지킨 인물이 대부분이다. 緣會처럼 國師의 높은 사회적 명예를 거부하여 피은하려 하다가 佛教的인 神異에 의해 피은하지 못했음에도 불구하고 종국에 가서는 명예를 간직할 수 있었던 경우도 있다. 이 피은이란, 世間으로부터 혹은 명예로부터의 피은으로서 결국 그러한 피은으로 인한 명예의 획득이라는 아이러니를 지니고 있는 셈이다.

그러므로 이 피은편의 서사들은 사회에 대한 인간 행동의 명예롭고 긍정적인 모습을 그리고 있다. 위 <표>의 (1)·(2)·(3)·(9)·(10)과 (5)의 관기와 도성의 경우, 개인의 피은 태도가 사회적인 명예와 관련해서 문맥상 구체적으로 서술되고 있으며, (4)·(6)·(7)·(8)과 (5)의 반사와 첩사의 경우도 개인의 피은의 행위나 태도를 나열하여 서술하고 있을 뿐이지만, 피은편 전체 서사의 틀 속에서 명예로운 사회적 가치로 귀납되어지고 있다. 그러므로 이 이야기들은 개인의 脫社會的 피은 행위를 소재로 하고 있긴 하지만, 이 피은의 행위는 사회적으로나 종교적으로 당시의 규범이나 가치에 대해서 이탈하는 것이 아닌, 아름다운 가치를 지닌 명예로운 모습인 것이다. 다시 말하면, 피은이란 한 개인이 그가 속한 사회를 떠나는 방식이긴 하지만, 피은편의 서사를 통해 각 인물들의 피은 행위는 명예로운 사회적 가치를 획득하는 통로로서 존재하는 것이다.

이처럼 피은편의 전체 서사는 피은으로 인해 획득되는 사회적 명예에 관한 서사로 존재하고 있고, 그 부분 서사인 10편의 개별 서사들은 그러한 명예로운 사회적 가치를 드러내기 위해 피은에 얽힌 인물 개인의 태도나 인품에 주목하고 있는 것이다.

「永才遇賊」조의 영재의 피은 이야기도 명예로운 피은의 가치를 드러내고자 하는 피은편 전체 서사의 의미망 속에 존재한다. 「영재우적」조의 서사는 '性滑稽'와 '不累於物'의 두 가지 내용으로 그 전체의 골격을 형성하고 있는데,42) 이것이 「영재우적」조에서 영재라는 인물이 명예로운 피은의 가치를 획득하게 되는 근거가 되고 있다. <우적가>의 성격을 규정한 기존의 견해들 중에는 이 '性滑稽'와 '不累於物'에 대한 해석을 통해 그 논의의 근거를 마련하기도 하는데, 주목되는 논의로는 김학성(앞의 주21)·박태상(앞의 주26)·김승찬(앞의 주8)의 것이 있다. 김학성은 '골계'와 '불루어물'을 禪佛敎的 특성으로 파악하고 <우적가>의 성격 또한 禪佛敎的 성격을 지닌 것으로 보았으며, 박태상은 이와 견해를 같이 하는 한편, 가요의 창작 시기가 元聖王代이므로 그 시기를 선불교의 시대로 보고 또한 작자인 영재가 南岳에 은거하려 했다는 점으로써 禪門 중에서도 南嶽系 禪門의 禪師로 파악하고 작품

---

42) 이는 「영재우적」조의 첫머리에 '善鄕歌'와 함께 영재의 인물됨에 대한 평으로 나오는데 전체 서사의 내용을 함축하는 말이기도 하다. '釋永才 性滑稽 不累於物 善鄕歌' 이에 관해서는 다음 장에서 논의될 것이다.

상에서 이를 검증하고 있다. 그러나 김승찬은 <우적가>를 역시 禪歌로 규정한 지헌영(앞의 주14)·김종우(앞의 주20)의 견해[43]와 위의 김학성·박태상의 견해 사이의 차이점을 지적한 다음, 원성왕대는 禪宗의 시대가 아님과 원성왕대의 남악은 禪門의 道場이 아니라 華嚴의 道場이었음을 검증함으로써, '성골계'와 '불루어물'이 선불교의 특성을 나타내는 것이 아니라고 하여 김학성·박태상의 견해를 부정하면서, 이 '성골계'와 '불루어물'은 禪의 本來面目으로서의 진정한 순수성과 창조적인 생명력에서 나온 깨달음의 고차원적 긍정의 표현에 불과하다는 주장을 펴고 있다.

앞의 표에서 알 수 있듯이 피은편 전체 서사를 살펴보면 통하여 볼 때, 개인의 태도나 인품을 서술하는 이야기들 중 고승들에 대한 이야기는 모두가 凡佛敎的인 내용이고, 「신충괘관」조와 「물계자」조의 이야기도 그 배경적 사건 속에 정치적 의미가 없는 것은 아니나 그 주제는 지극히 일반적인 의미로서의 인간적 규범과 당위를 역설하고자 하는 것이다. 「영재우적」조의 '성골계'와 '불루어물'도 이와 같은 맥락에서 파악하는 것이 타당할 듯싶다. 즉, 이 '성골계'와 '불루어물'도 역시 범불교적인 의미로나 혹은 사회 일반의 통념상으로 명예로운 가치를 지닌 인물의 개인적 특성으로서 이는 곧 피은의 명예로운 사회적 가치를 고양하고자 하는 피은편 전체 서사의 틀 속에 존재한다.

<우적가>는 이러한 「영재우적」조의 서사적 의미를 구현하는 중심에 위치한다. <우적가>와 관련 서사물을 살펴보면 노래가 主이고 서사물이 노래를 위해 존재하는데, 이 경우는 노래가 중요한 話素(motif)

---

43) <우적가>의 성격을 禪歌로서 파악한 것은 지헌영(주 14)에서 그 단초가 마련되어 김종우(주 20)도 작자 자신에게는 自警歌이고 수도인에게는 性修一如의 證道歌인 동시에 禪歌라고 했다.

로서 노래가 없이는 서사물의 전승이 불가능하다.44) 이는 가요의 생성이 서사물에 선행하는 것으로 서사물의 내용은 곧 가요를 바탕으로 해서 이루어진 것임을 의미한다. 이렇게 볼 때 <우적가>는 「영재우적」조 서사의 중심 화소인 동시에, 명예로운 사회적 가치의 획득이란 피은편 전체 서사의 핵심 주제와 불가분의 관계를 지닌 가요라고 할 수 있다.

3. <우적가>의 문학적 감동

[A]
제 마음에
形色貪을 모르려 하던 날
멀리 □□□□(* '欲界'일 듯. 곧 욕계의 근본 번뇌를) 지나치고
이제는 숨어서 가고 있네.
[B]
오직 그릇된 파계승을
두려워 할 모습으로 (내 어찌) 또 다시 돌아가리.
이 칼에사 한 번 찔림을 받으면
좋을 날이 고대 새리라 여겨 기뻐했더니.
[C]
아, 오직 요만한 선업(善業)은
새 집이 아니 되오이다.45)

---

44) 임기중, 앞의 책, p.252.

45) 自矣心米/ 貌史毛達只將來吞隱/ 日遠烏逸□□過出知遣/ 今吞藪未去遣省如/ 但非乎/ 焉破□主/ 次弗□史內於都還於尸朗也/ 此兵物叱沙過乎/ 乎尸日沙也內好吞尼/ 阿耶 唯只伊吾音之叱恨隱善陵隱/安支尙宅都乎隱以多. 현대어석은 임기중편, 『우리의 옛

10구체의 <우적가>는 위와 같이 크게 3부분으로 나누어진다. [A](1∼4행)는 無慾의 태도와 은거 사실을, [B](5∼8행)는 도적들을 향한 메시지를 각각 담고 있으며, [C](9·10행)는 전체의 내용을 마무리하는 것으로 볼 수 있다. <우적가>의 문학적 감동을 살피기 위해서는 [A]에 나타난 화자 스스로의 무욕에 대한 태도와 [B]에 나타난 '차라리 칼에 찔리면 더욱 기쁘겠다'는 식의 역설적인 표현으로 강조되고 있는, 도적의 칼날 앞에서도 두려워하지 않는 노승의 골계에 주목할 필요가 있다. 이러한 점을 토대로 서사물의 내용을 나누어 읽으면 다음과 같다.

① 영재 스님은 천성이 골계(性滑稽)하고 재물에 얽매이지 않았으며(不累於物) 향가를 잘 지었다.(善鄉歌)

② 만년에 남악에 은거하려고 대현령에 이르렀다. 60여 명의 도적을 만났다.

③ 도적들이 그를 해치려 했지만 영재는 그들의 칼날 앞에서 조금도 두려워하는 기색없이 태연히 맞섰다. 도적들은 이상하게 여겨 그 이름을 물었는데,

④-1 그는 영재라고 대답하였다. 도적들은 본래 그 이름을 들어 온 터라 그에게 □□□ 명하여 노래를 짓게 했다.

④-2 그 노래는 이러하다. <가요>

④-3 도적들은 그 뜻에 감동되어 비단 두 필을 주었다.

⑤-1 영재는 웃으며 사양하고 말하기를, "재물이 지옥의 근본이 된다는 것을 알고, 그것을 피하여 깊은 산에 숨어 일생을 보내려 하는 사람인데, 어찌 감히 이것을 받겠느냐?" 하고 비단을 땅에 던져 버렸다.

⑤-2 도적들은 다시 그 말에 감동되었다.

⑤-3 도적들은 지니고 있던 창과 칼을 모두 던져버리고 머리를 깎고 영재의 제자가 되었다.

노래』, 현암사, 1993, p.60 참조.

⑥ 그리고 영재와 함께 지리산에 들어가 숨은 뒤로는 다시 세상
   에 나오지 않았다. 그 때 영재의 나이 90이었고, 원성대왕
   (785～798) 때 일이었다.46)

위에서 서사의 첫머리인 ①은 ③～⑤-3의 내용을 영재의 인물됨을
중심으로 요약하여 제시한 부분이며, 본격적인 영재의 피은 이야기는
②에서 시작하여 ⑥에서 끝맺는 것이라 할 수 있다. ①의 '性滑稽'는
「영재우적」조의 서사에 나타난 영재의 인간됨을 함축한 말로 '善鄕
歌', '不累於物'과 함께 ③에서의 도적들의 칼날 앞에서의 의연한 태도
까지 포함하는 것이라 할 수 있다.47) 그리고 '善鄕歌'의 사실은 ④-1에
서 도적들이 영재라는 이름을 이미 알고 있을 정도로 향가를 잘하는
것으로 유명했다는 것과 ④-3에서 도적들이 영재의 노래를 듣고 그
뜻에 감동했다는 것으로, '不累於物'이라는 무욕의 사실은 ⑤-1～⑤-3
에서 영재가 도적들이 주는 비단을 사양하자 도적들이 감동하여 창과
칼을 버리고 영재의 제자가 되었다는 것으로 각각 다시 구체적으로
제시되고 있다.48)

46) 釋永才 性滑稽 不累於物 善鄕歌 暮歲將隱于南岳 至大峴嶺 遇賊六十餘人 將加害 才
    臨刃無懼色 怡然當之 賊怪而問其名 曰永才 賊素聞其名 乃命□□□作歌 其辭曰……
    賊感其意 贈之綾二端 才笑而前謝曰 知財賄之爲地獄根本 將避於窮山 以餞一生 何敢
    受焉 乃投之地 賊又感其言 皆釋劍投戈 落髮爲徒 同隱智異 不復蹈世 才年僅九十矣
    在元聖大王之世.
47) '골계'에 관해서는 『사기열전』(사마천) 중 <골계열전>의 태사공 자서에서도
    그 의미를 시사받을 수가 있다. '세속에 흐르지 않고 권세와 이익을 다투지도
    않았다. 위와 아래에 걸림이 없고 사람들도 이를 해롭게 여기지 않으니, 그
    도가 널리 받아들여졌다. 그래서 제66에 <골계열전>을 지었다.'
48) 이와 함께 가요의 문면이 서사물의 내용과 긴밀하게 호응하고 있음을 살피면,
    가요의 <A>에 나타난 '이제 숨어서 가고 있네'라는 영재의 은거 사실은 서
    사물의 ②에서, 역시 <A>에서 언급된 無慾의 내용은 서사물의 ⑤-1에서,
    <B>의 도적의 칼날 앞에서도 의연한 태도는 서사물의 ③에서 각각 다시 구

이러한 과정에서 도적들은 두 차례에 걸쳐 영재에 대해 감동하고 있다. 도적들은 그들이 요청한 영재의 노래를 듣고 감동하고(④-3), 또한 영재가 재물에 대한 욕심이 없는 데 대해 감동하고 있다(⑤-2~3). 전자는 가요에 대한 감동이고, 후자는 무욕에 대한 감동이다. 「영재우적」조는 영재의 피은을 중심으로 이와 같은 두 개의 작은 단락을 지니고 있는 셈인데, 여기에서는 앞의 논지를 따라 전자인 가요를 중심으로 한 감동의 수수 양상에 주목하고자 한다.

위에서 볼 때 피은은 그 행위의 주체로 보아 ②에 나타난 영재의 피은과 ⑤-3 및 ⑥에 나타난 영재와 도적들이 함께 하는 피은의 두 가지로 나타난다. 그러나 이 두 가지 피은의 가장자리에 이 피은과 대립적인 의미의 피은 곧 도적들의 은거가 자리하고 있다. 도적들은 ②에서 시사되고 있듯이 영재가 그들을 만나기 전에 대현령에 이미 은거하고 있었다. 영재의 피은과는 달리 반사회적인 성격을 지닌 이 도적들의 은거[49]는 영재의 종교적인 피은을 매개로 해서 그 반사회적인 의미를 제거하게 된다. ⑤-3과 ⑥에서 영재에게 감동한 도적들이 영재와 함께 피은하게 되는 것이 그것이다. 도적들의 반사회적인 은거가 영재의 종교적인 피은과 조화롭게 결합함으로써 아름다운 가치를 지닌 피은으로 전환, 승화되는 것이다.[50]

이 ⑥의 영재와 도적이 함께하는 조화로운 피은이 앞서 살핀 바 있

체적으로 제시되고 있다.

49) 도적의 정체는 화랑이거나 정치적인 소외집단이라는 견해도 있고, 삼국사기 원성왕대의 기록을 보면 정치적인 쟁탈 외에도 천재지변이 심하여 일반 백성이 극심한 민생고를 겪은 까닭에, 왕이 사자를 보내어 安撫할 정도로 도적의 무리들이 많았던 것으로 보아 일반적인 도적일 수 있다는 추리도 가능하다. 아무튼 도적이란 신분은 사회에 대하여 반사회적인 가치를 지닌 집단이다.

50) 이같은 서사구조 속에 불교·홍법의 의도가 숨어있다.

는 피은편의 전체 서사가 공유하는 아름답고 명예로운 가치를 지닌 피은이며 바로 이 속에 <우적가>의 감동도 존재한다. 「영재우적」조의 전체 서사 문맥에서 <우적가>는 그 기능상 영재의 종교적 피은과 도적들의 반사회적 은거 사이에 위치하여 ⑥의 피은으로 이끄는 매개의 구실을 하게 된다. 이처럼 「피은편」 전체 서사를 통하여 일관되게 추구되고 있는 '피은의 명예로운 사회적 가치'는, 「영재우적」조를 통하여 노승 영재라는 개인의 종교적 피은과 도적들의 반사회적 피은이 결합되어 그들이 함께 하는 아름다운 피은의 모습으로 제시되고 있다.

이와 같은 「영재우적」조의 서사에서 가장 중요한 화소는 ②에서 제시되고 있는 영재의 피은과 도적들의 은거 사이의 연결고리가 되어 ⑥의 함께하는 피은으로 이끈, 영재와 도적들 사이의 이루어진 감동의 수수인 것이다.[51] 은거를 하러 산 속으로 들어가던 노승 앞에 나타난 60여명의 도적들은 일단 그의 신분을 확인하게 된다. 향가를 즐길 줄 아는 도적들은 그가 노래를 잘하는 유명한 영재임을 알고 노래를 불러 줄 것을 요청한다.[52] 그리하여 불리어진, 창칼도 두려워하지 않는 노승의 '滑稽'한 노래인 <우적가>는, 산 속에서의 험난한 생활에 지친 그들에게 있어서 어쩌면 오히려 그들이 바라는 세계로 이끌어줄 수 있는 힘을 지닌 강렬한 메시지로 들렸는지도 모른다. 그래서 그들은 도적으로서의 생활을 포기하고 노승을 따라 함께 피은하게 되는 것이다.

<우적가>는 영재가 도적에게 감동을 일으킨 가요다. 즉, 감동을 일으킨 사람이 영재이고 감동을 받은 사람은 도적들이다. 그러나 이

---

51) 임기중, 주 23)의 책, p.256.
52) 당대는 시기적으로 보아 향가가 널리 유통되었던 시기였을 것이므로 가요의 창자와 청자 사이의 이러한 관계 설정도 별 무리가 없으리라 여겨진다.

감동의 수수는 단순하지가 않다. 창작의 상황을 자세히 보면 도가 높은 고승이 도적의 무리에게 깨달음을 준 일방적인 說道의 노래는 아닌 것이다. 도적들에게 감동을 불러일으킨 영재가 가요를 창작, 가창한 것은 자의에 의해서가 아니라 도적들의 명에 의한 것이었다. 영재가 지어 부른 가요가 결국은 도적들을 감화시켰지만 이 도적들을 감화시킨 가요의 창작과 가창은 본래 영재의 의도가 아닌 것이다. 가요를 요청한 쪽은 도적들이다. <우적가>의 문학적인 감동도 일종의 효험이라고 볼 수 있다.[53] 이 효험의 수혜자는 가요를 요청한 쪽이라고 보여지며 이 가요는 그것을 요청한 사람을 위한 기능을 한 것이다.

여기에서 서사물의 缺字에 대한 관심이 필요하다. 이 결자는 가요의 창작과 가창의 직접적인 동기를 설명하는 부분 위치하고 있는데, <우적가>에 의해 이루어지는 감동의 수수 양상도 이 부분에 대한 천착으로 더욱 구체화될 수 있을 것이다. 「영재우적」조는 가요에 4개의 결자가 있을 뿐만 아니라 가요의 창작 상황을 설명해 주는 서사물에도 3개의 결자가 있다. 앞서 언급했듯이 가요 부분의 결자에 대해서는 많은 語釋者들의 고찰이 있어 왔으나 서사물에 위치한 3개의 결자는 별로 주목받지 못했다.[54] 이는 이 3개의 결자가 전체의 서사구조상 변화를 줄 만한 것이 아니고 어떻게 해석하여도 별다른 의미가 없는 것으로 이해되어 왔던 때문으로 보인다. 그러나 이 3개의 결자는

---

53) 임기중은 이 가요가 '주가적인 작품은 아니지만 효험이 나타난 노래'로 보고 있으며, 이 노래의 효험이 '문학적 감동의 효험'이라는 견해를 피력하고 있다. 임기중, 앞의 책, pp.256~257.

54) 김사엽은 이 결자 부분 때문에 뜻을 바로 잡지 못하는 점을 지적하였고(김사엽, 『향가의 문학적 연구』, 계명대 출판부, 1979, p.51.), 윤영옥은 3개의 결자를 다음과 같이 재구하였으나 문맥의 연결만을 염두에 둔 것으로 이에 대한 논의는 생략되어 있다. '賊素聞其名乃命[唱歌才]作歌'(윤영옥, 주 24의 논문, p.111.)

가요의 바로 앞에 놓여 있어 가요의 성격을 규정하는데 핵심적인 구실을 하는 것으로 가요의 창작과 가창의 장을 직접적으로 설명하고 있는 부분이다.

도적들에게 있어서, 그들 앞에서 감히 태연할 수가 있는 노승이 과연 그들에게 위험을 안겨 줄지도 모르는 인물인지, 아니면 이 노승의 말대로 그들이 알고 있는 향가를 잘하는 유명한 영재인지에 대한 판단은 영재가 향가를 잘 한다는 사실을 눈앞에서 확인하지 않고서는 불가능한 일이었을 지도 모른다. 이 때의 상황만으로 보면 양자의 관계는 敵對的인 對立의 관계이다. 그러나 가요가 불리기 직전에 신분의 확인이 이루어지게 된다. 도적들은 그들 앞에 나타난 노승의 이름을 묻는다. 그들은 이미 그 이름을 들은 바가 있었다.55) 도적들은 영재라는 이름을 알고 있었을 뿐 아니라 그가 향가를 잘한다는 사실을 알고 있었던 까닭에 노승이 영재임을 말하자 그를 알아본 것이다. 그리하여 처음의 영재와 도적들 사이의 적대적인 대립은 친화적인 관계로 바뀐 것이며, 영재를 알아보고 노래를 요구했을 때 그들은 이미 도적의 心性이 아니었던 것이다.56)

그러므로 생명의 위협에 처한 영재가 그 생명을 구하기 위해서 가요를 지어 부른 것은 아니다. 도적들은 영재가 노래를 잘한다는 사실을 알고 노래를 요청한 것이다. 이는 영재와 도적이 이미 身分確認의 단계를 넘어서서 서로 교감한 것으로 볼 수 있다. 가요의 감동이 수수되기 전에 양자는 이미 대립적인 존재가 아닌 선량한 이웃이었으며57)

---

55) '賊怪而問其名 曰永才 賊素聞其名'

56) 윤영옥, 주 24)의 논문, p.112.

57) 『삼국유사』는 거의 전편에 걸쳐, 귀천 부귀 승속의 인간은 물론, 천지 산천의 자연이나 용호 귀신, 나아가서는 조수, 초목의 미물에 이르기까지, 서로가 성분을 달리하는 대립 투쟁의 존재라기보다는 선량한 이웃으로서 불국토 질서

<우적가>는 가요의 作者(唱者)와 그 가요를 요청한 향가를 즐기는 聽者가 서로 교감하고 있는 단계, 쌍방의 조화로운 관계 속에서 불리어진 것이다. 도적을 만난 영재가 노래를 지어 부른 것은 도적들이 영재가 노래를 잘 한다는 소문을 듣고 자신들을 위해 향가를 지어달라고 요청했던 때문이라 할 수 있는데 이를 바탕으로 서사물상의 3개의 결자를 再構하면 '賊素聞其名乃命[才爲賊]作歌'와 같은 추정이 가능하다.

4. 맺는말

<遇賊歌>의 연구는 작자인 영재와 서사물에 등장하는 도적의 정체 및 가요의 성격에 관해서 많은 논의가 있어 왔다. 작자인 영재와 도적의 정체는 곧 가요의 성격을 규정하는 논의로 이어지게 되는데, 본격적인 논의에 앞서 이 글에서는 이러한 기존의 견해들을 검토하고 요약하여 제시했다. 그리고 텍스트의 문면상에 드러난 내용 이상의 추리를 피해 영재는 '善鄕歌'하고 '滑稽'·'不累於物'의 성품을 지닌 노승으로, 도적은 향가를 즐길 수 있을 정도의 교양을 지닌 부류들로 보고, 이 글이 주목하고자 하는 작품의 성격에 대해서는 '문학적인 감동을 지닌 인간적인 서정시'로 보았다.

이 글의 목적은 <우적가>가 지닌 문학적 감동의 수수 양상을 구체화하기 위한 것이었다. <우적가>가 들어 있는 「永才遇賊」條는 가요가 서사물을 위해 존재하며 가요가 없이는 이야기의 전개가 불가능하다. 그러므로 <우적가>의 성격에 대한 고찰은 피은편 전체의 서사

의 실현에 참여하는 존재로 파악되어 있다. 김태영, 앞의 논문, p.7.

문맥 속에서 부분 서사인 「영재우적」조가 갖는 의미에 대한 천착을 통하여 이루어질 수 있다. 이를 위해 찬자인 일연이 피은편 전체 서사를 통하여 드러내고자 한 의미에 주목하기로 하였다. 또한 <우적가>의 문학적 감동의 수수 양상을 보다 구체화하기 위해 보조적으로 기존의 논의에서 벗어나 있던 관련 서사물상의 3개의 결자에 대해서도 살피기로 하였다.

「영재우적」조가 부분 서사로 들어있는 피은편은 모두 10개의 독립적인 부분 서사로 구성되어 있는데, 이 중 피은의 의미가 비교적 구체적으로 드러나 있다고 생각되는 5개의 서사를 중심으로, 撰著인 一然이 피은편 전체 서사를 통해 드러내고자 한 의미를 살폈다. 『삼국유사』 피은편의 의미는 피은에 동기에서 결과로 이어지는 피상적 사실보다는 그 과정에 나타난 인물의 인물됨이나 피은의 태도에서 찾아진다. 이 서사들을 분석한 결과 피은편 개개의 서사들은 피은편 전체 서사의 틀 속에서 '명예로운 사회적 가치'라는 공통된 의미를 구현하고 있다. 피은편은 개인이 속한 사회를 떠나는 피은의 방식이 오히려 사회적인 명예 획득하는 통로로서 존재하며, 부분 서사로서 개별 서사들은 그러한 명예로운 가치를 드러내기 위해 개인의 인물됨이나 피은에 대한 태도에 주목하고 있다.

「영재우적」조의 피은 이야기도 명예로운 피은의 가치를 드러내고자 하는 피은편 전체의 서사구조 속에 존재하는 것인데, <우적가>는 「영재우적」조라는 부분 서사의 중심으로서 이러한 피은편 전체의 의미와 불가분의 관계를 지닌 가요라고 할 수 있다.

우선 <우적가>의 내용을 분석한 다음 가요에 나타난 '性滑稽'와 '不累於物'의 내용이 서사물에 보다 구체적으로 제시되고 있음을 살폈다. 서사물의 첫머리에 등장하는 '性滑稽'는 「영재우적」조에서 영재의 인간됨을 함축한 말로 역시 첫머리의 같은 부분에 등장하는 '善鄕歌' 그리고 '不累於物'라는 언급과 함께 서사물의 뒷부분에 나오는 도적들의 칼날 앞에서 의연했던 영재의 태도까지 포함하는 것이었다. 또한 이 '善鄕歌'와 '不累於物'의 사실이 다시 뒷부분의 서사물에서 다시 그 구체적인 내용이 언급되면서 강조되고 있음도 알 수 있다.

이러한 서사 전개 과정에서 도적들은 두 차례에 걸쳐서 영재에게 감동하고 있는데, 영재가 부른 가요에 대한 감동과 도적들이 준 비단을 거절한 '不累於物'의 無慾에 대한 감동이 그것이다. 이러한 감동을 통해서 영재의 종교적 피은은 도적들의 반사회적인 피은을 보다 아름다운 가치를 지닌 양자가 함께 하는 피은으로 전환 승화시키고 있다. 이 글에서 주목하고자 한 <우적가>의 감동의 수수는 영재와 도적이 서로가 대립적인 존재가 아닌 선량한 이웃으로서 가요의 作者[唱者]와 그것을 요청한 가요를 즐길 줄 아는 聽者라는 조화로운 관계 속에서 이루어진 것이라 할 수 있다. 또한 영재와 도적들의 아름다운 피은 속에서 불리어진 '滑稽'한 노래인 <우적가>의 창작과 가창은 도적들의 요청에 의해 이루어진 것으로 가요를 요청한 사람을 위한 기능을 한 것이라고 할 수 있다. 이 가요는 영재가 위험에서 벗어나기 위해 지어 부른 것이 아니라, 영재의 '善鄕歌'의 명성을 익히 알고 있었던 도적들의 요청에 의해 지어진 것이라 할 수 있는 바, 이러한 점으로 미루어 관련 서사물상의 3개의 결자를 재구하면 '賊素聞其名乃命[才爲賊]作歌'로 추정된다.

〈處容假〉의 시적 정서와 서사물의 구조

1. 서 론

　『三國遺事』紀異篇의「處容郎望海寺」條에는 향가 중 가장 많은 관심의 대상이 되어 온 〈處容歌〉가 실려 전한다. 이를 대상으로는 불교나 무속의 종교적 관점이나 민속학적, 역사 사실적 관점 등 다양한 시각에서 다양한 논의들이 전개되어 왔다. 이러한 논의들은 대부분의 향가 연구에 있어서와 마찬가지로, 서사물의 의미와 구조에 대한 인식과 해석의 방식에 따라 가요를 설명하는 관점이 설정되고 있다.

　〈처용가〉는 서사물의 도움이 없이 가요 자체만으로는 이해와 접근이 쉽지 않은 것이 사실이지만, 나름대로 하나의 완결된 구조와 의미를 지닌 한 편의 향가임이 분명하다. 이 글은 〈처용가〉가 한 편의 독립된 문학작품으로서 지니는 詩的 情緖와 그 意味를 분석하고, 그것이 「처용랑망해사」조 敍事物의 서사 구조 내에서 어떠한 의미의 局面

으로 실현되고 있는가를 살펴 가요의 성격을 보다 구체적으로 구명하기 위한 목적을 지닌다.

<처용가>는 아내가 다른 사내와 同寢한 것을 목격한 한 사내의 사설이다. 그러므로 이 가요를 하나의 문학작품으로서 바라보기 위한 이 글의 시선은, 이 주인공 사내와 아내를 범한 사내의 정체나 그 아내와 다른 사내가 동침한 사건의 배경적 의미를 말하고 있는 컨텍스트로서의 서사물로부터 일단 벗어나게 된다. 따라서 이 글의 논의는 가요의 주변 상황으로부터 한 걸음 물러서서, <처용가>라는 가요 자체에 나타난 시적 정서를 탐색하는 것을 일차적인 과제로 삼는다.

<처용가>의 문맥에 등장하는 한 사내와 그의 아내를 범한 사내는 서사물에서 處容과 疫神으로 대치된다. 처용과 역신의 정체, 그들 사이에 벌어진 사건은 가요의 의미를 구체적으로 限定하는 서사가 된다. 그런데 서사물의 이 '처용이야기'[1]는 가요와 마찬가지로 한편의 자율적인 구조를 지니고 있으면서도 「처용랑망해사」조 전체 서사의 부분으로서 존재한다. 따라서 이 '처용이야기'는 그것이 하나의 개별적이고 독자적인 서사로서 지니는 의미가 전체 서사와의 관련 하에서 생성되는 의미와 다를 수도 있다. '처용이야기'와 전체 서사, 그리고 가요와 '처용이야기'가 어떠한 層位에서 어떠한 방식으로 결합하고 있는가에 대해 해명해야 <처용가>가 지닌 성격이 보다 구체적으로 드러날 것이다.

---

1) 이 '처용이야기'란 전체 서사 가운데 처용이라는 이름이 등장한 이후 서사의 전개상 처용이 중심이 되고 있는 부분으로 문신전승의 서사까지를 가리킨다.

2. 가요의 시적 정서와 그 의미

<처용가>라는 가요의 문면을 대상으로 한 문학적인 분석은 서사물의 구조와 의미에 대한 관심에 비해 그리 많은 논의가 이루어지지 않았다.

양주동은, <처용가> 말미의 '얻디ㅎ릿고·엇디ㅎ히잇고'는 '체념적이면서도 함축이 잇는 悠遠한 정서'로서 '根柢 깁흔 인생관의 일면을 表白한 것'으로 보고, 이것이 '羅謠以來의 한 전통적 형식'으로 <한림별곡> 이하 여러 고려 가요들에 慣用되었다고 하여 단편적인 견해를 제시한 바 있다.[2]

정병욱은 '일체의 부대 설화나 역사적인 현실성 여부, 또는 민속학적인 요소를 배제한 독립된 시가'로서 <처용가>를 분석했다. <처용가>는 'metaphor와 tension이 결여된 조잡한 작품'으로서, '首都文學의 숭고하고도 우아한 것이 허무하고 粗野한 것으로 轉落한 모습을 희극미로서 나타냄으로써 지방문학의 특징을 드러낸 것'이지만, 그런 대로 일말의 humor와 eroticism은 발견할 수 있다고 했다.[3] 그의 이러한 견해는 'autotellic으로서의 작품 연구가 우선적으로 시도되어야 한다'는 그의 말대로 배경론에 지나치게 경도된 작품 해석을 벗어난 문학적 분석으로서 의의가 깊다.

황패강은 이러한 정병욱의 견해가 서구적인 이론을 직수입한 것임을 지적하고 동양으로서의 미의식 구조가 따로 있을 수 있다고 보아,

---

2) 양주동, 『增訂 고가연구』, 일조각, 1990, p.431.
3) 정병욱, 문학으로 본 처용가, 『대동문화연구 별집1』, 1972, pp.3~6.

<처용가>는 '覺月로 상징되는 천상적 이미지와 간음으로 나타난 지상적 현실 사이에 聖과 俗으로 대비될 만한 엄청난 거리가 설정 …… 높은 차원으로 지향된 세계'를 보여주고 있다는 견해를 폈다.[4] 이러한 해석은 '佛國土의 이상을 가진 신라가 불교라는 이민족의 문화를 수용하되 독특한 민족적 형식으로 실현한 저간의 사정을 도외시하고 好佛的 용자인 처용에 관한 어떠한 논의도 본격적인 구명일 수는 없는 것', '<처용가>를 그 생성된 자리에 놓고서만 이해할 수 있는 것'이라는 그의 말[5]처럼 불교적 배경의 관점에 의한 것이다.[6]

이재선은 『삼국유사』의 기록을 완전히 배제하고 본문(가요)의 문맥적 구조와 표현을 살피면서, '네 다리'는 '동물학적인 변형의 이미지화이며 비난의 의식과 대상을 감소시키려는 의식이 노현된 提喩'이고, '둘은 내것, 둘은 뉘것'은 수수께끼적인 표현이라 했다.[7] 또한 <처용가>의 미의식에 대해서는 정병욱이 '희극미'라고 한 것과 달리, 처용을 춤과 노래와 놀이의 유희적인 풍류객으로 보고 '놀이의 멋'이라는 견해를 폈다.

김학성은 <처용가>의 시대적 배경을 바탕으로 가요 문면을 분석했다. '가랭이가 네 개다. 그 중 둘은 내것이다. 둘은 누구의 것이냐?'를 육담적·골계적·직서적 표현으로 보고, 이는 선불교의 공안에서 흔히 볼 수 있는 禪的 표현으로 상대방으로 하여금 스스로 견성을 터

---

4) 황패강, 향가연구시론1, 『고전문학연구』 제2집, 1974.
5) 황패강, 처용설화의 종합적 고찰(토론문), 『대동문화연구 별집1』, 1972, pp.10~13.
6) '처용가의 문학적 해석은 조악한 작품으로 파악한 정병욱의 견해와 탁월한 불교세계를 추구한 우수한 작품이라는 황패강의 견해로 대표된다.' 김경수, 처용가의 연구사적 검토, 『신라문학의 신연구』, 신라문화선양회, 1986 p.131 참조.
7) 이재선, 향가의 시적 어법과 수사, 『향가의 이해』, 삼성문화문고 130, 삼성문화재단, pp.79~80.

득하게 하여 覺에 이르도록 교화하는 의미를 지니는 것으로 보았다.[8]

이상과 같이, 처용가의 문학적 분석은 가요만을 대상으로 이루어지기도 하고 서사물의 배경적 의미를 바탕으로 이루어지기도 하지만, 대부분 후자의 경우와 같이 서사물의 의미가 가요의 분석을 위한 잣대가 되어 왔다.

<처용가>의 서사물은 왕과 국가에 관한 이야기이면서 여러 신들의 神異한 이야기와 결합된 象徵性을 지니고 있다. 그러나 처용가는 이러한 神異性과 象徵性을 지닌 서사물 가운데 위치하면서도, 그러한 서사물의 성격과는 거리가 먼 매우 단순하고 소박한 언어로써 아내와 다른 사내가 동침한 현장을 목격한 한 사내의 사설을 담고 있다. 이러한 점이 <처용가>를 서사물의 의미나 구조로부터 한 걸음 물러서서 바라보게 하는 요인이 된다. 처용과 역신의 존재를 밝히고 있는 서사물의 문맥을 일단 괄호 속에 감추어 두고 가요의 문면을 보기로 한다.

> 서울 밝은 달 아래 밤늦도록 노닐다가
> 들어와 자리를 보니 다리가 넷이러라
> 둘은 내 것인데 둘은 뉘 것인고
> 본디 내 것이었다마는 빼앗은 것을 어찌하리오[9]

---

8) 처용가는 선불교의 교화의 원리를 바탕으로 하되 처음에는 헌강왕대처럼 호국적 차원의 기능을 하다가, 신라 말기에 이르러 탐락에 빠진 신라인을 더 이상 교화시키는 데 무력함을 보이면서, 끝내는 호소력을 상실하고 무속 쪽으로 견인될 운명을 맞게 된 것으로, 처용가의 호국적 차원의 교화적 의미는 고려 처용가에 와서 그 무속적 변질이 실현된 것으로 보았다. 김학성, 처용설화의 서술구조와 처용가의 성격, 『한국고시가의 거시적 탐구, 집문당, 1997, pp.214~217.(『문학 한글』 제4호, 한글학회, 1990.12.)
9) 임기중, 『옛노래 시로 읽기』, p.123에서 인용.

달 밝은 밤에 늦게 집으로 들어온 화자, 그는 분명히 '밤늦도록 노닐다가' 들어온 것이다. 달밤의 놀이는 祝祭의 이미지를 형성한다. 축제의 밤 늦도록 놀다가 들어온 화자의 눈에 목격된 잠자리의 광경은 화자의 입을 통해 '다리가 넷이러라'라는 식으로, 구체적인 숫자와 한 편으로는 외설적이기까지 한 표현으로 옮겨진다. 밝은 달 아래 밤늦도록 노니는 축제의 분위기는 '다리가 넷'이라는 식의 표현과 결합되어 肉體的 遊戲의 에로틱한 이미지를 풍긴다. 화자의 정서는 '밤늦도록 노닐다가'의 달밤의 놀이[10]와 '다리가 넷이러라'의 육체가 어우러진 享樂의 공간 속에 젖어 있는 듯하다.

놀이와 육체의 향락적 공간 속에 떠 있는 <처용가>의 달[11]은 가요의 문면 전체에서 생성되는 분위기로 보아, 융천사의 <혜성가>나 충담사의 <찬기파랑가>에도 등장하고 월명사가 교감했던, 화랑집단의 신비주의가 빚어낸 독특한 의미를 지니는 달[12]과는 거리가 멀다. 또한 이러한 분위기 속의 달은 <원왕생가>에서 보이는 불교적인 애절한 기원의 대상과도 다르다.

'둘은 내 것인데 둘은 뉘 것인고'는, 네 개의 다리 가운데 내 것 둘을 제외한 나머지 둘이 정작 누구의 것인지 몰라서 묻는 것이 분명 아니다. 또한 이러한 언술은 그가 목격한 상황이 돌발적이고 너무나 놀라운 것이어서 경황없는 중에 내뱉어진 것도 아니다. 잠자리에 누

---

10) 처용가를 무가적인 성격으로 보는 견해에서는 이 '논다'가 巫儀를 의미하는 것으로 보았다. 서대석, 처용가의 무속적 고찰, 『한국학론집』 2집, 계명대, 1975, p.64.

11) 이재선은 이 달이 여느 작품들과는 달리 별다른 상징성이나 또는 표상성을 지니고 있지 않다고 보았다. 이재선, 앞의 글, p.78. 황패강은 불교의 佛身이나 覺의 경지를 상징하는 달로 보기도 했다. 황패강, 앞의 글, p.13.

12) 김학성, 처용가와 관련설화의 생성기반과 의미, 『한국고시가의 거시적 탐구』, 집문당, 1997, pp.244~245.

운 아내와 자신이 누워 있어야 할 그 자리에 누워 있는 누군지도 모르는 사내를 보고 아무렇지도 않은 듯이 내뱉는 '둘은 내 것, 둘은 뉘 것?'이라는 천연덕스러움은, 그러한 광경을 목격한 자신에 대한, 혹은 두 남녀를 향한, 그 심각해야만 할 상황 속의 엉뚱한 대응 태도로 거기에는 묘한 웃음이 배여 있다.

마지막행의 '본디 내 것이었다마는 빼앗은 것을 어찌하리오'는 무기력하고 무책임한 어투인 듯도 하지만, 단순한 체념과 포기의 정서를 표방하고 있지는 않다. 아내를 빼앗긴 자는 아무런 비난이나 혹은 후회도 없이 단지 '본디 내 것'이었던 '두 개의 다리'를 '빼앗은 것을 어찌하리오'라고만 하고 말아버리는 어처구니없는 태도를 취한다. '본디 내 것'임을 말하는 화자는 두 남녀를 정면으로 힐난하거나 '내 것'을 빼앗은 사내를 향해 정말 '내 것'임을 역설하고자 하는 것 같지가 않다. 그러므로 여기에서 '어찌하리오'는 정말 곤란하고 어찌할 수 없는 위기 상황에서의 하소나 부르짖음으로 들리지 않는다. 오히려 화자는 그러한 정황에 대해 너무나도 무감각한, 어쩌면 그것을 묵인하고 있는 듯한 바보스러움을 보이기도 하지만 그러나 거기에는 묘한 웃음과 여유가 배여 있다.

밤늦은 시각 흐드러진 달빛 아래 耽樂의 시간을 노닐다가 집으로 들어와 아내가 다른 사내의 품에 안긴 광경을 목격한, 어떻게 보면 무기력하고 무책임하기까지 한 사내가 흘리는 웃음, 그 천연덕스럽고 어처구니없는 듯한 태도 속에 배여 있는 이 웃음의 의미는 그들에 대한 비난이나 풍자일까, 아니면 묵인이나 용서일까, 혹은 자신에 대한 허무는 아닐까.

<처용가>가 지닌 情緒의 본질은 바로 이러한 웃음에서 발견된다. <처용가>의 시적 정서와 의미를 살피기 위해 이 글에서 주목하게 되

는 것은 바로 이 웃음의 의미이다. 가요의 문면을 다시 한번 읽기로
한다.

화자는 달 밝은 밤에 '밤늦도록 노닐다가' 집으로 돌아와 방으로
들어온다. 환하고 넓은 廣場에서 실내 곧 密室로 들어온 것이다. 그리
고 은밀한 밀실의 공간에 은밀하게 누워있는 네 개의 다리를 본다.
'다리가 넷'이란 표현은 '네 개'라는 숫자의 물질적 구체성 속에서 다
리를 제외한 방 안의 다른 것들, 사람이나 분위기들까지도 단지 '다
리'라는 육체가 지닌 그 물질적 대상으로 전환시키고 있다. 이러한 육
체, 물질적 대상화는 은밀하게 이루어진 윤리적 파행의 상황을 단지
육체적 혹은 물질적 개념에 한정함으로써 그에 대한 비난이나 고발을
애초에 차단하는 것이기도 하다.[13] 그러므로 자신의 아내가 다른 사
내와 누워있는 광경을 목격한 사내의 목소리는 그러한 비난이나 고발
의 외침이 아니라 작은 속삭임으로 들린다.

이러한 속삭임은 화자의 정서가 밀실의 은밀함에 同化되어 있기 때
문은 결코 아니다. 이 말은 상대를 향한 것이 아니라 나를 향해 속삭
이는 말로서, 자신이 노닐던 달 밝은 광장에서 어두운 밀실로 들어와
서 느끼게 된, 밝음과 어둠 사이에 놓여 있는 극단적인 명암의 차이
때문에 더욱 조심스러워 보인다. 그는 어둡고 폐쇄적인 밀실의 공간
에서 은밀하게 누운 남과 여를 보고 단지 '다리가 넷'임을 말하고 있
다. 두 남녀를 떠들썩하게 드러내어 고발하지 않는 작은 속삭임 속에
서, 그러나 분명하게도 '네 개의 다리가 있음'을 말하고 있는 이 사내
는 입가에 어떤 묘한 웃음을 머금고 있다.

---

13) '두 사람이란 숫적 표현을 네 다리란 신체적인 간접 증거에 전체를 표시함으
　　로써 그 비난의 의식과 대상을 감소시키는 提喩의 수사법.' 이재선, 앞의 글,
　　p.79.

　　이러한 웃음은 바흐찐이 말한 이른바 '민중들의 그로테스크적 웃음'14)으로 이해된다. 이 웃음은 '어딘지 모르게 무섭고, 음울하고, 비극적인 성격'15)을 지니는 그런 웃음이 아니다. '다리가 넷'이라는 육체, 물질적 대상화를 통해 생성된 이 웃음은 바로, '육체적 하부와 결합된 보다 格下되고 低俗化되고 肉化'16)된 민중들의 그로테스크적 웃음이 지닌 '삶의 물질·육체적인 원리'17)에 그대로 부합하는 것이라고 할 수 있으며, '민중적인 웃음 문화에 나타난 이미지 체계 위에서, 전 민중적, 축제적, 유토피아적 양상'18) 속에서 이해되어야 할 성질의 것이다.

　　화자는 '둘은 내 것인데 둘은 뉘 것인고'라는 물음을 던진다. 앞에

---

14) 미하일 바흐찐,『프랑수와 라블레의 작품과 중세 및 르네상스의 민중문화』, 이덕형 최건영 역, 대우학술총서 507, 아카넷, 2001, p.47. 바흐찐은 이 책의 장편의 서문에서 라블레에게서 나타나는 중세 및 르네상스 시대의 민중적인 웃음의 문화, 고유의 독특한 이미지 유형을 '그로테스크 리얼리즘'이라 부르고 있다. 크로테스크란 르네상스 시대에 이탈리아 로마의 지하를 발굴하던 중 발견된 로마 시대 회화 장식물에, 식물과 동물, 인간들의 형식들이 예외적이고 기묘하며 자의적인 유희를 통해 표현된 것들의 기본적인 특징을 가리키는 말로서, 라블레의 작품 속에 압도적으로 우세하게 나타나고 있는 육체 자체와 먹고 마시고 배설하는 것, 그리고 성생활의 이미지들을 설명하는 개념어로 사용하고 있다. 같은 책, pp.47~48, 65~66 참조.

15) 위의 책, p.79 참조. 이는 민중적 그로테스크의 웃음과 상대적인 의미인 낭만적 그로테스크의 웃음으로 설명된다.

16) "그로테스크 리얼리즘의 모든 형식을 구성하는 민중들의 웃음은 예로부터 물질·육체적 하부와 결합하고 있다. …… 이 웃음은 격하시키고 물질화하는 것이다. 그런데 이 격하는 단순히 하부로 無와 절대적인 絶滅로 추락하는 것이 아니라, 생산적인 하부, 태어나는 대지이며 항상 시작하는 육체적인 자궁으로 하강하는 것을 의미한다." 위의 책 p.49, 바흐찐의 이 책은 프랑수와 라블레(1493~1553)의 작품들을 통해서 중세 및 르네상스 시대의 웃음의 문화를 분석한 것이다.

17) 위의 책, p.46.

18) 위의 책, p,47.

서 언급했듯이 이 물음은 두 개의 '내 것'을 제외한 나머지 두 개가 누구의 것이냐가 궁금해서 묻는 것으로 보이진 않는다. 화자는 아내와 또 그녀와 함께 누운 사내에 의해 조성된 그 은밀함의 不穩性에 대한 자각에서 의도적으로 그 은밀한 사건의 전모를 밝히고자 하는 것이 아니다. 오히려 이 물음은 그 幼兒的 單純性을 빙자한 천연덕스러움 속에 또 하나의 웃음을 지니고 있다.

이 유아적 단순성을 지닌 천연덕스러운 물음도, 내 것은 반드시 내 것이어야 함을 말하는 것이 아니라, 이와 반대로 내 것은 내 것이어야 한다는 그러한 '공식적인 지성 또는 공식적인 진리의 일방적인 엄숙함에 대한 유쾌한 패러디'[19]로서의 민중적 웃음을 지닌 것이라고 할 수 있다. 따라서 이 웃음은 은밀한 밀실에서 두 남녀의 은밀한 행위를 비난하고 고발하고 풍자하는 것이 아니다. 즉, '자기 자신을 조소당하는 현상 외부에 위치시킴으로써 자신을 그 현상과 대비시켜, 세계의 우스꽝스러운 형국이 지니고 있던 총체성을 파괴'[20]하고자 하는 그런 풍자가 아닌 것이다. 이러한 웃음은 여전히 달 밝은 광장에서 밤늦도록 노니는 가운데 웃는 '유쾌하고 해방적이며 재탄생하는 웃음의 창조적 요소'[21]를 지닌 웃음이다. 여기서 화자는 자신의 앞에서 '생성되고 있는 세계의 총체성에서 자신을 제외시키지 않'고 그 역시 '아직은 미완성이며, 죽음을 맞이하고, 재탄생하며, 갱생'하는 민중으로서 존재한다.[22]

이러한 웃음의 정서 속에서 '빼앗은 것을 어찌하겠느냐'고 하는 화

---

19) 위의 책, p.77.
20) 위와 같음.
21) 위의 책, p.49.
22) 바로 이러한 민중적 의미가 근대의 순수한 풍자적 웃음으로부터 민중·축제적 웃음을 구별해 주는 본질적 요소 중의 하나이다. 위의 책, p.36.

자의 언술은, 빼앗긴 자의 분노나 한탄, 죄지은 자에 대한 관용, 자신의 아내를 포기하는 체념이나 무책임한 묵인, 상대에 대한 비난, 자신에 대한 허무 등과 같은 의미를 지니지 않는다. 이는 오히려 그들의 은밀한, 폐쇄적이고 어두운 밀실의 창을 활짝 열어제치고 넓은 광장의 환한 달빛을 불러들이는, 어둠과 밝음의 극단적인 명암의 차이를 극복하는 웃음을 지닌다. 화자의 얼굴이 지닌 이러한 웃음은 곧 '심오한 긍정적 원리를 바탕으로'[23] 하는, '축제적이고 향연적이며 狂喜的'[24]인 것이다. 이는 자신의 밝고 유쾌한 웃음으로 타인을 유쾌하고 즐겁게 만드는 놀이의 본질을 지닌 웃음이다. 달 밝은 축제의 광장에서 밤 늦도록 향연을 즐기고 돌아온 사내는 그 유쾌하고 축제적인 개방된 분위기를 이러한 그로테스적인 웃음을 통해 밀실까지 옮겨 놓고 있다. 이러한 유쾌하고 개방적인 '민중적·그로테스크적 웃음'을 띤 이 사내는 은밀한 행위를 들킨 두 남녀를 그 은밀한 밀실 속에 구속하지 않고 오히려 천연덕스럽게 유쾌한 축제의 밝은 달빛 속으로 함께 데리고 나가는 것이다.

이처럼 서사물상의 處容과 疫神이라는 구체적인 命名을 배제한 채, 한 사내가 그의 아내와 다른 사내의 동침을 목격한 사설인 가요의 문면을 통하여 이러한 '민중적 웃음'의 정서와 의미를 발견할 수 있다면, 이 노래를 부른 사내와 그의 아내, 그리고 또 다른 한 사내들은 匹夫匹婦들이며, 또한 이 노래가 보다 확장된 시간과 공간 속에서 불려지고 전파 전승될 수 있음을 간파하는 것은 그리 어려운 일이 아니다. 이러한 匹夫匹婦들은 어느 시대, 어느 공간에나 존재했을 것이다. 그러므로 그들이 살고 있었던 어떤 한 마을, 그곳에서의 축제의 달밤,

---

23) 위의 책, p.47.
24) 위의 책, p.48.

유흥의 향락 젖은 사내의 늦은 귀가, 아내와 다른 사내의 동침, 그것을 목격한 남편의 묘한 웃음 등, 가요 속의 배경과 사건, 분위기, 시적 화자의 정서 등도 특정한 시대 특정한 공간의 산물이 아닌 것이다.

이러한 <처용가>의 정서와 의미는 이 가요가 어느 특정한 역사적인 사실이나, 특정한 전통·儀式의 時空과 그 구체적이고 직접적인 관련을 떠나서 존재할 수 있음을 보여 주는 동시에, 또한 역설적으로 그 어떠한 역사적 사실이나 어떠한 전통·儀式의 시공과도 결합될 수 있음을 의미한다. 그렇다면 이러한 가요의 정서는 단일 서사가 아닌 몇 개의 이야기가 복잡하게 얽혀 있는 「처용랑망해사」조의 서사 구조 속에서, 경우에 따라 그와는 또 다른 의미의 局面으로 실현될 수도 있음이 강하게 시사된다.

3. 가요의 시적 정서와 전체 서사 문맥

<처용가>와 서사물의 관련 양상에 대한 탐구는 가요와 직접적 관련이 있는 부분 서사인 '처용이야기'만이 아니라 「처용랑망해사」조 전체의 서사 구조에 대한 올바른 이해를 바탕으로 이루어져야 한다.25) 또한 '처용이야기'는 憲康王이 중심인물이 되는 전체 서사의 부분으로서 그것과 유기적인 관계를 맺으면서도 부분 서사만의 자율적인 서사 구조를 지니고 있는 까닭에, 부분 서사로서 이 이야기가 전체에 어떻게 기능하는가 하는 텍스트 읽기의 해석적 성실성이 요구된다.26)

---

25) 김학성, 앞의 글, p.196 참조.
26) 홍기삼, 위의 책, p.231.

『삼국유사』는 거의 전편을 통해 신이한 이야기들 속에 어떤 역사적 진실을 말하고 있다. 그 중에서 「처용랑망해사」조가 위치하는 紀異篇은 왕과 국가에 관한 이야기가 신이한 이야기와 함께 전하고 있는 것이 많다.27) 「처용랑망해사」조는 東海龍, 疫神, 門神, 山神, 地神 등 신이한 존재들이 등장하는 이야기라는 점에서, 그리고 헌강왕이라는 왕과 관련된 국가의 멸망에 대한 이야기라는 점에서 기이편에 실린 것으로 보인다. 전체 서사 중 후반부에 나오는 신들에 관한 신이한 이야기는 국가의 멸망에 관한 이야기로 연결되고 있다. 그런데 이 후반부 서사를 제외하고, 전반부에 나오는 동해용과 관련된 신이한 서사와 그리고 역신을 驅逐한 처용의 門神傳承이라는 신이한 이야기 역시, 과연 이러한 의미망에 포섭되는 것인가, 만일 그렇다면 어떻게 포섭되는가에 대한 해명이 필요하다.

<처용가>가 전하는 「처용랑망해사」조의 전체 서사를 요약하여 제시하면 다음과 같다.

　① 제49대 헌강왕대는 번화하고 거리에 음악이 끊이지 않는 태
　　평성대였다.
　②-1 헌강왕이 開雲浦로 출유했다 돌아오는 길에 구름과 안개로
　　길을 잃다.
　②-2 일관이 동해용의 변괴라 하자 헌강왕은 근처에 절을 지을

---

27) 기이편은 일연의 민족적 자주성을 드러내는 서사로서, 국가와 왕에 관련된 이야기가 많이 등장한다. 수로부인조를 포함하여 몇 개의 조는 그렇지 않지만 이것들도 신이함에 대한 이야기이다. 위만조선의 경우 신이와 관련된 서사는 보이지 않아도 위만조선의 성립과 멸망에 대한 이야기가 전체를 차지한다. 기이편의 서사를 이루는 두 축은 국가나 왕의 역사와 신이한 이야기이다. 이 두 축은 서로 결합되거나 아니면 독립되어 서사를 이루는 중심 모티프가 되고 있다.

것을 명하니 구름이 안개가 사라지고 그곳을 개운포라 하다.

②-3 동해용은 기뻐하며 일곱 아들을 데리고 왕의 덕을 찬양하고 歌舞를 하다.

③-1 그 중 한 아들이 서울로 따라와 왕정을 보좌하니 이름을 處容이라 하다.

③-2 왕은 미녀를 아내로 삼게 하고 級干직을 주다.

④-1 처용의 아내가 매우 아름다워 疫神이 밤에 몰래 들어 함께 자다.

④-2 처용이 밖에서 돌아와 잠자리의 두 사람을 보고 노래하고 춤을 추며 물러나다.

④-3 <처용가>

⑤-1 이 때 역신이 모습을 나타내고 무릎은 꿇고 처용 아내의 아름다움을 탐내어 범했다고 하면서 처용이 노함을 보이지 않는 미덕에 감동을 받아 이후로 처용의 형용을 보면 그 문에는 들어가지 않겠다고 하다.

⑤-2 이로 인해 나라 사람들이 문에 처용의 모습을 붙이고 벽사 진경으로 삼다.

⑥ 왕이 돌아와 용을 위해 望海寺를 짓다.

⑦-1 또 왕이 포석정에 행차했을 때 남산신이 왕 앞에 나타나 춤을 보이니 왕에게만 홀로 보이다.

⑦-2 어떤 사람이 앞에서 춤을 보이니 왕도 스스로 춤을 추어 그 형상을 보이다.

⑦-3 신의 이름을 혹은 祥審이라 하여 지금까지 나라 사람이 이 춤을 전하여 御舞祥審 또는 御舞山神이라 하다.

⑦-4 신이 나타나 춤을 추니 그 모습을 본따 공장이를 시켜서 후대에 전했으므로 象審 또는 霜髥舞라 하다.

⑧ 또 왕이 금강령에 행차했을 때, 산악신이 춤을 바쳤는데 이름을 玉刀鈐이라 하다.

⑨ 또 동례전에서 연회시에 지신이 나와 춤을 추었는데 이름을 地伯級干이라 하다.

⑩-1 語法集에, 그 때 산신이 춤을 추며 智理多都波都波라고 노

래한 것은 도읍이 장차 망하리라는 말이었다고 하다.
⑩-2 지신과 산신이 나라가 망할 것을 알고 춤을 추어 경계했으
나, 나라 사람이 깨닫지 못하고 상서로움이 나타났다고 하여
耽樂이 더욱 심해 나라가 마침내 망하다.

<처용가>의 서사물에 대한 논의들28)에서는 대체로 전체 서사의 구조를 ①~⑥의 전반부와 ⑦~⑩의 후반부로 나누어 설명하고 있다. 「처용랑망해사」조 전체 서사는 처용이 아닌 헌강왕을 주인공으로 하는 이야기로서, '대부분의 사건들은 헌강왕의 놀이와 관계되는 일련의 체험들이고 국가의 장래를 걱정하지 않는 통치자와 국민의 어리석음이 國終亡의 사실로 연결'29)됨으로써, '태평성대를 구가하는 신라가 어떤 사정에 의해 멸망하게 되었나를 설명'30)하고 있다. 이 전체 서사를 서사의 중심 인물과 사건의 성격을 기준으로 나누어 읽으면, 처용을 중심으로 하는, 역신을 구축하는 처용 문신전승의 문맥과, 헌강왕을 중심으로 하는, 태평성대에서 국종망의 탐락으로 이르게 되는 왕과 국가에 관한 역사적 문맥31)으로 크게 양분할 수 있다. 그렇다면 전체 서사는 ③~⑤까지의 '처용이야기' 부분과 그것을 제외한 나머지 서사부분으로 나뉘게 된다.

앞에서 언급했듯이 <처용가>가 위치하고 있는 '처용이야기'는 그 어떠한 형태로든 전체 서사의 과정에서 일정한 기능을 하는 것이다.

---

28) 기존의 논의들은 '처용이야기'에 주목하여 疫神을 驅逐하는 무속의 설화나 佛
舍緣起 설화로 파악하거나, 전체 서사를 대상으로 國終亡의 설화로 파악하는
것이 주류를 이룬다.
29) 홍기삼, 앞의 책, p.236.
30) 김학성, 앞의 글, p.202.
31) 전반부의 동해용과 관련된 이야기는 헌강왕을 주인공으로 하는 이야기이므로
역사적 문맥의 성격으로 본다.

이러한 양상에 대한 해명을 통해 전체 서사의 맥락에서 <처용가>가 실현하고 있는 정서와 의미의 국면에 대한 설명도 가능할 것이다. 앞에서 살핀 바 있는 <처용가>의 시적 정서와 의미를 염두에 두고 '처용이야기'가 전체 서사의 부분으로서 수행하는 기능과 의미를 조망하기로 한다.

'처용이야기(③~⑤)' 가운데 <처용가>와 시간적 공간적으로 직접적인 관련을 맺는 부분은 ④-1~⑤-1로 한정된다.32) 이 중 ④-2, 3에서는 처용의 노래에 처용의 춤이 동반되고 있다. 그런데 전체 서사 가운데는 처용의 춤을 포함하여 7가지의 춤이 언급되어 있다.

> ②-3 동해용과 일곱 아들의 왕을 향한 獻舞
> ④-2 역신 앞에서의 처용의 춤
> ⑦-1 南山神의 왕 앞에서의 춤
> ⑦-2 어떤 사람의 춤·헌강왕의 춤
> ⑧ 山岳神의 헌무
> ⑨ 地神의 춤

처용의 노래인 <처용가>는 ④-2의 처용의 춤과 동일한 성격을 갖는 것인데, <처용가>가 전체 서사의 맥락에서 실현하는 의미의 국면은 이 처용의 춤을 여타의 춤과 함께 고려함으로써 살필 수 있을 것이다.

위의 춤들은 모두가 동일한 의미를 지니는 것이 아니다.33) 이들 가

---

32) 이에 대해서는 뒤에서 부연하겠다.

33) 「처용랑망해사」조 전체의 서사문맥은 다음과 같은 다섯 개의 공통 구조를 가진 삽화들로 구성되어 이 조의 말미에 있는 '國終亡'을 결론적으로 말하기 위한 구성으로 설명되기도 한다. 1) 왕이 개운포에 出遊했을 때 東海龍이 나타나 춤을 추었다는 내용, 2) 疫神이 처용의 妻와 同宿하고 있을 때 처용이 나

운데 그 성격상의 동일함이 보다 선명하게 드러나는 춤은 ⑦-1의 남산신의 왕 앞에서의 춤, ⑧산악신의 헌무, ⑨지신의 춤 등 세 가지이다. 이 춤들은 서사의 끝부분인 ⑩-2에서 서술하고 있는 것처럼 나라가 망할 것을 알고 춤을 추어 왕을 향해 경계한 춤이다. 이 신들의 춤이 갖는 의미는 太平聖代의 耽樂으로 인한 國終亡을 경계한 것으로 전체 서사의 주제에 보다 직접적으로 부합하는 것이다.

그런데 이 춤들과 그 상대적인 의미를 지닌 것으로 ⑦-2의 어떤 사람의 춤과 헌강왕의 춤이 있다. 이들의 춤은 ⑦-3에서 신의 이름인 '祥審'이나 춤의 이름인 '御舞祥審'의 '祥'이라는 글자를 통해 그 의미가 암시되고 있으며, ⑩-2에서는 더욱 구체적으로 '나라가 망할 것을 경계한 신들의 춤의 의미를 깨닫지 못하고 이를 상서로움으로 잘못 인식한 탐락의 춤'임을 지적하고 있다.

또한 전체 서사의 전반부에 나오는 ②-3의 동해용과 그 아들들의 춤도 ⑦, ⑧, ⑨에서 보이는 남산신, 산악신, 지신 등의 춤과 같은 성격을 지니는 것이 아니다. 해당 부분의 서사 내용은 분명히 동해용과 그 아들들이 헌강왕의 덕을 찬양하며 춘 춤(讚德獻舞)임을 말하고 있다.

동해용과 그 아들들의 춤은 전체 서사의 주제인 국종망에 대한 경계와는 의미상 거리가 먼 것으로, 앞의 지신과 산신들이 왕 앞에서 춘

타나 춤을 추었다는 내용, 3) 왕이 포석정에 행차하였을 때 南山神이 나타나 춤을 추었다는 내용, 4) 왕이 금강령에 행차하였을 때 北岳神이 나타나 춤을 추었다는 내용, 5) 왕이 동례전에서 宴饗을 하고 있을 때 地神이 나타나 춤을 추었다는 내용 등. 또한 이 삽화들의 속의 가무는 모두 방탕한 국면에 처한 것에 대해 무엇인가를 말하려 했다는 것으로 인식하고 있다. 김문태, 처용가와 서사문맥, 『삼국유사의 시가와 서사문맥 연구』, 태학사, 1995, pp.170~176. 그러나 이 삽화들이 대등한 의미를 갖는 것은 아니며,(김학성, 처용설화의 서술구조와 처용가의 성격, 『한국고시가의 거시적 탐구』, p.201 참조.) 개별 화소들 간의 연관구조에 대해서 다양한 이견들이 있음은 주지의 사실이다.

춤이 갖는 경계의 의미와 오히려 상반된 의미를 지닌다고 할 수 있다. 동해용 관련 부분(②-1~②-3)에서 왕에 대한 경계의 의미는 춤이 아니라 ②-1의 헌강왕이 개운포로 出遊했다 돌아오는 길에 구름과 안개로 길을 잃게 만든 것에서 찾아진다. 구름과 안개로 하늘이 어두워지자 일관은 동해용이 일으킨 변괴라고 아뢴다. 하늘의 구름과 안개를 부려 길을 잃게 만든 것이 바로 신들의 경계요 경고이다. 왕의 開雲浦 出遊는 태평시대에 있었던 유흥적 놀이의 행차였으며, 이에 대해 동해용은 구름과 안개로 길을 잃게 만들어 탐락이 심해지는 것을 경계한 것이라고 할 수 있다. 절을 지으라는 왕의 명령은 신들의 이러한 경계에 대한 적절한 대응으로서의 의미를 지닌다. 동해용의 歌舞는 경계가 아니라 그러한 경계에 대한 헌강왕의 슬기로운 대응 태도를 찬미하는 의미를 지닌다.

동해용의 일행이 '讚德獻舞奏樂'한 것은, 그들이 구름과 안개로 길을 잃게 만든 경계의 의도(②-1)에 대해 헌강왕이 정확하게 받아들여 절을 지으라는 명을 내림으로써 적절하게 대응한 것을(②-2)을 기뻐한 것(②-3)이라는 점에서 그 의미를 찾을 수 있다.[34] 그러므로 전반부에서 동해용의 경계를 받아들인 헌강왕은 후반부인 ⑦, ⑧, ⑨에서 산신과 지신들의 춤을 상서로운 징조로 받아들이는 것과 같은 우를 범하지 않고 슬기롭게 대처했던 것으로 보인다.

이러한 동해용의 헌강왕에 대한 '讚德獻舞'의 의미 곧, 헌강왕의 슬기로운 대응 태도에 대한 찬미의 의미는 다시 '처용이야기'가 끝나고 등장하는 ⑥의 望海寺 창사 이야기의 짧은 문맥을 통해서 부연된다.

---

34) 이로써 동해용이 구름과 안개로 길을 잃게 만든 것과, 춤과 노래로써 헌강왕의 덕을 찬미한 것 사이에 놓인 문맥적 연결의 어색함은 해결된다. 당연히 동해용은 ⑦, ⑧, ⑨의 산신과 지신들의 존재와 같은 호국의 신으로 인식된다.

이 이야기의 첫머리인 '王旣還'은 왕이 개운포에서 돌아온 것을 말한 것이다. 그러므로 이 이야기는 서사 전개상 바로 앞의 처용과 역신이 등장하는 문신전승 이야기와는 직접적인 관련이 없고, 그 이전의 동해용을 위한 佛寺 창건의 명을 내린 내용과 호응하며, 개운포에서 동해용이 헌강왕에 대해 '讚德獻舞'한 이야기와 관련되는 것이다. 그러므로 이 망해사 창사 이야기인 ⑥은 전체 서사의 과정상 ①에서부터 진행된 전반부 서사를 마무리하는 의미를 지니고 있으며, 헌강왕대라는 태평성대가 아직까지 國終亡의 결과를 가져오게 될 '耽樂滋甚'의 상황으로까지는 이르지 않았다는 표지이다. 이는 서술자인 일연이 동해용과 헌강왕 사이의 이야기를 마감하면서, 신의 경계에 슬기롭게 대응한 헌강왕에 대하여 불교적 '勝事'를 행한 왕으로서 높이 평가하여 기린 내용으로 볼 수 있다.

이렇게 볼 때, 일단 '처용이야기'를 제외한다면 서사의 전반부는 ①~③에서 ⑥으로 이어져 일단 그 단락을 마감하게 된다. 그리고 전체 서사의 후반부인 ⑦ 이하에서 산신과 지신들의 경계를 상서로운 징조로 오해하여 탐락이 더욱 심해 나라가 드디어 망하게 된 것임을 말하고 있는 것으로 미루어, '처용이야기'를 제외한 이 전반부의 서사는 아직은 그러한 지경에 이르지 않았던 태평성대의 모습을 보여주는 것으로 후반부의 서사와 문맥상 호응을 이루고 있다. 그러므로 전체 서사를 ①~⑥의 전반부와 ⑦~⑩의 후반부로 나눌 때, '처용이야기'는 서사의 표면적 구조로 보아 전반부에 속하는 것으로, 동해용(神)의 탐락에 대한 경계와 헌강왕의 대응이라는 문맥의 구도 속에서 이해되어야 할 것이다.

이와 같은 논의에 따른다면, 「처용랑망해사조의 주제는 전체 서사가 국종망으로 이르는 탐락의 사실을 단지 설명하고 있는 것이 아니

라, 그에 대한 경계를 하고 있는 서사라는 점에서 보다 구체적인 의미
가 분명하게 드러난다.

　전체 서사를 탐락에 대한 경계와 대응의 의미를 중심으로 표로 나
타내면 다음과 같다.

경계의 사실	경계에 대한 대응	결과
헌강왕이 개운포로 출유했다 돌아오는 길에 동해용이 구름과 안개로 길을 잃게 함.	받아 들임 : 헌강왕이 근처에 절을 지을 것을 명함.	구름과 안개가 사라짐. 동해용의 讚德獻舞奏樂
왕이 포석정에 행차했을 때 남산신이 왕 앞에 나타나 춤을 보임.	받아들이지 않음 : 왕도 스스로 춤을 추어 그 형상을 보임.	國終亡
왕이 금강령에 행차했을 때 산악신이 춤을 바침.	(받아들이지 않음)	國終亡
왕이 동례전에서 연회시 지신이 나와 춤을 춤.	(받아들이지 않음)	國終亡

　'처용이야기'는 전체 서사의 표면적 구조로 보아서 전반부에 위치
하고 있지만, 그 의미 전개의 구조로 보아 전반부와 후반부의 경계선
상에서 서사의 의미가 전환되는 지점에 위치하고 있다는 점에서35) 전
체에 대한 부분으로서의 의미를 지닌다. '처용이야기'를 제외한 서사
의 전반부는 헌강왕대의 태평성대와 더불어 동해용의 경계에 대한 헌
강왕의 슬기로운 대응 태도를, 서사의 후반부는 그와 반대로 신들의
경계에 대한 헌강왕의 잘못된 대응 태도와 탐락이 더욱 심해져서 나

---

35) '처용이야기'의 뒤에 나오는 ⑥의 이야기는 '처용이야기'의 앞부분에 연결된
　　것으로 헌강왕에 대한 일연의 평가가 첨부된 것임을 고려할 필요가 있다.

라가 망하게 된다는 이야기를 서술하고 있는데, '처용이야기'는 전반부의 태평성대에서 국종망으로 이르는 과정의 중간 지점에 위치한 漸移的 이행 과정의 성격을 띤 서사로서 존재한다.

이러한 이행 과정이자 부분 서사로서 '처용이야기'의 성격은, 전체 서사의 전반부와 후반부를 貫流하는 주제가 되는 탐락과 그에 대한 경계의 의미를 구체적인 예를 들어 보이고 있다는 점에서 찾을 수 있다. '처용이야기'에는 전반부에 보이지 않던 탐락의 실상이 나타나는데, 이것은 후반부에서 여러 신들의 춤으로 이루어진 이야기 끝에 서술하고 있는 '耽樂滋甚'의 '滋甚(더욱 심해짐)'으로 이르기까지의 중간 과정 혹은 전 단계로서의 의미를 지닌다고 할 수 있다. '처용이야기' 속에 위치한 <처용가>의 문면에는 한 사내의 아내가 다른 사내와 동침하는 윤리적 퇴폐상이 나타나 있다. 가요의 이러한 내용은 전체 서사의 전개 과정상, 전반부 서사인 헌강왕대의 태평성대 속에 점차 자라고 있었던 탐락의 양상을 드러냄과 동시에, 서사의 후반부로 이어져 신들이 출현하여 춘 춤들이 암시하여 경계했던 국종망으로 이르는 징조의 하나로서 적절한 기능을 하기도 한다. 또한 가요가 중심에 위치하고 있는 '처용이야기'에는 역신을 경계하는 문신전승이, 전반부에서 동해용이 안개와 구름으로 왕의 행차를 방해한 것, 그리고 후반부에서 신들이 국종망에 대한 춤을 춘 경계의 이야기와 동일한 軌跡을 그리고 있다.

이처럼 '처용이야기'는 전체 서사의 처음과 끝을 관류하는 태평성대에서 국종망으로 이르는 하나의 일관된 서사 과정에서, 탐락과 또 그에 대한 경계라는 두 가지의 의미를 각각, 윤리적 타락상을 드러내는 가요의 문맥과 역신을 구축하는 문신전승의 이야기를 통해 變奏해 내면서, 부분 서사로서, 또 漸移的 서사로서 그 기능과 역할을 수행하고 있다. '처용이야기'의 이러한 변주는, 상징적이기는 하지만 보다 구체적인 사건으로 주제를 드러내고 있다는 점에서 오히려 그 전·후 서사들의 단지 암시적이기만 한 이야기들보다 더욱 우리의 시선을 강하게 붙들고 있는 것인지도 모른다.

이상과 같은 논의를 토대로 전체 서사의 내용의 구성을 표로 나타내면 다음과 같다.

분단 (의미)	서사 내용	서사적 의미 (경계와 대응의 주객체)	時代相의 의미
전반부 (國終亡의 경계와 적절한 대응)	헌강왕대 상황	태평성대의 시공간적 배경	태평성대
	헌강왕 개운포 출유. 동해용 출현	경계와 대응-1 (동해용:헌강왕)	태평성대
	'처용이야기'	경계와 대응의 구체적 양상 -문신전승(처용:역신). 탐락의 구체적 실상-가요	태평성대 탐락자심
	망해사 창건	경계와 대응 양상1-1 (동해용:헌강왕)	태평성대
후반부 (耽樂滋甚 國終亡)	산신·지신의 춤	경계와 대응의 양상3,4,5 (신들:헌강왕과 백성)	탐락자심
	산신·지신의 춤 해석. 국종망 경계	경계와 대응의 결론적 의미	탐락자심 → 국종망

'처용이야기'에 대한 이와 같은 인식을 통해 처용의 노래와 춤(唱歌作舞而退)이 갖는 의미는 보다 선명하게 다가온다. 이 노래와 춤을 역신에 대한 경계의 의미로만 간단히 봐 버릴 수는 없다. 처용이 노래하고 춤을 춘 것은 역신을 경계하고 물리치는 것이 아니라, 스스로 물러

나는 행위와 동반되고 있다. 전체 서사의 전개상 점이적 과정으로서의 성격을 지닌 '처용이야기' 속의 이러한 노래와 춤에는, 역신에 대한 警戒와 국종망으로 이르게 되는 향락에 물든 사회상이라는 두 가지의 서로 다른 의미가 이중으로 겹쳐져 있는 것으로 볼 수 있다.

처용의 춤은 처용 문신전승의 의미를 중심으로 역신을 구축하는 춤으로 인식되기에 충분하며, 이것은 보다 뚜렷하게 전체 서사 전개상 핵심 의미의 하나인 警戒의 의미를 지닌다고 할 수 있다. 그런데 이러한 문신전승 속의 역신을 경계하는 처용의 모습 위에 가요의 문맥이 겹쳐지면, 아내가 다른 사내와 동침한 현장을 목격하고도 노래하고 춤을 추며 허허로이 물러나는, 육체적 환락과 유흥에 취한 달밤의 향연에서 흔들리는 人間象이 보여주는 도덕적 해이의 몽롱함, 그 탐락의 그림자도 시사되는 것이다.

처용의 노래와 춤에 관련된 서사물 문면에 대한 이와 같은 이해에 기댄다면, <처용가>는 전체 서사의 문맥을 통해서, 앞서 살핀 바 있는 가요의 문면적인 정서와 의미와는 별도로 또 다른 하나의 정서와 의미의 국면을 파생하고 있음을 알 수 있다. 축제의 밤 늦게까지 밖에서 놀다가 귀가한 화자의 눈에 들어온 '다리가 넷'으로 묘사된 육체적 향락의 현장에는, 전체 서사의 서두를 장식하고 있는 헌강왕대의 태평성대 속에서 점차 그 크기를 키워가고 있던 탐락의 어두운 그림자가 드리워져 있다. 역시 전체 서사의 국면에서 본다면, 잠자리에 누운 두 남녀의 다리를 보고 '둘은 내것', '둘의 뉘것?'이냐고 천연덕스럽게 묻는 화자의 태도는, 아내를 빼앗긴 사내의 자신의 처지에 대한 허무와 상대를 향한 풍자의 의미를 지니게 된다. 또한 '본디 내 것'임을 굳이 놓치지 않고 있으면서도, '빼앗긴 것을 어떡하겠느냐'며 무기력하고 무책임한 말을 내뱉는 어처구니없는 태도는, 그러한 빼앗김의 의미를 반감시키는 듯한 묘한 빈정거림의 어조를 파생한다. 이러한 가요의 언술들은 국종망으로 가는 탐락의 길목에서 노니는 무리들이 향락에 찌들은 몽롱한 윤리의식 속에서 던지는 질탕한 유희의 언어일 수 있다. 전체 문맥에서 가요가 지닌 이러한 의미의 국면은 국종망에 이르게 되는 퇴폐상의 중심에 위치하게 된다.

이렇게 본다면, 전체 서사의 문맥을 통해서 <처용가>는, 놀이와 육체의 향락적 공간 속에서 벌어졌을 법한, 한 사내와 그 아내 그리고 또 한 사내 들 사이에 얽힌 일종의 윤리적 타락의 사건으로써, 바로 그러한 종류의 탐락의 상황이 가능했던 당대의 혼탁한 정서와 세태를 묘사하여, 헌강왕과 그 백성들이 반드시 경계해야할 대상으로 부각시킨 것이 된다. <처용가>가 전체 서사의 문맥을 통해서 파생하는 이러한 의미 국면은, 앞서 살핀 바와 같이 전체 서사의 전반부와 후반부를 연결하는 漸移的 성격을 지닌 '처용이야기'의 핵심으로서, 헌강왕대의 태평성대 속에서 탐락에 찌들어 나라가 망해 가고 있음을 경계하고 있는 「처용랑망해사」조 전체 서사의 주제에도 충실히 부합하는 것이다. 이처럼 원래의 가요가 지닌 것과는 다른 이러한 의미의 국면이 파생되고 있는 것은, 전체 서사의 전개 과정에서 그 주제를 하나로 귀결시키기 위한 서술자의 의도가 개입된 때문으로 볼 수 있다.

4. 가요의 시적 정서와 처용 문신전승의 문맥

'처용이야기'는 앞에서 살핀 바와 같이 전체 서사의 의미 구조상 전반부에서 후반부로 이행하는 漸移的 성격을 지니고 있으며, <처용

가>는 그러한 '처용이야기'의 중심에 위치하여 전체 서사의 주제에 충실히 부합하는 의미 국면 곧, 가요의 문면에 나타난 의미와는 또 다른 의미의 국면이 존재한다. 이제 시선의 폭을 좁혀 전체가 아닌 부분 서사인 '처용이야기'만을 대상으로 했을 때 <처용가>가 지니고 있는 의미의 국면은 어떻게 드러나는지 살피기로 한다.

처용은 민속적 전통이나 혹은 무속적 儀式 속에 현재까지 전승되고 있는 존재이다. 또한 <처용가>는 고려 시대에 巫歌로서의 모습을 보여주는 <고려 처용가> 속에 전승되고 있기도 하다. '처용이야기'의 문면에도 아내를 역신에게 빼앗긴 처용이 노래를 부르고 춤을 추어 역신이 물러나게 했으며, 이 이야기가 후대에 역신을 驅逐하는 門神 유래담으로 정착된 이야기가 기록되어 있다. 이러한 점들을 근거로 <처용가>에서 주술의 원리를 찾아내고 무속의 주술적 가요로 이해하려 하기도 하지만 가요 자체에는 주술력이 없다.36) 이는 서로 다른 층위의 두 문맥 곧, 가요 문맥과 문신전승의 문맥이 '처용이야기' 속에서 서로의 行間을 겹치며 보다 교묘하게 결합되어 있기 때문으로 보인다. 따라서 그러한 교묘함에도 불구하고 '처용이야기' 속의 이 두 문맥 사이에는 그만큼의 어긋남이 노출된다.

가요와 서사물 사이에 놓여 있는 가장 두드러진 어긋남은 역시 가요의 화자와 그 대상인 사내가 서사물에서 각각 處容과 疫神이란 이름으로 명명됨으로써 그 匿名性을 벗어나고 있다는 점일 것이다. 가요와 서사물 사이의 이러한 어긋남을 해명하기 위해서는 서사물상에 나

---

36) "혹자는 處容의 歌舞가 疫神을 驅逐했다 하여 처용가에서 주술의 원리를 찾아내고 巫俗의 주술적 가요로 이해하려 하지만 처용랑이 노래한 가요 자체에는 주술력이 없음을 설화자체에서 분명히 보여 주고 있다." 김학성, 향가에 나타난 화랑집단의 문화의미권적 상징, 『성균어문연구 제30집』, 성대국어국문학회, 1995, p.19.

타난 처용의 모습에 대한 보다 엄밀하고도 구체적인 인식이 필요하다. <처용가>에 대한 해석은 서사물의 구조나 의미만이 아니라 이 처용의 정체에 대한 인식의 차이에 의해서도 다양한 견해가 도출되기도 했다. 처용을 중심으로, 혹은 「처용랑망해사」조의 전체 서사가 아닌 부분 서사만을 대상으로 가요와 서사물을 이해하다 보면, 서사물에 등장하는 처용은 일정한 성격을 지닌 하나의 구체적이고도 역사적 인물로 존재하며, 그 일관된 성격이 전승되는 것으로 이해될 수도 있다.

그러나 전체 서사에서 처용은 단지 門神으로서 疫神을 驅逐할 뿐만 아니라, 동해용과 함께 왕 앞에서 獻舞하기도 하고 王政을 보좌하거나 미녀와 결혼하기도 하며, 아내를 다른 남자에게 빼앗기고 노래를 부르기도 하는 등 다양한 모습으로 등장하고 있다. 「처용랑망해사」조에 나타난 이러한 처용의 모습들은, 처용이란 존재가 특정한 시대와 공간에 등장했다가 사라지는 하나의 일생을 사는 역사적 인물로서의 한 개인이 아니라, 오랜 기간의 傳承을 통하여 積層性과 流動性을 지니게 된 설화적 인물임을 말해 주고 있다.[37]

처용의 존재에 대한 이러한 인식을 토대로 가요와 문신전승의 문맥 사이에 노출되고 있는 어긋남과, 그 어긋남이 어떻게 해소되고 있는가를 살피기로 한다. 앞에서 제시한 전체 서사 중 '처용이야기(③~⑤)'[38]를 중심으로 논의를 전개하기로 한다.

③-1은 처용이란 이름이 등장하는 부분이지만 바로 앞부분(②-3까

---

[37] 처용의 인식은 『삼국유사』에 기술된 설화의 내용과 함께 후대에 나타난 처용의 모습까지를 추정할 때 그 총체적 의미가 파악된다. 그리고 그 설화에는, 한 사실이 설화화되면서 나타나는 굴절의 양상이 포함된 것으로 인정해야 한다. 정병헌, 처용가 연구, 『논문집』, 제22집, 국어교육연구회, 1982, p.78.
[38] 가요와 문신전승의 문맥 사이의 관련 양상을 살피고자 하는 이 논의는, 처용의 이름이 등장하는 부분부터 살피기로 한다.

지)의 헌강왕 관련 서사와 바로 연결되기도 한다. ③-2도 처용의 아내가 등장하지만 헌강왕이 처용에게 벼슬을 내렸다는 내용이 있다. 그러므로 이 두 부분(③-1과 ③-2)은 그 앞부분인 헌강왕 관련 서사와 '처용이야기'가 혼합된 것으로, 동해용의 출현과 왕에 대한 獻舞의 이야기에서 처용을 중심으로 하는 이야기로 전환되는 서사의 전개상 전후의 두 서사가 겹치는 移行 과정으로 볼 수 있다.

④-1과 ④-2는 ④-3의 가요의 창작 및 가창과 직접적인 관련성을 지니고 있다.

⑤-1은 가요의 창작 및 가창과 직접적인 관련이 있으면서39) 문신전승의 문맥40)이 공존하고 있는 부분이다. 여기에 등장하는 인물인 처용과 역신을 일단 익명의 두 사내로 본다면, 이 부분에서 문신전승의 의미를 보다 확실히 부여할 수 있는 것은 '이후로 처용의 형용을 보면 그 문에는 들어가지 않겠다'고 한 내용이다.

⑤-2는 <처용가>와는 직접적 관련이 없는 처용 얼굴의 문신전승에 대한 내용이다.

이상과 같은 서사의 전개로 보아 가요와 서사물의 관련 양상을 살피기 위해 주목해야 할 부분은 ⑤-1의 '처용이 노함을 보이지 않는 미덕에 감동을 받아 이후로 처용의 형용을 보면 그 문에는 들어가지 않겠다고 하다(公不見怒 感而美之 誓今已後.見畵公之形容 不入其門矣).'라는 내용이다. 우선 이 ⑤-1의 내용은 가요 바로 앞(4-②) '노래하고 춤을 추며 물러나다.(唱歌作舞而退)'의 '처용의 물러남(退)'과 의미상 연결된다. 이 '처용의 물러남'은 역신에게 '노함을 보이지 않는(不見怒)' 태도로 받아들여질 수 있을 것이다. 그러므로 이 '不見怒'의 태도는 가요

---

39) 처용 아내의 아름다움을 탐내어 범했다는 내용을 말한다.
40) 처용의 형용을 보면 그 문에는 들어가지 않겠다고 한 내용을 말한다.

의 문맥과 잘 어울린다. 앞서 살폈듯이 가요에는 상대방을 꾸짖거나 내치는 분노의 태도는 보이지 않는다. 오히려 가요에서 아내를 빼앗긴 화자는 묘한 웃음을 보이고 있다. 이 웃음은 앞서 살폈듯이 민중의 웃음을 지닌 것으로 인식된다.

이 민중적 웃음은 '물질·육체적 원리의 이미지'41)를 지니는 것으로, 이러한 이미지는 '풍요와 성장과 정도를 넘는 과잉의 풍부함을 주도적인 요소로 하고 있다.42) 바로 가요 문면에 나타난 '다리가 넷'으로 묘사된 두 남녀의 육체적 유흥은, 전체 서사의 서두(①)에 태평성대로 언급된 헌강왕대가 암시하는 물질적 풍요로움43)과 함께 이러한 민중적 웃음이 지닌 '물질·육체적인 것의 디테일'이 될 수 있다. 민중적 웃음이 지닌 이러한 '물질·육체적 요소들은 개인적이거나 에고이스트적인 형식이 아닐뿐더러, 삶의 다른 영역들과도 결코 분리되지 않는 심오한 긍정적 원리를 바탕으로 한다.'44)

가요의 문면에 나타난 아내를 빼앗긴 한 사내의 태도에 배여 있던 그 민중적 웃음이 지닌 이러한 '심오한 긍정적 원리'는, 서사물 ⑤-1의 처용의 '不見怒'의 상징이자 그 '不見怒'에 대한 역신의 감동을 가져온 원인으로 연결될 수 있을 것이다. 이와 같이 가요는 문면 그대로의 정서와 의미를 그대로 지닌 채, '처용이야기' 속에서 서사물 ⑤-1

---

41) 바흐찐, 앞의 책, pp.46~47. 바흐찐은 라블레의 작품을 설명하면서, 육체 자체와 먹고 마시고 배설하는 것, 그리고 성생활의 이미지들과 같은, 삶의 물질·육체적인 원리가 그의 작품 속에 압도적으로 우세하게 나타나 있다는 일반적인 지적을 인용하면서 이러한 물질·육체적 원리의 이미지들을 민중적인 웃음 문화의 유산으로 보았다. 앞의 주 14) 참조.

42) 위의 책, p.48.

43) 서울에서 해변까지 집을 따라 담이 이어지고, 초가집이 하나고 없었음. 풍우가 사시에 순조로움(풍년).

44) 위의 책, p.47.

과 동일한 의미망을 형성하면서 결합하고 있다. 이것이 전체가 아닌 부분 서사인 '처용이야기' 속에서 가요가 갖는 또 다른 의미 국면이다.

그런데 ⑤-1에서는 역신이 '처용이 노함을 보이지 않는 미덕에 감동하여 이후로 처용의 형용을 보면 그 문에는 들어가지 않겠다'고 했으나, ⑤-2에서는 나라 사람들이 처용의 얼굴을 문에 붙여 역신을 驅逐하고 있다(因此國人門帖處容之形 以僻邪進慶). 후대의 문신전승에서 처용의 모습이 역신이 두려워할 정도의 무서운 모습이었다고 본다면 역신이 감동할 정도로 노함을 드러내지 않은 처용의 얼굴은 역신을 구축할 수 있는 무서운 형상이 되지 못할 것이다.45) 그러므로 ⑤-1은 ⑤-2와 의미상 어긋남을 보인다.

여기에서 이러한 서사 전개상의 어긋남이 어떻게 해소되어 연결되고 있는가에 대한 해명이 필요하다. 처용은 사실 疫鬼들에게는 무서운 존재였을 것이며, 따라서 처용의 문신전승에서 문에 붙이는 얼굴도

---

45) 처용의 '唱歌作舞而退', '不見怒'와 역신의 '感而美之 誓今已後.見畵公之形容 不入其門矣' 등을, 역신을 기분 좋게 하거나 달래어 물러나게 하는 무속적 전통의 하나로 인식할 때 처용의 모습에 대한 이러한 식의 이해는 불가능하다. 그러나 이 논의는 '처용이야기'를 단일서사로 보지 않고 가요와 문신전승의 이야기가 각기 다른 時空에서 생성되어 결합된 것으로 인식하는 것을 전제로 하는 것이다. <고려 처용가>의 문면 중에서, 역신에 대한 협박 사설로 보여지는 '아니옷 미시면 나리어다 머즌말'과, 향가 <처용가> 삽입 부분 바로 다음 행의 '이런 저긔 처용 아비옷 보시면/ 熱病神이아 膾ㅅ가시로다'라는 대목 등은 문신전승으로서 처용이 무서운 모습이었음을 시사하는 것이라 할 수 있다. <고려 처용가>의 이 '이런 저긔~膾ㅅ가시로다'에 해당하는 처용의 행위를 향가 <처용가>와 동시에 일어난 것으로 보아 '머자~회ㅅ가시로다'가 본격적으로 처용이 역신을 물리치는 장면으로 이해하기도 하는데(최철, 『고려국어가요의 해석』, 연세대출판부, 1996.), 이 견해는 역신을 구축하는 처용의 행위와 처용가를 각기 다른 문맥으로 인식하는 이 글의 논지와는 차이가 있지만, 처용이 역신에게 '感而美之'의 대상이 아니라 오히려 두려워해야 대상으로 인식되고 있는 점이 주목된다.

역신이 그것만 보아도 달아날 수 있는 그런 무서운 얼굴이었을 것이다. 그러나 '처용이야기'의 문맥은 역신을 공포와 힘으로 굴복시킨 것이 아니라 감동시킨 것으로 되어 있다. 이러한 점은 남의 아내를 범한 악행을 한 사내를 '疫鬼'가 아닌 '疫神'으로 지칭한 것에서 드러나듯이, 인간 세속의 사건을 신들의 일로 전환시키거나 세속의 반윤리적 반도덕적 사건을 노골적으로 기술, 비판하지 않고 오히려 보다 친밀하고 아름다운 모습으로 채색하여 우리 앞에 다가오게 하는,『삼국유사』의 문면 곳곳에 보이는 서술 방식의 하나로 이해된다.46) 처용의 무서운 얼굴을 '不見怒'로, 또 처용과 대립적 존재로서 그에 의해 驅逐되는 疫神이 '感而美之'한 것으로 서술한 것도 마찬가지의 의미로 해석할 수 있다. 이와 같이 '公不見怒 感而美之'의 내용은 문신전승의 문맥과 어긋남을 보이면서도, 이러한『삼국유사』의 서술 방식으로 인해 서사 전개상 무리없이 연결되고 있다.

이처럼 서사의 전개상 '公不見怒 感而美之'가 그 앞에 위치한 가요의 정서와 의미에 부합하고 또한 바로 뒤에 이어지는 문신전승의 문맥과 무리없이 연결된다면, 결국 가요와 문신전승의 이야기는 각각 시공과 사건을 달리하는 서로 다른 층위의 문맥들이지만, 이 '公不見怒 感而美之'로써 그 문맥적 연결의 고리를 삼고 있다고 할 수 있다. 그러므로 ⑤-1의 내용은 문신전승의 이야기가 '公不見怒 感而美之'을 통해, 한 사내와 그의 아내 그리고 그 아내를 범한 다른 사내를 중심으로 엮어내는 가요 문맥의 사건에 겹쳐진 것으로 볼 수 있다. 그렇다면 이 층위를 달리하는 두 부분이 겹쳐진 양상을 이해하는 것이 '처용이야기'의 성격과 기능을 이해하는 관건이 된다.

---

46) 『삼국유사』에서는 신이함의 서사와 역사적 서술이 혼효되어 있는데 이 두 서사는 사실상 원래 서로 다른 층위에서 존재하는 것이라고 할 수 있다.

후대의 처용 문신전승의 유래를 직접 설명한 내용은 ⑤-2의 '이로 인해 나라 사람들이 문에 처용의 모습을 붙이고 벽사진경으로 삼다'라는 부분이다.[47) 여기에서 '이로 인해(因此)'라는 말은 문맥상 처용에 대한 문신으로의 인식이 이 이전으로는 소급될 수 없음을 가리키는 것이다. 따라서 처용의 문신으로서의 존재는 가요가 생성되었던 시점에는 없었던 인식이며 후대의 인식이 소급된 것으로 볼 수 있다. 문신전승의 이같은 정황은 같은 『三國遺事』 紀異篇의 「桃花女鼻荊郎」條에도 보인다.

> 귀신을 부리는 鼻荊이, 그의 명에 의해 귀신으로서 인간에 출현하여 조정을 도왔던 吉達이 여우로 변하여 도망을 하자, 귀신들을 시켜 붙잡아 죽이니 그로 인해 귀신의 무리들은 비형의 이름만 듣고도 두려워하며 달아났다. 이를 두고 당시 사람들이 글을 지어 …… 라 하였다. 鄕俗에 이 글을 붙여 辟鬼로 삼았다.(時人作詞曰 …… 鄕俗帖此詞而辟鬼)'[48]

이 비형랑의 이야기도 일종의 巫祖說話로서 '처용이야기'와 같이 후대에 붙여진 설명 설화로 인식되고 있다.[49]

이렇듯 시간적으로 후에 발생한 일이 소급되어 그 이전의 일과 동

---

47) ⑤-1의, '이후로 처용의 형용을 보면 그 문에는 들어가지 않겠다고 하다'라는 내용은, '문'에 처용의 형용이 붙여짐을 상정하여 처용을 문신으로 인식하게 되는 계기를 제공하고 있기는 하지만, 이는 역신의 말로서 후대의 문신전승의 인식을 직접적으로 가리키는 것은 아니다. 이 역시 '感而美之'와 함께 앞뒤의 서로 다른 문맥을 연결시키는 구실을 하는 부분으로 이해된다. 즉, ⑤-1의 내용 중 '感而美之'는 가요에, 이 부분은 문신전승의 문맥에 각각 그 의미가 상대적으로 매끄럽게 연결됨으로써, 이 ⑤-1에서 가요와 문신전승의 서사가 겹쳐진 양상을 보다 뚜렷이 보여준다.
48) 『三國遺事』, 紀異第二・桃花女 鼻荊郎條.
49) 김동욱, 『한국가요의 연구』, 을유문화사, 1861, p.128.

일한 문맥 속에 전승된 예는 같은 「처용랑망해사」조의 전반부(②-1, ②-2)에도 보인다. 開雲浦라는 지명의 命名에 관한 서사가 그것이다. 이 개운포라는 지명은 개운포로 명명되기 전, 왕이 그곳으로 出遊했다가 돌아오는 길에 동해용이 구름과 안개로 길을 잃게 만들자, 근처에 용을 위해 절을 지으라는 명령을 내려 구름과 안개가 걷히고 나서 그러한 일이 유래가 되어 생겨난 것임에도 불구하고, 마치 이러한 사건이 일어나기 전에도 이미 왕이 출유한 곳의 지명이 개운포였던 것처럼 기술되고 있다.[50)

이와 같이 부분 서사인 '처용이야기'는 후대의 역신을 물리치는 처용의 문신전승 이야기가 시간적으로 소급되어 전체 서사에 편입되면서, 그 이전의 또 다른 時空에 존재했던 가요인 <처용가>와 결합하고 있는 양상을 보이고 있다. 이 과정에서 처용가는 「처용랑망해사」조의 부분 서사인 '처용이야기' 속에서 '公不見怒 感而美之'라는 내용을 매개로 문신전승의 문맥과 결합하여 그것과 동일한 의미망을 형성함으로써, 가요의 문면에 드러나 있는 '심오한 긍정적 원리'를 지닌 '민중적 웃음'의 의미 국면을 그대로 실현하고 있다. 이러한 <처용가>의 의미 국면은, 앞에서 살폈듯이 「처용랑망해사」조 전체 서사의 문맥을 통하여 그 주제를 일원적으로 귀결시키기 위한 서술자의 의도로 인해 가요의 문면적 의미와는 다른 의미의 국면을 파생하고 있는 경우와는 또 다른 양상으로 이해된다.

---

50) '於是大王遊開雲浦 …… 雲開霧散'

5. 결 론

이 글은 <처용가>의 시적 정서와 의미를 분석하고, 그것이 「처용
랑망해사」조의 서사물과 관련하여 서사 구조상 어떠한 의미의 국면으
로 실현되고 있는가를 살펴 가요의 성격을 구체적으로 살피고자 하였
다. 지금까지의 논의를 요약하여 제시하면 다음과 같다.

<처용가>의 문면에 나타난 시적 화자의 묘한 웃음은 '심오한 긍정
적 원리'를 지닌 '민중적·그로테스크적 웃음'으로 이해된다. 이러한
웃음은 이 가요의 정서가 어느 특정한 시대, 특정한 공간의 산물이 아
니라 어떠한 역사적 사실이나 어떠한 전통·儀式의 시공과도 결합될
수 있는 것임을 말해 주는 것이다. 가요가 지니는 이러한 정서와 의미
는 「처용랑망해사」조의 복잡한 서사 구조 속에서 경우에 따라 다른
의미의 국면으로 파생될 수 있음을 보여 주는 것이기도 하다.

「처용랑망해사」조의 주제는 단지 國終亡의 사실을 설명하고 있는
것이 아니라 그에 대한 경계를 하고 있다는 점에서 보다 구체적인 의
미를 지닌다. '처용이야기'는 헌강왕대의 태평성대 속에서 탐락으로
나라가 망해 가고 있음을 경계하는 전체 서사의 전개 과정에서 전반
부에 후반부로 이행하는 漸移的 성격을 지니고 있으며, '처용이야기'
속에 위치한 <처용가>는 그러한 전체 서사 문맥을 통해, 원래의 가
요 문면과는 또 다른, 국종망으로 이르는 탐락의 정서와 세태에 대한
묘사라는 의미의 국면을 파생하고 있다.

'처용이야기'는 후대의 역신을 물리치는 처용의 문신 전승의 문맥
이 시간적으로 소급되어 전체 서사에 편입되면서 또 다른 시공의 가

요와 결합되고 있는 양상을 보인다. 가요는 '처용이야기'라는 부분 서사의 국면에서, '公不見怒 感而美之'라는 내용을 매개로 후대의 문신전승의 문맥과 결합하여 동일한 의미망을 형성함으로써 가요의 문면상에 드러나 있는 '심오한 긍정적 원리'를 지닌 '민중적 웃음'의 의미를 그대로 실현하고 있다.

<恒順衆生歌>에 나타난 노래하기의 문학적 지향

1. 머리말

이 글은 균여대사가 지은 향가 <普賢十願歌> 중 아홉 번째 노래인 <恒順衆生歌>의 문학적 지향의 양상을 탐구하기 위한 것이다. <항순중생가>를 포함한 <보현십원가>가 노래하기 위한 가요로서 지니는 문학적 지향에 대한 고찰은, 그 선행 텍스트인 「普賢行願品」에 대한 관심을 필연적으로 수반하게 된다. 그러므로 이 글의 논의는 <보현십원가>의 바탕이 되는 「보현행원품」이 『華嚴經』이라는 경전의 일부분으로서 지니는 내부적 위치나 성격을 더듬어 나감으로써 논의를 출발점을 마련하겠다.

「보현행원품」은 『화엄경』 전 40품品 중 39품인 「入法界品」 다음에 위치한다. 「입법계품」은 善財童子가 文殊菩薩에 의해 보리심을 발하여 53명의 선지식을 차례로 찾아다니며 진리의 세계로 나아가는 과정을 그리고 있다. 이 과정의 마지막으로 普賢菩薩을 찾게 되어 그 때 보현보살로부터 열 가지 큰 行願을 증득하게 되는데, 이것이 普賢十願 곧 보현보살의 열 가지 行願이다. 보현보살은 이 열 가지의 행원을 쌓을 때 비로소 부처님의 공덕을 성취할 수 있다고 가르친다. 선재동자의 구도 행위는 지혜를 상징하는 문수보살에서 출발하여 행원을 완성하는 보현보살이 제시한 이 열 가지의 행원을 쌓음으로써 마감된다. 「보현행원품」을 합하여 40품의 『화엄경』 중 38품까지를 깨달음의 세계인 '覺'을 나타낸 것이라고 한다면, 나머지 「입법계품」과 「보현행원품」은 깨달음의 세계를 몸소 실천하는 '行'을 나타내는 것이라고 할 수 있다. 「입법계품」은 보살이 어떻게 보살의 행을 배우며 보살의 도를 닦는가에 대한 것이다. 이는 불교의 교리를 묻거나 복잡한 의식의 심층 구조에 대한 것이 아니라 오직 보살행에 관한 것인데, 이러한 여정에서 보현보살이 설하는 「보현행원품」이 마지막을 장식한다. 그러므로 「보현행원품」은 「입법계품」의 결론이자 곧 『화엄경』의 결론이며 나아가 불교의 결론이라고 할 수 있다.[1]

『화엄경』의 결론으로서 「보현행원품」의 보살행이 지니는 이러한 실천적 의미는 다음의 진술에서 더욱 구체화되어 있다.

> 그러므로 그대들은 이 대원을 듣거든 의심을 내지 말고 자세히 받으며, 받아서는 읽고, 읽고서는 외우고, 외우고는 항상 지니며, 내지 베껴쓰고 남에게 말하여 베풀어라. 이런 사람들은 일념중에 행원을 다 성취할 것이니, 얻는 복덕은 무량무변하여 번뇌의 고해에서 중생을 건져내어 생사를 멀리 여의고, 모두 다 아미타불의 극락세계에 가서 나게 되리라.[2]

---

1) 이상 입법계품에 대한 설명은 無比, 『보현행원품 강의』, 민족사, 1997, pp.20~22 참조.

중생을 구제하고 극락세계로 가기 위한 실천행의 구체적 방안으로써, 보현십대원을 받아서 읽고 외우고 항상 지니며, 베껴 쓰고 말하여 베푸는 등 일련의 행위와의 관련 속에서 <보현십원가>가 갖는 문학적 지향의 근원을 발견할 수 있다. 균여는 <보현십원가>를 창작한 동기에 대해 다음과 같이 밝히고 있다.

> 대저 사뇌라 하는 것은 세상 사람들이 놀고 즐기는 데 쓰는 도구요, 원왕이라 하는 것은 보살이 수행하는 요체이다. 그런고로 얕은 곳을 지나 깊은 곳으로 돌아갈 수 있고, 가까운 곳으로부터 먼 곳으로 이르게 되니, 세속의 이치에 따르지 않고는 저속한 바탕을 인도할 길이 없으며, 비속한 언어에 의지하지 않고서는 큰 인연을 나타낼 길이 없다. 이제 알기 쉬운 비근한 일에 의탁해서 도리어 생각하기 어려운 심원한 宗旨를 만나기 위해 十大願의 글에 의거하여 열한 수의 거친 노래의 글귀를 지으니, 뭇사람의 눈에는 극히 부끄럽지만 모든 부처님의 마음에는 부합되기를 바란다.[3]

<보현십원가>는 '詞腦'라는 문학적 도구와 '願行'이라는 불교의 수행이 만나는 곳에 위치한다. 당대의 중생들이 「보현행원품」을 쉽게 외워 행할 수 있게 하기 위해 지은 가요인 것이다. 그런 까닭에 균여는 '비록 뜻을 잃고 말이 어긋나 성현의 오묘한 뜻에는 알맞지 않으나'[4] '陋言'으로써 '글을 맞추고 시귀를 지어 풍속에 선한 바탕을 낳

---

2) 是故汝等 聞此願王 幕生疑念 應當諦受 受已能讀 讀已能誦 誦已能持 乃至書寫 廣爲人說 是諸人等 於一念中 所有行願 皆得成就 所獲福聚 無量無邊 能於煩惱大苦海中 拔濟衆生 令其出離 皆得往生阿彌陀佛極樂世界.『普賢行願品』

3) 夫詞腦者 世人戱樂之具 願王者 井修行之樞 故得涉淺歸深 從近至遠 不憑世道 無引劣根之由 非寄陋言 莫現普因之路 今托易知之近事 還會難思之遠宗 依二五大願之文 課十一荒歌之句 懇極於衆人之眼 冀符於諸佛之心.『均如傳』, 歌行化世分者.

기를' 바랬으며,[5] 중생들이 보다 용이하게 보현십대원을 성취하도록 하기 위한 의도로서 '노래하기' 위한 <보현십원가>를 창작했다고 할 수 있다.[6] 그러므로 경전과 가요간의 상호 밀접한 관련하에서 문학으로서 <보현십원가>가 갖는 그 지향성을 탐구하기 위한 이 글의 논의는, <보현십원가> 중의 <항순중생가>를 대상으로 이와 같은 「보현행원품」의 실천적 의미가 노래하기 위한 가요로 실현된 양상에 대해 주목하는 것이 된다.

이러한 논의를 위한 방법으로 우선 <항순중생가>에 대한 기존 연구자들의 어석을 서로 대비하여 詩語의 의미를 확정하고, 다음으로 <항순중생가>를 그 창작의 바탕이 되는 『화엄경』「보현행원품」의 관련 내용과 崔行歸의 漢譯詩인 <恒順衆生頌>, 그리고 「보현행원품」의 偈頌 등과 각각 대비하면서, 노래부르기 위한 가요인 <항순중생가>가 지니는 문학적 지향점을 살피기로 하겠다.

2. 어석적 검토

<항순중생가>를 비롯한 <보현십원가>에 대한 문학적 연구는 다른 향가의 경우와 마찬가지로 그 어석적 분석에 대한 엄밀한 검토가

---

4) 雖意失言乖 不合聖賢之妙趣.

5) 而傳文作句 願生凡俗之善根.

6) "향가가 '누언陋言'을 빌어서 표현되었다는 것과 자신이 지은 보현십원가를 '荒歌'라고 한 것은 …… 자신이 지은 향가에 대한 겸사에 지나지 않는 것이다. 요컨대 자신이 지은 11수의 향가를 수순중생隨順衆生의 교화방편敎化方便으로 삼았다는 것으로 이해된다." 황패강, 「향가의 본질」, 『향가문학연구』, 화경고전연구회편, 일지사, 1993, p.82 참조.

전제되어야만 한다. 향가는 향찰 원문에 대한 해독이 각 어석자들마다 다르게 이루어져 문학적 해석과 논의들에서 각기 전혀 다른 작품의 의미가 생성되는 경우가 종종 있다. <항순중생가>의 경우는 이러한 우려에서 비교적 자유로울 수 있다. 그것은 원문의 해독에 있어서 연구자들이 분석해 낸 시어나 시행의 의미가 작품 전반에 걸쳐 대개 일치하고 있고, 또 차이가 있다 하더라도 미미한 정도여서 의미 확정에 큰 혼란을 가져올 정도는 아니기 때문이다. 그러므로 이 글은 이들 연구자들의 어석을 정리하여 <항순중생가>의 의미를 나름대로 확정함으로써 문학적 접근을 위한 토대를 마련하기로 한다. 전체 10행인 原歌를 각 행별로 나누어 기존 연구자들 중 양주동, 김완진, 유창균의 해독을 중심으로, 필요한 경우에는 이밖의 다른 어석자들의 경우도 참고하여 낱말과 어구 및 시행을 대비, 고찰하고 이들을 정리하여 작품의 의미를 살펴보기로 한다.[7]

> 覺樹王焉
> 迷火隱乙根中沙音賜焉逸良
> 大悲叱水留潤良只
> 不冬萎玉內乎留叱等耶
> 法界居得丘物丘物叱
> 爲乙吾置同生同死
> 念念相續无間斷

---

7) 어석적 검토에서 주로 참고한 문헌은 다음과 같다.
　양주동, 『고가연구』, 일조각, 1990.
　김완진, 『향가해독법연구』, 서울대출판부, 1991.
　유창균, 『鄕歌批解』, 형설출판사, 1994.
　이하 양주동은 <양>, 김완진은 <김>, 유창균은 <유>로 표시하고 이밖의 다른 어석자는 이름을 그대로 적었다.

佛體爲尸如敬叱好叱等耶
打心 衆生安爲飛等
佛體頓叱喜賜以留也

제1행 : 覺樹王焉

<양>은 '覺樹王온'으로 읽어 '覺樹王'을 音讀으로 보았다. '覺樹王'은 華嚴本文의 '菩提樹王' 즉, 부처님를 가리킨다. <김>은 '覺樹'란 말이 실재했을까 의심스럽다고 하면서 Bodhi=菩提=正覺이므로 菩提樹王이라 하였으나, <유>는 불교사전에 菩提樹를 번역한 이름으로서 일찍부터 '覺樹'란 말이 쓰였음을 확인하고 <양>의 어석에 동의하고 있다.

제2행 : 迷火隱乙根中沙音賜焉逸良

<양>은 '이본을 불히 사ᄆ샨이라'고 읽었고 이 견해에 <김>이 따르고 있다. 단지 '賜'를 '샤'와 '시'로 읽은 차이가 있으나 의미는 비슷하다. <유>는 <양>이 읽은 '이본을(이ᄇ늘)'에서 '블'의 'ㄹ'이 삭제된 형태가 아닌 '이브른을'8)로 읽었으나, 역시 의미는 차이가 없다. <양>에 의하면 '이본'은 '입은자' 곧 '迷人'의 뜻으로 화엄경본문의 '一切衆生'에 해당한다. <유>는 '根'의 의미에 대해서 구체적으로 언급했다. 즉, '根'은 한자어로 '根源'이라는 뜻으로 불교에서는 '善根'과 같이 '작용하는 힘' 또는 '능력'을 뜻한다고 했다. '中(힁)'에 대해서는 여러 어석자들 사이에 처소격 조사냐, 아니면 불휘(根)의 末音添記냐의 견해가 대립되었으나, <양>의 어석을 <김>이 그대로 따랐고 <유>

---

8) 이브른(입다의 관형사형)+乙(을, 목적격 조사)

는 이에 대해 더욱 구체적으로 설명하여, '中'을 처소격 조사로 처리하면 이어지는 '沙音(삼-)'과의 호응관계가 적절치 않고, '中'의 '희'와 '휘'가 음성적으로 유사하기 때문에 대용표기한 것으로 보았다. 이 행은 '중생을 뿌리 삼으시니라'가 된다.

제3행 : 大悲叱水留潤良只

<양>은 '大悲ㅅ믈루 저지역'으로 읽었다. 이는 '潤良只'가 '저적'이나, 음수율상 '저지역'으로 읽은 것이다. 그러나 <김>은 '젖-'이 자동사이므로 '저적'으로 읽어야 한다고 했고, <유>는 '저즈락'(적시어서)으로 읽었다. 세 어석이 모두 의미상 차이가 없다. 이 행은 '대비의 물로 젖어서'이다.

제4행 : 不冬萎玉內乎留叱等耶

'不冬'을 <양>은 '안둘(아니)'로, <유>는 '모둘(못)'으로 읽었으나, 행 전체의 의미 해석은 대동소이하다.[9] '萎玉內乎留叱等耶'를 <양>은 '이우누올ㅅ다라'로, <김>은 '이봊ㄴ오롯ㄷ야'로 읽었으나, 의미상의 차이는 없다. 이 행은 '아니 이울 것이러라'이다.

제5행 : 法界居得丘物丘物叱

모든 해독자의 어석이 거의 일치하는 부분이다. 해독자에 따라 '居得'을 '거득'이나 'ㄱ독'으로 읽은 차이는 있으나 의미는 같다. <유>는 '丘物'을 <小倉進平>이 譯詩의 '郡品'에 대응하는 말로 '衆生'이라 새긴 것에 대해 동의하고 있다. <양>도 역시 '丘物'을 '蠢蠢(꿈틀거리

---

9) <양>:안 이울 것이러라, <유>:시들지 못하게 하도다.

다)'의 뜻으로 보아, '蠢動含靈(구믈구믈ᄒᄂᆫ 衆生)'의 의미와 연결시켰다. 이 행은 '법계 가득 구믈구믈'로 읽는다.

제6행 : 爲乙吾置同生同死

<양>은 '爲乙吾置'를 '홀 나두' 곧 '…… 할 나도'로 읽었고 <유>도 이와 같으나, <김>은 '爲乙'을 'ᄒ야눌'로 읽고 앞행에 그 의미를 연결시켰다. 즉, 앞 행 '法界居得丘物丘物叱'의 주체를 중생으로 보고 이 행 '吾置同生同死'의 주체인 '나'를 이와 대칭되는 것으로 본 것이다. <임기중>은 의미맥락으로 볼 때 <김>의 어석이 더 자연스럽다고 보았다.[10] 이 행은 '(법계 가득 벌레처럼 중생이 우글우글)하거늘, 나도 그들과 생사를 같이 하려노라'이다.

제7행 : 念念相續无間斷

이는 全句를 漢詩句의 音讀으로 보아 차이가 없다. 그 의미는 '念마다 계속 이어져 끊어짐이 없이'이다.

제8행 : 佛體爲尸如敬叱好叱等耶

<양>이 '佛體爲尸如'를 '부톄 홀듯(부처가 하는 듯이)'으로 읽은 것에 대해 <김>은 '부톄 홀듯'이라면 '佛體爲賜如'나 '佛體爲賜尸如'로 되어야 한다고 하면서, '부톄 드욀다(부처가 되려하느냐)'로 읽었다. 이는 '爲尸如'의 주체가 '佛體'라면 부처에 대한 존칭으로서 '賜'라는 선어말 어미가 붙어야 한다는 것이다. 또한 <김>은 "만약 내가 하는 것과 같은 일을 부처가 하고 있는 것으로 이해한다면 부처도 나와 같

---

10) 임기중, 향가해독과 문학적 평가, 『고전시가의 실증적 연구』, 동국대출판부, 1992. p.167 참조.

이 중생에게 '敬'을 해야 하는데, 이런 일은 불경의 내용과 일치된다고 하기 어렵다."는 이유를 들고 있다. 그러나 <양>이 지적한 바 있듯이 「보현행원품」의 "내가 다 저들에게 수순하고 轉하여 갖가지로 받들어 섬기며 갖가지로 공양하되 부모를 공경하는 것과 같이 하고 스승과 어른 및 아라한과 내지 여래를 받드는 것과 같이 해서"라는 내용으로 미루어, 이는 '부처께 하는 듯이'로 그 의미를 파악할 수 있다. 그러므로 또한 '敬叱好叱等耶'에 대해서도 <김>의 '고맛 훗두(공경했도다)'보다, 양의 '敬ㅅ훗다라'가 더욱 타당하다 할 것이다. <김>의 해석 '부처 되려 하느냐 공경했도다'라는 문맥에서 '부처 되려 하느냐'와 '공경했도다'의 연결은 부드럽지 못한 듯하다. '敬'에 대해서는 <양>이 音讀하여 그대로 '경'으로 읽었으나 <김>은 訓讀으로 '고마'를 취한 것에 대해, <유>는 문맥의 흐름으로 보아 <양>의 견해에 따랐다. 이 행은 '부처님께 하듯이 공경하리라'이다.

제9행 : 打心 衆生安爲飛等

<양>의 견해에 <김>이 동조하고 있다. '打心'에 대해 <양>은 가슴을 치며 '아으·이·애' 등 嘆息하는 뜻이라 했다. <양희철>은 '打心'의 의미인 '가슴을 치다'를 통하여 감탄사를 발하는 발화자의 심정을 농밀화한 표현으로 보고, '打心'을 한숨 섞인 감탄사를 표현한 환유법이라 해석했다.[11] '爲飛等'에 대해 <양>은 'ㅎㄴ든'으로 읽었으나, <김>은 'ㅎ늘든'으로 읽은 <김준영>의 견해가 합리적이라고 보았고, <유>도 'ㄴ'보다 '늘'을 취했다. 그러나 의미의 차이는 없다. 이 행은 '중생이 편안하면'이다.

---

11) 양희철, 『고려향가연구』, 새문사, 1988, p.166 참조.

제10행 : 佛體頓叱喜賜以留也

‘頓叱’를 <양>은 ‘쪼(또)’로 <김>은 ‘ㅂ롯(바로)’으로 읽었다. 위는 앞의 9행과 함께 「보현행원품」의 내용 중, ‘만약 중생들로 하여금 환희를 내게 하는 자라면 일체의 여래로 하여금 환희케 하느니라’에 해당하는 구절이다. 이와 관련하여 여기에서 9~10행의 의미에 대해 ‘중생이 편안하면 이와 마찬가지로 또한 부처가 기뻐할 것이다’라는 해석이 가능하다면, <양>의 ‘또한’을 취하거나 <김>의 ‘바로’를 취하거나 간에 문맥의 의미가 크게 달라지는 것이 아니다. ‘喜賜以留也’에 대해서 <김>은 <小倉進平>의 ‘喜=깃브-’를 벗어나 <양>이 ‘깃그리샤리롸’로 읽은 것을 중요한 改讀으로 평가하면서도, ‘賜’를 ‘시’로 읽으면서 ‘留也’에 대해서는 <양>이 ‘롸’로 읽은 것보다 <김준영>이 ‘루여’로 읽은 것이 정직한 해독으로 보아 ‘로여’로 읽었으며, <유>는 ‘깃그시리로라’로 읽는 등 차이는 있지만, ‘롸’나 ‘루여’, 그리고 ‘로라’ 등은 모두 감탄형으로 의미상 큰 차이가 없다. 이 행은 ‘부처님 또한 기뻐하시리라’이다.

3. 노래하기의 문학적 지향

<항순중생가>의 문학적 지향에 대한 고찰을 위하여 가요의 선행 텍스트인 「보현행원품」의 관련 내용과 후행 텍스트인 최행귀의 한역시, 그리고 「보현행원품」의 偈頌을 이와 대비하는 일이 필요할 것이다. 이는 곧 산문으로 된 한문 불경을 운문의 우리말 노래인 향가 곧 가요로 전환시킨 양상과 우리말 가요를 한시로 번역한 양상을 고찰하

는 일이 된다. 여기에서 주목할 것은 가요가 불경 및 한시와 다른 지향점이 무엇이며 그러한 지향이 텍스트에 어떻게 나타났느냐의 문제라고 할 수 있다. 또 게송과의 대비는 가요가 지향하는 진술방식을 살피기 위한 것으로 가요나 게송의 창작에 있어서 그 동기상의 유사성에 주목하는 것이다.

그러나 이러한 논의의 결과로 나타나는 것은 <항순중생가>만이 아니라 <보현십원가>라는 가요 전반에 걸친 문학적 지향일 것이다. 그러므로 이 논의는 「보현행원품」이라는 경전, 가요를 번역한 한시, 게송 등과는 다른 우리말 가요가 지니는 특성을 드러냄으로써, <보현십원가>라는 가요가 지니는 문학적 지향의 일부를 <항순중생가>를 통해 살필 수 있다는 점에 그 의의가 있다.

이러한 논의를 위해, 앞에서 어석적 검토를 통해 확정한 해독을 현대어로 풀이한 <항순중생가>와 「보현행원품」 중의 관련 내용, 그리고 최행귀의 한역시를 차례로 소개하면 다음과 같다.

1. 석가모니 부처님께서는
2. 중생을 뿌리로 삼으셨나이다
3. 큰 자비의 물로 젖어서
4. 이울지 아니하는 것이러라.
5. 法界 가득 구물구물하거늘
6. 나도 그들과 생사를 같이하려 하노라
7. 숨마다 계속 이어져 끊어짐이 없이
8. 부처님께 하듯 공경하리라
9. 아, 중생 편안하다면
10. 부처님 또한 기뻐하시리라.

<항순중생가>

① 선남자여, 중생의 뜻에 늘 따라 주는 것은, 온 법계 허공계의 시방세계에 있는 중생들이 가지가지로 차별이 있으니, 알로 나고 태로 나고 습기로 나고 화하여 나는 것들이 땅·물·불·바람 따위를 의지하여 살기도 하고, 허공을 의지하여 살기도 하고, 풀과 나무를 의지하여 살기도 하는데, 여러 가지 종류와 여러 가지 몸…… 따위를 내가 모두 따라 주면서 가지가지로 섬기고 가지가지로 공양하기를 부모같이 공경하고 스승같이 받들며, 아라한이나 부처님이나 다름없이 하며, 병난 이에게는 의원이 되고, 길을 잃은 이에게는 바른 길을 보여 주고, 캄캄한 방에는 빛이 되고 가난한 이에게는 숨은 보배 광을 얻게 하면서, 보살이 이렇게 중생들을 평등하게 이롭게 하느니라.

② 보살이 중생을 따라 주는 것은 부처님에게 순종하여 공양함이 되고, 중생들을 존중하며 섬기는 것은 부처님을 존중하고 섬김이 되며, 중생들을 기쁘게 하는 것은 부처님을 기쁘게 함이 되느니라. 왜냐하면 부처님은 자비한 마음으로 성품을 삼으시므로 중생으로 인하여 자비심을 일으키고, 자비로 인하여 보리심을 내고, 보리심으로 인하여 정각을 이루기 때문이니라.

③ 마치 넓은 벌판 모래 사장에 서 있는 나무가 뿌리에 물을 만나면 가지와 잎과 꽃과 열매가 모두 무성하나니,

④ 나고 죽는 보리나무도 그와 같아서, 중생들은 뿌리가 되고, 부처님과 보살들은 꽃과 열매가 되어,

⑤ 자비의 물로 중생들을 이롭게 하면, 부처님과 보살의 지혜 꽃과 지혜 열매를 성취하느니라.

⑥ 그 까닭은 보살들이 자비의 물로 중생들을 이롭게 하면 아뇩다라삼먁삼보리를 성취하는 연고니라.

⑦ 그러므로, 보리는 중생에게 딸리었으니 중생이 없으면 모든 보살이 정각을 이루지 못하니라.

⑧ 선남자여, 그대는 이 이치를 이렇게 알아라. 중생에게 마음

이 평등한 까닭에 원만한 자비를 성취하고, 자비심으로 중생
들을 따라 줌으로써 부처님께 공양함을 성취하는 것이라고
⑨ 보살이 이렇게 중생을 따라 줄 적에 허공계가 끝나고 중생의
번뇌가 끝나더라도 나의 중생을 따라 주는 일은 끝나지 아니
하고, 넘넘히 계속하고 잠깐도 쉬지 아니하지마는, 몸과 말과
뜻으로 하는 일은 조금도 고달프거나 싫어함이 없느니라.[12]

「보현행원품」

1. 菩提樹王이 광야 한가운데 성장하고 있으니
2. 천만가지 모든 중생들을 이롭게 하려는 듯
3. 꽃과 열매는 성현의 본체를 나타내고
4. 줄기와 뿌리는 범속한 사람의 정기를 비유합니다.
5. 자비의 물결이 영을 가진 뿌리를 흠뻑 적셔 주듯이
6. 깨달음의 길은 마땅히 행업을 좋아서 이루어져야 할 것입니다.
7. 항상 따르고 두루 가르친다면 모든 중생이 기뻐하리니
8. 모든 부처님의 기쁨이 적지 않음을 알겠습니다. [13]

<漢譯詩>

---

12) 復次 善男子言 恒順衆生者 謂盡法界虛空界 十方刹海 所有衆生 種種差別 所謂卵
生胎生 濕生火生 或有依於 地水火風 而生住者 或有依空 及諸卉木 而生住者 種
種生類 種種色身……隨順而轉 種種承事 種種供養 如敬父母 如奉師長及阿羅漢
乃至如來 等無有異 於諸病苦 爲作良醫 於失道者 示其正路 於暗夜中 爲作光明
於貧窮者 令得伏藏 菩薩 如是 平等饒益 一切衆生 何以故 菩薩 若能隨順衆生 則
爲隨順供養諸佛 若於衆生 尊重承事 則爲尊重承事如來 若令衆生 生歡喜者 則令
一切如來 歡喜 何以故 諸佛如來 以大悲心 而爲體故 因於衆生 而起大悲 因於大
悲 生菩提心 因菩提心 成等正覺 譬如曠野沙磧之中 有大樹王 若根得水 枝葉華果
悉皆繁茂 生死曠野 菩堤樹王 亦復如是 一切衆生 而爲樹根 諸佛菩薩 而爲華果
以大悲水 饒益衆生 則能成就諸佛菩薩智慧華果 何以故 若諸菩薩 以大悲水 饒益
衆生 則能成就阿耨多羅三耗藐三菩提故 是故 菩提 屬於衆生 若無衆生 一切菩薩
終不能成無上正覺 善男子 汝於此義 應如是解 以於衆生 心平等故 則能成就圓滿
大悲 以大悲心 隨衆生故 則能成就供養如來 菩薩 如是隨順衆生 虛空界盡 衆生界
盡 衆生業盡 衆生煩惱盡 我此隨順 無有窮盡 念念相續 無有間斷 身語意業 無有
疲厭．『普賢行願品』,「恒順衆生願」．

1) 표현방식의 지향

가요의 1~2행은 「보현행원품」의 ④와 ⑦, 한역시의 3~4행에 대응한다. 여기에는 <항순중생가>의 의미 전개를 위한 대전제가 제시되어 있다. 즉, '석가모니 부처님께서 중생을 뿌리로 삼으신' 것은 恒順衆生을 위한 대전제이다. 이로써 <항순중생가>는 부처와 중생간의 관계 속에서 가요의 의미 영역을 확장시키게 된다.

가요는 「보현행원품」에 비해 중생이라는 존재가 지닌 의미를 드러내는 데 있어서 표현상의 차이를 보인다. 「보현행원품」에서는 중생을 뿌리에, 부처와 보살을 꽃과 열매에 비유하고, 중생이 없으면 보살이 正覺을 이루지 못함을 말하면서 정각을 이루는 데 있어서 중생이 갖는 존재적 의미에 대해 직접적인 설명을 덧붙이고 있다. 그러나 가요에서는 보살에 대한 언급과 부처와 보살을 꽃과 열매에 비유하는 것은 생략한 채 부처와 중생의 관계만을 중심으로 하고 있으며, 부처의 의미를 통해 중생의 존재 의미를 드러내고 있다. 이는 가요가 「보현행원품」에서보다 중생의 의미를 더욱 분명히 드러내기 위해서 진술을 단순 명료화시키면서도, 「보현행원품」에서처럼 중생의 의미를 직접 언급하는 것이 아니라 부처와의 관계를 통해 더욱 효과적으로 드러내고 있음을 말해 준다. 漢譯詩의 표현은 가요보다도 「보현행원품」과 가

---

13) 樹王便向野中榮
　　欲利千般萬種生
　　花果本爲賢聖體
　　翰根元是俗凡精
　　慈波若洽靈根潤
　　覺路宜從行業成
　　恒順遍教郡品悅
　　可知諸佛喜非輕

깝다. 한역시의 3~4행에서 가요 첫 부분의 내용이 언급되고 있으며 가요에서 생략된 「보현행원품」의 꽃과 열매의 비유가 나타나 있다. 한역시는 가요의 의미를 「보현행원품」을 토대로 하여 재구하고 있음을 알 수 있다.

가요의 3~4행은 「보현행원품」의 ③, ⑤, ⑥과 한역시의 1, 2, 5, 6행에 대응한다. 가요의 이 부분은 1~2행의 대전제의 계속으로 1~2행에 대한 인과적 설명이다. 부처님이 중생을 뿌리로 삼으신 까닭에 뿌리인 중생이 자비의 물로 젖으면 나무인 부처가 꽃과 열매를 성취한다는 뜻이다. 「보현행원품」에서 설명했듯이 보리수왕인 부처님이 광야 한가운데서 무성하게 꽃을 피운 것은 뿌리인 중생들을 자비의 물로 흠뻑 적셔 주었기 때문이다. 이는 단순한 서술이 아니라 찬탄으로서, 중생을 뿌리삼은 부처님처럼 중생이 大悲의 물로 젖어서 아니 시들고 싶다는 갈망의 표현이다.[14) 여기서의 가요의 표현도 역시 「보현행원품」의 표현을 과감히 생략하고 있다. 이러한 생략이 가능했던 것은 1~2행에서 진술의 직접적 대상을 중생으로 삼지 않고 부처로 삼았던 데 그 까닭이 있다. 즉, 가요는 1~2행에서 중생의 의미를 직접적으로 언급하지 않고 '석가모니 부처님'을 대상으로 언급함으로써 3~4행의 부처에 대한 진술로 무리없이 이어가고 있다. 한역시는 앞에서와 마찬가지로 가요의 내용 전개 순서와는 무관하게 1, 2, 5, 6행에 걸쳐서 가요에서 생략된 내용을 「보현행원품」의 내용을 가져와서 재구성하고 있다. 한역시의 6행은 가요의 이 부분에 대한 부연으로 「보현행원품」의 ⑥ 부분의 의미를 현실적으로 환원시킨 것이다.

가요의 5~6행은 「보현행원품」의 ①에 대응한다. 「보현행원품」에서는 중생의 갖가지 형상을 나열하면서 항순중생의 구체적 방도를 설명

---

14) 양희철, 앞의 책, p.244 참조.

하고 있다. 가요의 이 부분은 1~4행의 대전제 즉, 중생의 의미에 대한 언급에 이은 중생과 생사를 같이 하려는 '시적 자아의 다짐'15)을 밝힌 부분이다. 가요의 본문에 '同生同死'로 표현된 어구는 그 굳은 결의의 태도까지 풍기고 있다. 이 부분의 표현을 「보현행원품」과 대비해 보면 압축과 생략이 가요의 전체를 통해서 가장 두드러진 부분임을 알 수 있다. 가요의 '구물구물'이란 표현은 「보현행원품」에서 무려 약 40가지로 표현된 '시방세계에 있는 갖가지 차별이 있는 중생'을 단 한 마디로 압축한 것이다. 또한 가요의 '중생과 생사를 같이 한다'는 표현은 「보현행원품」의 중생을 따라주고 섬기고 공양하는 8가지의 구체적인 예를 제시한 것을 요약·압축한 것이다. 그런데 이 부분에 대응하는 내용이 한역시에서는 보이지 않는데 가요의 뛰어난 압축미를 한역시에서는 좇아가지 못한 것이다.

가요의 7~8행 역시 앞의 5~6행에 이은 다짐이면서 5~6행보다 시적 자아의 다짐이 더욱 직접적으로 강하게 표출되었다. 5~6행의 중생을 '따르겠다'는 표현을 7~8행에서는 중생을 '공경하겠다'는 표현으로 그 의미를 구체화시키면서 증폭시키고 있다. 이러한 중생에 대한 공경의 다짐은 '念念相續无間斷'이라는 그 구체적 실현에 대한 의지의 표출을 동반한 것이다. 이 부분은 「보현행원품」의 ⑨에 대응한다. 가요의 '부처님께 하듯 공경하리라'는 표현은 「보현행원품」의 '몸과 말과 뜻으로 하는 일은 조금도 고달프거나 싫어함이 없'다는 의미의 핵심을 추출하여 전환시킨 표현이다. 한역시에는 앞의 5~6행의 경우와 마찬가지로 이 부분에 해당하는 내용이 보이지 않는다. 한역시는 가요의 의미를 재구하는 데 중점을 둠으로써, 가요에 나타난 시적 자아의 목소

---

15) 양희철, 앞의 책, p.245.

리는 여기에서 상대적으로 약화되거나 혹은 생략되어 있다.

가요의 마지막 부분인 9~10행은 이 가요의 주제인 항순중생의 의미를 근본적으로 말하고 있다. 앞에서의 항순중생을 위한 시적 화자의 다짐은 이 부분에서 최종적인 의미를 부여받게 된다. 중생을 항상 따르는 것은 결국 중생을 편안하게 하는 것이며 그것이 또한 부처를 기쁘게 하는 것이 된다. 「보현행원품」에서 이 부분의 내용에 대응하는 부분은 ②와 ⑧인데 ⑧은 ②를 축약·부연한 것이다. ②는 「보현행원품」의 내용 가운데 '항순중생'의 의미를 보다 총체적이고 직접적으로 설한 부분이다. 여기에는 중생을 수순해야 하는 이유에 대해, '중생들에게 수순하면 곧 모든 부처님에게 수순하고 공양하는 것이 되고, 또한 만약 중생들을 존중하고 받들면 여래를 존중하고 받들어 섬기는 것이 되며, 중생으로 하여금 환희를 내게 하는 것은 곧 모든 여래로 하여금 기쁘게 하는 것이다.'라고 대답하고 있다. 이는 항순중생의 의미를 말한 후 그 원리를 밝힌 것이다. 이에 비해 가요의 9~10행에는 항순중생의 의미만을 밝히는 데 그치고 있는데, 이는 1~4행에서 이미 부처와 중생의 관계를 통해 밝힌 중생의 존재적 의미 속에 그러한 원리가 함축되어 있어 가요의 특성상 이를 새삼 부연할 필요가 없었기 때문으로 보인다. 한역시에서도 이 부분에 대응하는 곳은 마찬가지로 마지막 부분인 7~8행이다. 한역시의 마지막 부분도 가요의 마지막 부분과 같은 내용을 담고 있어, 가요에서 시적 화자의 다짐을 항순중생의 근본적인 의미로서 마무리한 점을 그대로 따르고 있다. 이러한 점으로 미루어 이 부분이 <항순중생가> 전체의 의미를 최종적으로 밝힌 부분이라는 것을 알 수 있다.

이처럼 <항순중생가>는 「보현행원품」의 관련 내용을 효과적으로 압축하고 생략하여 보다 선명하게 나타내고 있다. 그 압축된 내용도

대단히 많은 분량이다. 「보현행원품」의 내용 중 거의 모든 부분이 빠짐없이 가요로 압축 편입되어 있음을 알 수 있다. 「보현행원품」에서는 동일한 내용을 여러 부분에서 거듭 반복하면서 의미를 전개하고 있는데, <항순중생가>에서는 이를 과감하고 효과적으로 압축·생략하고 있다.

2) 작품구조의 지향

<항순중생가>는 노래로 부르기 위해 만든 가요로서, 그 어떠한 형태로건 내용 전개상 「보현행원품」이라는 경전과 한역시와는 본질적으로 다른 구성을 띨 수밖에 없다. 다음의 표는 앞서의 논의를 토대로 가요, 경전, 한역시 등의 내용 전개 순서를 대비하여 정리한 것이다.

가요	보현행원품	한역시
1~2행	④, ⑦	3~4행
3~4행	③, ⑤, ⑥	1, 2, 5, 6행
5~6행	①	·
7~8행	⑨	·
9~10행	②, ⑧	7~8행

위의 표를 살펴보면 <항순중생가>는 내용 전개 순서가 「보현행원품」과 일치하지 않는다. 이는 가요의 내용이 항순중생이란 주제를 구현하는 데 있어서 보현행원품과 상관없이 가요 나름의 독자적 구성 방식을 지니고 있음을 말해준다. 한역시도 역시 가요의 내용 전개와 그 순서가 다르고 가요의 내용 중 옮기지 않은 부분이 있는데, 이는

한역시가 가요의 의미를 재구하는 데 중점을 두었을 뿐, 가요라는 형식이 지니는 기능과 효과에 대해서는 염두에 두지 않은 때문으로 보인다.

이처럼 가요의 내용은 근본적으로 「보현행원품」의 내용을 벗어나는 것은 아니지만, 그것과는 다른 독자적인 내용의 전개 구조를 지니고 있으며 이는 한역시와 대비해도 마찬가지다.

가요의 내용전개 구조를 구체적으로 살펴보자.

가요의 1~4행은 「보현행원품」에서 장황하게 설명한 항순중생의 의미를 보다 단순하고 쉬운 인과의 구조로 선명하게 정리, 부각시키고 있다. 1·2행과 3·4행이 원인과 결과의 관계로 뚜렷하게 연결되어 있는데, 1·2행에서 '석가모니 부처님께서 중생을 뿌리로 삼으셨'다는 원인의 제시한 다음, 바로 뒤 행인 3·4행에서 '큰 자비의 물로 젖어서 이울지 아니하는' 이라는 결과를 말하고 있다.

이러한 인과의 관계는 이어서 연쇄적으로 확대되는데, 1~4행은 이어지는 5~8행 역시 인과의 관계를 갖는다. 1~4행은 '늘 중생을 수순하라'는 이 가요의 주제를 끌어내는 가장 근본적인 이치를 말한 것이고, 5~8행은 시적 화자가 자신이 하고자 하는 行願을 밝힌 것이다. 즉, 1~4행의 이치에 따라 5~8행의 행원이 이루어지고 있는 인과의 구조이다. 마지막으로 이어지는 9·10행의 '중생이 편안하다면 부처님 또한 기뻐하시리라'는 찬탄도, 5~8에서의 행원의 실천이 그 원인이 되어 연쇄적으로 이루어지게 되는 결과인 항순중생 공덕의 최종적 의미를 말해 주는 것이다.

이러한 인과의 전개 구조는 기본적으로 중생과 부처간의 관계를 통해 이루어지는 것으로서, 동시에 다른 한편으로는 각각 부처와 중생이라는 상과 하의 관계를 평등과 조화의 관계로 변모해 가는 양상을

띠기도 한다. <항순중생가>는 부처-나무(菩提樹), 大慈悲-물, 중생
-뿌리 등의 상징 체계를 갖추고 있는데, 1~4행에서 부처[나무]와 뿌
리[중생]의 관계는 대자비[물]를 매개로 하여 연결되는 상과 하의 관
계라고 할 수 있다. 가요 전반부의 이러한 상과 하의 연결 관계는 5~
8행과 9~10행으로 이어지면서 평등과 조화의 관계로 발전하게 된다.
5~8행에서 시적 화자인 '나'는 '법계에 가득 구물구물'한 중생과 '생
사를 같이 하'기를 염원하며 중생을 공경할 것을 다짐하고 있다. 이러
한 염원과 다짐이 원인이 되어 9~10행에서 중생을 편안하게 하여 부
처를 기쁘게 하는 결과를 가져오는 것이다. 중생을 편안하게 하는 것
이 곧 부처를 기쁘게 하는 것이 됨은 곧, 중생과 부처가 각각이 아니
라 일체를 이루고 있는 존재임을 말해준다. 5~8행의 부처와 중생 사
이에 위치한 시적 화자의 항순중생을 위한 다짐을 통해, 9~10에서는
부처와 중생간에 상하 일체의 평등의 조화를 이루어 내고 있다.

3) 진술방식의 지향

진술방식에 있어서도 가요는 「보현행원품」과 다른 양상을 띤다. 「보현
행원품」의 화자는 보현보살로서 선재동자에게 항순중생의 공덕을 이
루는 방도를 설명하고 있지만, 가요에서의 화자는 '나'라는 1인칭으로
항순중생의 염원을 다짐하며 중생을 위하여 축원하고 있다. 이는 산
문인 「보현행원품」에서의 교술적 성격이 가요의 서정적 성격으로 전
환된 것이라 할 수 있는데, 이에 따라 진술태도도 또한 달라진다.
　「보현행원품」에서의 진술 태도는 화자가 청자에게 이치를 깨우쳐
이를 실행케 하기 위하여 직접 그 이치를 설명하여 가르치는 것이라

고 할 수 있다. 이는 궁극적으로 「보현행원품」의 내용이 보현보살이 부처님의 공덕을 찬양하고 나서 여러 보살과 선재동자에게 부처님의 공덕을 성취하기 위한 10가지의 행원을 닦는 방도를 설한 것이라는 점에 기인한다. 그러나 청자를 향한 이러한 직접적인 가르침의 방식은 가요에서 수용되지 않았다. 가요에서의 이러한 화자 설정과 진술 태도는 가르침의 설명보다 감동을 목적으로 하는 서정으로서의 가요의 특성에 기인하는 것이다.

<보현십원가>의 문학적 지향은 「보현행원품」이라는 경전의 내용을 일반 대중에게 보다 쉽게 전달하고 이해시키기 위한 방편적 성격에서 그 기본 방향을 마련하고 있다. 가요는 「보현행원품」의 내용을 보다 쉽게 이해하고 실천하도록 노래로 만든 것이다. 이러한 맥락에서 가요보다 먼저 생각할 수 있는 것이, 「보현행원품」의 내용을 보다 쉽게 이해하고 외기 쉽도록 하기 위해 다시 운문으로 정리한 偈頌이다. <항순중생가>에서 화자가 보살이 아닌 '나'라는 일인칭 화자로 설정된 점은 이 게송의 경우에서 이미 보인다.

> 끝없는 시방법계 모든 세계를
> 웅장하고 청정하게 장엄하옵고
> 부처님을 대중들이 둘러 모시어
> 보리수나무 아래 앉아 계시니
> 시방세계 살고 있는 모든 중생들
> 근심 걱정 여의어서 항상 즐겁고
> 깊고깊은 바른 법의 이익을 얻어
> 온갖 번뇌 다 없기를 축원합니다.16)

---

16) 所有十方一切刹　廣大淸淨妙莊嚴　衆會圍遶諸如來　悉在菩提樹王下　十方所有諸衆生　遠離憂患常安樂　獲得甚深正法利　滅除煩惱盡無餘.

항순중생의 주제가 간결하게 정리된 위 게송의 5~8행에서는 시적 화자인 '나'가 '중생'을 위하여 염원하는 방식을 취하고 있다. 즉, 중생을 즐겁게 하고 중생이 번뇌 없기를 기원하고 있다. 그런데 여기에서 궁극적으로 중생은 이 축원의 대상이 아니라 나의 염원을 이루기 위한 매개로서의 의미를 지닌 것이라고 할 수 있다. 화자인 '나'는 중생이 즐겁고 이익을 얻어 번뇌를 물리치도록 축원함으로써 결국 '나'의 보살행을 실천하게 되는 것이다. 가요의 진술방식도 게송에서의 이러한 진술방식과 일치하고 있다.17) <보현십원가>의 다른 가요들이 대부분 자신의 염원을 직접적으로 부처에게 비는 방식인데 비해, <항순중생가>는 중생을 위한 축원을 통해 간접적으로 시적 화자인 '나'의 염원을 비는 방식을 취한다. 이렇게 시적 화자인 '나'가 자신이 아닌 중생을 위한 염원을 비는 진술 방식은 <항순중생가>가 다른 가요와 변별되는 특징으로 자리하고 있다.

4. 맺음말

이 글은 <보현십원가> 중의 아홉 번째 노래인 <항순중생가>를 대상으로 그 문학적 지향의 양상을 탐구하고자 하였다. <보현십원가>의 선행텍스트인 「보현행원품」과 후행 텍스트인 최행귀의 한역시, 그리고 「보현행원품」의 게송과 관련하여, 주로 「보현행원품」의 실천적 의

---

17) 특히 6행~8행에서 두드러진다.
나도 그들과 생사를 같이하려 하노라.
염(念)마다 계속 이어져 끊어짐이 없이
부처님께 하듯 공경하리라.

미가 노래하기 위한 가요로 실현된 양상에 주목하였다.

<항순중생가>의 어석적 검토에서는 기존 연구자들의 업적 중 양주동, 김완진, 유창균의 어석을 중심으로, 필요한 경우 이밖의 다른 어석자들의 견해도 참고하여 이들을 대비, 고찰하여 <항순중생가>의 의미를 확정하였다.

<항순중생가>의 문학적 지향의 검토는 가요를 「보현행원품」, 한역시, 게송 등과 대비하면서, 이들과 다른 가요로서의 문학적 지향이 어떻게 텍스트에 반영되어 있는가에 대해 고찰했다.

첫째, 표현방식의 지향에 대해 살폈다. 10행의 가요를 두 개의 시행을 단위로 차례대로 분석했는데, 가요는 「보현행원품」의 관련내용을 효과적으로 압축하고 생략하여 간결한 시어로서 나타내고 있으며, 「보현행원품」의 내용을 거의 빠짐없이 압축하여 편입시키고 있음을 알 수 있었다.

둘째, 작품구조의 지향에 대하여 살폈다. <항순중생가>의 내용은 근본적으로 「보현행원품」의 내용을 벗어나는 것은 아니지만 그것과는 다른 독자적인 내용 전개의 순서를 지녔는데, 이러한 작품의 전개는 「보현행원품」의 내용을 보다 쉽게 전달하여 익힐 수 있게 하기 위한 것이라고 할 수 있다. 「보현행원품」에서 장황하게 설명한 내용을 가요에서는 보다 단순하고 쉬운 인과의 구조로 선명하게 정리, 부각시키고 있다. 이러한 선명하고 쉬운 인과의 구조는 내용이 전개됨에 따라 연쇄적으로 확대되는 구조를 지니고 있으며, 다른 한편으로는 부처와 중생의 존재적 의미가 전반부의 상하의 관계에서 후반부의 평등과 조화를 이루는 관계로 그 구조적 변모를 꾀하고 있다.

셋째, 진술방식의 지향을 살폈다. 「보현행원품」은 보현보살이 선재동자에게 항순중생의 이치를 설명하고 이를 깨우쳐 실행케 하기 위한 교술적 성격을 지니는 데 비해, 가요는 1인칭 화자인 '나'가 중생을 위해 염원하는 서정적 성격을 지니고 있다. 가요의 이러한 성격은 이미,「보현행원품」의 내용을 보다 쉽게 이해하고 외기 쉽도록 다시 운문으로 정리한 게송에서 마련된 것이라고 할 수 있다. 이 게송에서 시적 화자인 '나'는 자신이 아닌 중생을 위해 축원을 하고 있는데, 궁극적으로 이는 자신의 염원을 이루기 위한 간접적 진술방식에 다름 아닌 것이었다. 이러한 게송의 간접적 진술방식은 가요의 경우에도 마찬가지로 나타나고 있으며, 이러한 점이 <보현십원가> 중 다른 가요와 변별되는 <항순중생가>의 특징이라고 할 수 있다.

〈賞春曲〉과 〈俛仰亭歌〉의 자연흥취와 갈등표출
- 강호가사의 문학교육적 접근

1. 머리말

    <상춘곡>과 <면앙정가>는 가사문학의 많은 작품들 중 일찍부터 주목의 대상이 되어온 작품으로, 현재 고등학교『문학』교과서에서 송강·노계의 가사들, 閨怨歌, 日東壯遊歌, 燕行歌 등 다른 가사 작품들과 함께 비교적 비중 있게 다루어지고 있다.『문학』교과서들에서 일반적으로 <상춘곡>은 사대부 가사의 첫 작품으로, <면앙정가>는 <상춘곡>의 전통을 이어 그 이후 이른바 江湖歌辭라 불리는 작품군에 큰 영향을 미쳤던 작품으로, 또 둘 다 강호가사의 전범이 되는 작품으로 소개되어 있다. 이 글은 <상춘곡>과 <면앙정가>를 대상으로 문학교육의 현장에서 '작품을 바르게 이해 감상하고'[1] '미적 감수

---

1) 제6차 교육과정,「국어」, '목표'.

성과 문학적 상상력을 기르기 위한’[2] 보다 審美的인 작품 읽기의 한 예를 제시하고자 하는 데 있다.

문학교육의 현장에서 ‘문학 작품을 추상적 개념으로서가 아니라 구체적 삶과 관련지어 그 가치를 파악할 수 있도록’[3] 하기 위해서, 그리고 작품 읽기가 ‘훈고 주석에 치우치지 않고 당대의 삶과 정서를 이해하고 오늘의 삶을 이해하는 데에도 기여할 수’[4] 있기 위해서는 보다 심미적인 방식에 의한 이해와 감상이 요구된다. 문학 작품이 미적인 효력을 획득하는 방식을 ‘구조’라고 할 수 있다.[5] <상춘곡>과 <면앙정가>를 대상으로 한 심미적 차원의 이해는 이들 작품을 포함한 강호가사가 士大夫들의 당대적 삶을 언어적으로 표현하는 하나의 방식이었다는 점을 염두에 두고, 이들 작품에 言語的으로 形象化된 구조적 양상을 작가가 나름대로 삶의 정서를 표출한 방식과 당대적 삶에 대한 작가의 태도를 중심으로 살피는 일이 중요할 것이다.[6]

따라서 이들 작품이 공유하는 江湖歌道의 의미를 그 시대를 살았던 작가의 정서적 갈등과 관련하여 이해하고, 그러한 갈등의 정서가 자

---

2) 제6차 교육과정, 「문학」, ‘목표’.
3) 제6차 교육과정, 「문학」, ‘방법’.
4) 위와 같음.
5) R. Wellek · A. Warren, 문학의 이론, 김병철 역, 을유문화사, 1988, p.216 참조. 이 구조란 내용과 형식의 미적 목적을 위하여 조직되어 있는 한, 내용과 형식 양자를 포함하고 있는 개념이다.
6) 문학의 심미적인 차원은 형상성과 주로 연관된 것이다. 이 형상성은 문학이 문학다울 수 있는 존재 근거가 되는 것으로 주로 텍스트 차원을 심미차원으로 전환하는 정서적 수용으로 이루어지는데, 문학의 수용은 텍스트의 논리성을 형상의 구체성으로 전환하는 능력을 요한다. 시에서 의미를 감정, 태도, 의의 등의 차원에서 규정하여 지시적 의미를 능가하는 의미의 구체성을 추구하는 것이 언어의 구체성을 문제삼는 것이다. 우한용, 문학교육의 윤리적 연관성에 대한 연구, 『사대논총』 55집, 서울대, 1997.12. 참조.

연의 아름다움을 감상하는 가운데 각각 표출되어 언어적으로 형상화된 구조적 양상을 대비하여 개별 작품이 지닌 변별성을 뚜렷이 드러내는 것이 이글의 주된 의도라고 할 수 있다.

2. 『문학』 교과서의 〈상춘곡〉과 〈면앙정가〉 수록 현황 검토

〈상춘곡〉과 〈면앙정가〉가 고등학교 『문학』 교과서에 수록된 현황을 살펴보면, 전체 대상 18種 중 〈상춘곡〉은 2種[7], 〈면앙정가〉는 7種[8]에 각각 실려 있다. 현재 문학교육의 현장에서 이루어지고 있는 이들 작품에 대한 작품 읽기의 구체적인 현황에 대해 이들 『문학』 교과서의 해당 내용 중 작품 이해와 감상의 핵심 어구들을 간추려서 살피면 다음과 같다.

> 〈상춘곡〉 : 安貧樂道, 술을 마시는 즐거움, 강호 시가의 한 전형, 전통적 사고의 한 모습, 흥취, 풍류,
> 〈면앙정가〉 : 유학자로서의 본연의 자세, 江湖歌道의 전형, 隱逸 생활, 儒家的 도리, 임금의 은혜를 생각, 凜然한 풍

---

7) 김대행·김동환, 『문학』 하, 교학사.
　박갑수·김진영·이숭원, 『문학』 상, 지학사
8) 박경신·김태식·송백헌·양왕용, 『문학』 하, 금성출판사.
　성기조, 『문학』 상, 학문사.
　이문규·권오만, 『문학』 하, 선영사.
　최동호·신재기·고형진·장장식, 『문학』 하, 대한교과서.
　김열규·신동욱, 『문학』 하, 두산.
　오세영·서대석, 『문학』 상, 천재교육.
　김용직·박민수, 『문학』 하, 대일도서.

류적 생활, 사대부들의 致仕歸鄕의 자세, 아름다운 자연환경에 묻혀 사는 즐거움, 자연미의 탐구와 자연합일의 경지, 풍류와 흥취.

위에서 살폈듯이 이들 두 작품에 관한 작품 읽기의 기본적인 방향은 교과서 종류에 따라 약간씩의 차이는 있으나 대체로 비슷하다. 위에 나열된 항목들은 <상춘곡>과 <면앙정가>뿐만이 아니라 이 작품들을 포함한 이른바 강호가사의 전형적인 공유소이며, 朝鮮時代 儒學者인 사대부들의 시가에 나타나는 공통적인 문학의 양상들이다. 『문학』 교과서에서의 작품 이해의 대체적인 방향은 이처럼 강호가사가 지닌 공통적인 성격에 주목하는 것이고, 두 작품이 각각 지닌 문학적 특성에 대한 이해도 그러한 범주에서 크게 벗어나지 않고 있다.

사대부 시가의 전형으로서 강호가도라는 의미 범주에서 이 작품들을 이해하는 것이 극히 온당한 방법임은 물론이다. 이 작품들의 작자가 조선왕조의 정치적 중심에 위치했던 사대부들인 까닭에 이들 작품에 대해서는 사대부 시가가 공유하는 하나의 당대적 특징으로서 강호가도에 대한 이해가 필수적이다. 그러나 작품 읽기에서 개개의 작품이 지닌 다양한 문학적 양상이 사대부 시가의 전형으로서 강호가도라는 공통적인 의미와 성격의 범주로 수렴되는 것에 그쳐서는 부족한 감이 있다. 문학교육 현장에서의 작품 읽기는 이들 개별 작품에 대한 보다 심미적인 이해가 뒤따라야 할 것으로 본다.9)

---

9) 이들 교과서의 작품의 이해·감상과 관련된 항목에서 개별작품에 대한 심미적 차원의 이해와 관련된 내용은 교과서라는 책의 성격상 매우 제한적으로 언급되어 있다. 그러나 학습과제로서 각 작품에 따라 학습자 나름대로의 보다 심미적인 차원의 작품 이해를 돕기 위한 몇몇 항목들이 제시되어 있는데, 이 글의 논의는 심미적 작품 이해를 위한 하나의 지침으로서 구체적인 작품 읽기의 한 예를 제시하는 데 그 의의를 둔다.

개별 작품에 대한 보다 심미적인 이해를 위한 작품 읽기는, 이 두 작품이 갖는 강호가사의 공유소로서 강호가도라는 전통적 정서를 조선시대 사대부의 出仕와 退處에 얽힌 갈등과 관련하여 살핀 다음, 아울러 작품의 언어적 진술을 통해 이러한 갈등의 정서가 이 두 작품간에 서로 상이하게 표출된 구조와 양상을 대비함으로써, 작품에 형상화된 작가의 삶의 태도를 변별적으로 드러내는 방식이 될 것이다.

3. 갈등구조와 자연흥취

조선 전기 사대부들의 가사는 비슷한 시기의 사대부들의 또 다른 문학 장르라고 할 수 있는 악장이나 경기체가와는 다른 일면을 지닌다. 악장이나 경기체가가 보다 공적이며 집단의 이념을 구현하기 위해 창작되었던 것이라면, 가사는 보다 개인적 정서를 드러내는 사적인 문학으로서, 이념으로 인한 개인의 갈등과 밀접한 관련이 있다고 본다.10) 개인의 이념적 지향이 현실의 벽에 부딪히거나 또 현실지향이 이념에 반하는 것일 때 갈등은 존재하기 마련이다.

강호가사에는 出仕와 退處를 중심으로 한 사대부의 삶의 방식이 반영되어 있다.11) 출사를 통하여 유교적 이념을 현실에서 실현함으로써 이상세계를 추구했던 사대부들이었기에, 그들이 자연 속에 물러나서

---

10) 조동일, 『한국문학통사2』, 1983, p.282 참조.
11) 이러한 사대부의 강호가도는 양면성을 지닌 것으로 인식된다. "進하면 조정의 관료로서 佐君澤民의 치적을 올리고 退하면 강호의 처사로서 吟風弄月의 高致를 누리는" 것이 그것이다. 이우성 고려말 이조초의 어부가, 『성대논문집』 제9집, 1964 참조.

창작한 강호가사에는 그러한 이념지향에서 오는 현실에서의 갈등이 없을 수 없다. 이 갈등은 곧 현실과 이념간의 대립에서 오는 갈등이었다. 강호가사의 바탕에 존재하는 작가의 내면적 갈등구조는 이러한 현실과 이념간의 대립으로 이루어진 것이다.

그런데 강호가사에는 이러한 갈등의 정서가 작품상에 뚜렷하게 부각되어 있지 않다. 그것은 갈등의 이면에 이념과 현실간의 갈등을 조화롭게 극복하고자 하는 사대부들의 삶의 태도가 자리하고 있기 때문으로 이해된다. 사대부들은 그 신분적 속성상 정치적 현실을 떠나 강호의 자연 속에 처하고 있다고 하더라도 출사의 길로 다시 나아가기 위한 정서적 지향을 지닌다. 이러한 정서적 지향 속에서 그들의 행동방식과 의식구조는 근본적으로 이념과 현실간의 대립과 갈등을 조화롭게 극복하고자 하는 성향을 지니게 되는 것이다.

강호가사에 나타난 이러한 정서적 국면은 또한 가사의 장르적 성격이 자아와 세계의 동일화를 추구하는 서정의 본질을 지닌 것이며, 작가의 세계관을 일단 내면화하여 그 '내적 감동'을 진술하는 서정의 형식을 지향하는 것12)과도 관련된다. 서정의 형식을 지닌 사대부가사의 정서는 이념의 추구와 그에 반하는 현실 세계와의 대립에서 느끼는 자아의 갈등을 표출하여, 이를 조화롭게 해소하려는 의도를 지닌 것이라 할 수 있다.

그러고 보면 강호가사의 갈등은 이중적인 구조를 지니고 있는 셈이다. 즉, 심층구조로서 작가의 내면에 존재하는 이념과 현실간의 대립적인 갈등구조가, 표층적 구조로서 작품상에 나타날 때는 그러한 갈등을 표출하고 해소하는 정서로 환치된다. 사대부들은 강호가사를 통

---

12) 김학성, 『국문학의 탐구』, 성대출판부, 1987, p.138.

하여 현실과 이념간의 대립으로 인한 내면적 갈등을 표출하고 해소함
으로써 조화롭게 수습하고자 하는 방식을 취하게 된다. 사대부의 강
호가사에는 경치에 대한 서술과 함께 자연 감상의 홍취가 표출되어
있는데, 이 자연홍취가 바로 정치 현실의 이념적 지향으로 인한 갈등
을 표출하고 해소하는 정서라고 할 수 있다.

> 사대부 중에 나아가 당대에 쓰임을 얻지 못하여 자리를 버리
> 고 閭巷에 처하는 자는 반드시 이름난 산과 아름다운 물이 있는
> 곳에서 池館과 園囿의 樂을 누리면서 한편으로 맑고 적막한 즐
> 거움을 행하고 다른 한편으로 때를 근심하고 대궐을 그리워하는
> 정을 서술한다.13)

 벼슬길에서 떠난 자가 자연 속의 삶을 즐기는 가운데서도 한편으로
는 '때를 근심하고 대궐을 그리워하는 정을 서술'함은 사대부들의 자
연홍취의 이면에 현실에 대한 관심이 여전히 자리하고 있음을 의미한
다. 사대부들이 지향했던 유교적 이상세계는 현실 속에서는 정치에
참여함으로써 兼善의 방식으로, 현실을 물러나 자연에 처해서는 獨善
의 방식으로 추구된다. 그들 현실을 떠나 처하게 되는 자연은 결국 유
교적 이념을 추구했던 그 현실과 대립되는 곳이 아니다. 그러므로 그
들이 자연에서 누리는 홍취는 현실을 떠난 것이 아니라, 현실과 불가
분의 관계를 지닌 정서라고 할 수 있다.

> 저 翰林別曲과 같은 류는 문인의 口氣에서 나왔지만 矜豪放蕩
> 에다 藝慢과 戲狎을 겸하여 더욱 군자가 숭상할 바가 아니다. 다
> 만 근세에 李鼈의 六歌가 있어서 세상에 많이 전해 와 오히려

---

13) 鄭澈, 水月亭記, 松江集.

저것[六歌]이 이것[翰林別曲]보다 나을 듯하나, 역시 그 중에는 琉世不恭의 뜻이 있고 溫柔敦厚의 實이 적어 애석하다. …… 아이들로 하여금 조석으로 익혀서 노래를 부르게 하여, 책상에 기대어 듣기도 하고, 또한 아이들로 하여금 스스로 노래를 부르게 하고 舞蹈하게 한다면, 거의 비루한 마음을 씻고 感發融通할 바가 있어서, 노래하는 자와 듣는 자가 서로 유익함이 없지 않을 것이다.14)

<陶山十二曲>이 지향하는 溫柔敦厚는 한림별곡류의 지나친 향락을 거부하면서 동시에 李鼇의 <六歌>에서 보이는, 혼탁한 세상에 대해 풍자적이며 냉소적인 방외적 자세를 거부하는 것이다. 결국 퇴계가 <도산십이곡>을 지은 것은 자연을 감상하는 흥취 속에서 현실의 걱정과 근심을 씻기 위함이었다고 할 수 있는데, 이는 사대부의 자연에 대한 인식이 현실과 괴리된 것이 아니라 현실에 대한 긍정적 태도를 수반한 가운데 이루어져야 하는 것임을 말해 주는 것이다. 사대부는 자연흥취 속에서 감정의 자유로운 유출을 통해, 사대부의 현실적 이념의 굴레를 벗어나는 즐거움을 누리는 한편, 자연으로부터 현실의 질서와 그것에의 조화를 추구하는 태도를 배우게 되는 것이다.

그러므로 사대부들의 강호가사에 나타난 자연흥취는 궁극적으로 현실의 이념적 갈등을 조화롭게 극복하고자 하는 작가의 의도와 관련되어 있다. 자연흥취는 작품의 전개상에서 갈등의 원인적 요소인 현실의 이념적 정서와 만나 교합함으로써 사대부들의 갈등을 표출하고 해소하는 구실을 담당하게 된다. 강호가사의 전형이라고 할 수 있는 <상춘곡>과 <면앙정가>에 대한 심미적 탐구는, 이처럼 자연흥취가 이념적 정서와의 교합을 통하여 갈등이 표출되는 작품 전개상의 정서

---

14) 李滉, 陶山十二曲跋, 退溪集.

적 구조를 살피는 동시에, 그 이면에 숨어 있는 작가의 의도와 관련하여 두 작품을 대비함으로써 더욱 구체적으로 이루어질 수 있을 것이다.

4. 심미적 작품 읽기를 위한 〈상춘곡〉과 〈면앙정가〉의 對比

전형적인 강호가사인 〈상춘곡〉과 〈면앙정가〉를 대상으로 이 작품들이 지닌 문학적 성취의 모습을 보다 심미적으로 감상하고 이해하기 위해, 작품의 주된 정서인 자연흥취를 사대부의 갈등표출과 관련된 정서로 보고 작품 전개상의 갈등표출의 구조와 갈등해소의 여부에 주목하여 두 작품을 대비하도록 하겠다.

1) 갈등표출 구조

언어적 표현 곧, 작품의 언어들이 서로 관련된 구조를 갈등의 표출의 관점에서 이해할 때 이 갈등표출로서의 화자의 진술에는 작가의 의도가 반영되어 있음을 상정할 수 있다. 여기에서는 작가의 내면에 존재하는 갈등의 대립적 양상이 작품을 통해 표출되는 구조와 그 양상을 살피고자 한다. 갈등의 표출 구조는 작가의 의도를 드러내는 동시에 그 정서적 움직임의 양상을 암시하는 것이다. 그러므로 이러한 논의는 화자의 진술태도를 중심으로 그러한 진술에 반영되어 있는 작가의 의도를 살피는 것이 된다. 아울러, 작가의 전기적 사실을 포함한 작품 주변 상황과의 구체적인 관련은 가능한 한 배제하고 작품의 언

어적 표현에 보다 주목하는 것이 작품의 심미적 감상과 이해를 목적
으로 하는 작품 읽기에 더욱 부합하는 것일 터이다.

<상춘곡>과 <면앙정가>에서 자연흥취가 언어적으로 형상화된 구
조와 양상을, 갈등의 표출과 해소라는 관점에서 살핌으로써, 이 두 작
품을 비롯한 강호가사 작품들이 작가의 계층적 동일성과 시대적·소
재적인 유사성에 의해 추단되어, 사대부적 이념의 산물로 피상적으로
이해되는 경직된 작품 읽기의 틀을 벗어날 수 있기를 기대한다.

(1) <상춘곡> : 無慾의 명분에 가려진 흥취

<상춘곡>에 대해서는 장르적 관점에서 많은 논의가 되었다. <상
춘곡>에서 객관적 대상을 충실하게 나열하고 서술하는 것은 사실의
전달로서 교술로 이해되기도 하고,[15] 물아일체라는 사대부적 경지를
추구하기 위한 것으로 지나친 격정을 피하고자 하는 사대부의 절도
있는 서정으로 이해되기도 한다.[16] 이는 <상춘곡>에 경치 자체만이
서술되어 있는 것이 아니라 경치를 매개로 하여 흥취가 표출되어 있
기 때문이다.

하나의 작품을 대상으로 이처럼 상이한 견해가 존재하는 것은 자연
흥취에 대한 화자의 진술태도가 단순한 것이 아님을 말해 주는 것이
다.[17] 그러므로 <상춘곡>의 자연흥취에 대한 진술을 대상으로, '아름
다운 자연 속에서 느껴지는 정서적 감흥'이라는 지시적인 의미만이

---

15) 조동일, 가사의 장르규정,『어문학』 21집, 한국어문학회, 1969.
16) 김학성, 가사의 장르 성격 재론,『국문학의 탐구』, 성대출판부, 1987.
17) <상춘곡>의 어휘가 명사가 많고 동사가 적다는 것은, <상춘곡>의 작자 정
   극인이 열정적인 시인이라기보다는 관념적이며 사유적인 시인임을 뜻한다.
   하성래, 항춘곡의 문체 소고,－그 구조적 분석을 중심으로,『한국언어문학』
   제12집, 한국언어문학회, 1974, p.141.

아니라, 그러한 진술의 행간에 숨어있는 진술주체의 의도나 태도를 포함한 보다 심층적인 요소들에 주목하게 되는 것은 자연스러운 일이다.

<상춘곡>에서는 자연흥취가 작품 전편의 정서를 형성하는 중심축을 이룬다. 그런데 작품 전개 과정에 있어서 이 자연흥취는 정치적 현실을 향한 사대부의 출사에 대한 욕망을 감추면서 자연에 묻혀 그것을 멀리하고자 하는 처사로서의 이념적 명분을 과시하기도 하고, 處事的 名分 뒤에 숨어 있는 出仕지향의 욕망으로 인해 빚어진 정서적 갈등을 표출하고 해소하는 기능을 하기도 한다. 곧, 자연흥취가 처사적인 명분과 교합하면서 출사에 대한 욕망을 감추기도 하고 그로 인한 갈등을 드러내기도 하는 것이다.

그러므로 <상춘곡>의 갈등표출은 자연흥취와 이념적 사고로서의 처사적 명분이 서로 만남으로써 이루어진다고 할 수 있는데, <상춘곡>의 자연흥취는 작품의 전개 과정에서 처사적 명분이라는 이념적 사고와 서로 일정한 거리를 두고 교합하면서 표출된다. <상춘곡>에서 자연흥취를 중심으로 그것이 이념지향의 처사적 명분과 교합하는 양상을 구체적으로 살펴보기로 한다.

> 紅塵에 뭇친분네 이내生涯 엇더ᄒᆞᆫ고
> 녯사ᄅᆞᆷ 風流ᄅᆞᆯ 미출가 못미출가
> 天地間 男子몸이 날만ᄒᆞᆫ이 하건마ᄂᆞᆫ
> 山林에 뭇쳐이셔 至樂을 ᄆᆞ롤것가
> 數間 茅屋을 碧溪水 앏픠두고
> 松竹 鬱蔚裏예 風月主人 되어셔라

풍월주인으로서 산림에 묻힌 지극한 즐거움을 홍진에 묻힌 분네에게 자랑하고 있다. 여기에서 홍진이란 화자가 떠나온 속세의 정치적 현실이며 출사지향의 공간으로 인식된다. 그러므로 정치적 현실을 지향하는 홍진에 묻힌 분네를 향해 '山林'에 묻힌 處士로서 '風月主人'의 '至樂'을 자랑하고 있는 것은 출사라는 개인적 명리에 대한 無慾을 자랑하고 있음이다. '至樂'으로 표현된 자연홍취가 출사를 멀리하고자 하는 무욕에 대한 자랑으로 나타나 있는 것이다. 이러한 자랑의 태도는 화자에게 있어서 자연홍취가 순수한 정서적 감응의 표출로 이루어지고 있지 못함을 의미한다. 그러므로 아직까지 화자가 서 있는 이 자연이란 공간은 아름다운 경치에 대한 순수한 감응의 정서적 공간이 아니라, 정치적 현실의 출사지향의 욕망과 대립되는 처사적인 명분을 자랑하기 위한 또 하나의 이념적 공간일 뿐이다. 처사적 명분을 자랑하는 속에 사대부의 출사에 대한 현실적 욕망이 가려져 있다. 그러므로 풍월주인으로서의 산림에 묻혀 있는 至樂 곧, 자연의 아름다움을 즐기는 홍취에 대한 진술은 정서의 표출이라기보다는 단순한 전달의 태도를 띠게 된다.

홍취의 표출이란 처사적인 명분, 출사를 멀리하고자 한다는 無慾의 자랑으로서만 가능한 것일 뿐이다. 이 처사적 명분의 과시는 홍취로 인해서 가능하고 홍취는 처사적 명분을 위해 존재한다. 자연홍취가 정서적 '지락'의 상태를 표출하는 것이 아니라 처사적 명분을 과시하고 있는 것으로 드러나고 있는 이러한 정황은 그 처사적 명분의 과시 뒤에 출사를 추구하는 현실지향의 욕망이 자리하고 있기 때문이다.

> 엇그제 겨을지나 새봄이 도라오니
> 桃花 杏花는 夕陽裏예 퓌여잇고
> 綠楊 芳草는 細雨中에 프르도다
> 칼로 몰아낸가 붓으로 그려낸가

> 造化 神功이 物物마다 헌ᄉ롭다
> 수풀에 우는새는 春氣롤 ᄆᆺ내계워
> 소리마다 嬌態로다
> 物我 一體어니 興이익 다롤소냐

겨울을 지난 새 봄의 경치를 서술하고 나서 이 경치에 대한 홍취를 드러내고 있다. '春氣롤 ᄆᆺ내계워' 하는 것은 '수풀에 우는새'가 아니라 화자 자신이다. 그 '교태'는 다름 아닌 화자의 홍취이다. 그런데 이러한 홍취는 곧 과시로 이어진다.

"物我 一體어니 興이익 다롤소냐"라는 진술은 '물아일체의 정서'를 표현한 것이 아니라 '정서가 물아일체임'이라는 서술이요 전달이다. 곧 자연홍취는 '물아일체' 그 자체가 아니라 '물아일체임'에 대한 서술과 전달로서 존재한다. 여기에서 자연홍취는 화자가 속세의 공간에서 출사를 욕망하는 사대부들을 향해 '내가 물아일체임'을 서술하고 전달함으로 처사적인 명분을 과시하기 위한 기재로서 작용하고 있다.

홍취가 정서의 표출로서가 아니라 서술과 전달의 방식을 띠게 되는 것은 처사적 명분을 보다 더 효과적으로 드러내기 위하여 보다 제한된 방식으로 표출됨을 의미한다. 다음에서도 마찬가지이다.

> 柴扉예 거러보고 亭子애 안자보니
> 逍遙 吟詠ᄒ야 山日이 寂寂ᄒ딘
> 閒中 眞味롤 알니업시 호재로다
> 이바 니웃드라 山水구경 가쟈스라
> 踏靑으란 오놀ᄒ고 浴沂란 來日ᄒ새
> 아춤에 採山ᄒ고 나조히 釣水ᄒ새

"柴扉예 거러보고 亭子애 안자보니 逍遙 吟詠ᄒ야"라는 진술은 처사적 행위의 나열과 서술이다. 이 역시 정서 표출이 아니라 앞서의 '내가 물아일체'임을 서술하고 전달하여 과시하는 과정의 연속이다. 그 과시의 태도는 '이바 니웃드라 산수구경 가쟈스라'라는 말에서 단적으로 드러난다. 이어지는 踏靑, 浴沂, 採山, 釣水 등도 화자에 의해 그러한 행위들이 실제로 이루어지고 있음을 말해주는 것이 아니라 안빈낙도의 처사적 생활을 상징하는 관습적 행위를 나열하고 있을 뿐이다. 이러한 관습적 행위의 나열 역시 이념지향의 처사적 명분에 대한 과시일 뿐이다. 이 또한 자연홍취가 제대로 표출되지 못하고 있음을 말해 준다.

사대부의 안빈낙도를 상징하는 관습적 행위들을 나열하며 처사적 명분의 과시로 이어가던 자연 탐승의 과정에서 그러한 이념적 지향으로 인해 제한적으로 표출되던 자연홍취는 시간의 경과에 따라 차츰 그러한 이념적 사고의 그늘에서 벗어나기를 시도한다.

> ⺭괴여 닉은술을 葛巾으로 밧타노코
> 곳나모 가지것거 수노코 먹으리라
> 和風이 건듯부러 綠水롤 건너오니
> 淸香은 잔에지고 落紅은 옷새진다

여기에는 음주 행위가 서술되어 있다. 위의 '먹으리라'는 음주의 예비가 아니라, '곳나모 가지것거 수노코 먹는' 음주 행위 그 자체로 보아도 무방하다. 이 음주 행위에 대한 서술은 안빈낙도를 상징하는 관습적 행위의 나열로 처사적 명분을 과시하던 앞서의 이념적 지향의 진술이 아니다. 화자의 정서는 그것에서 벗어나고 있다. 이어지는 상황을 보자. '잔에 지는 淸香'은 상·하/내·외를 넘나드는 바람을 타고 비상하는 의미를 지니고 있는 반면, '옷새지는 낙홍'은 세속적인 육신 위로 떨어지는 하방의 의미를 지닌다.[18] 정신과 육체가 상·하로 분

리되어 하늘과 땅의 방향으로 상승·하강을 하는 상극과의 갈등을 일
으킨 것이다.19) 술을 마심으로써 마음 속에 자리하고 있던 갈등이 서
서히 드러나기 시작한다.

> 樽中이 뷔였거든 날ᄃ려 알외여라
> 小童 아ᄒᆡᄃ려 酒家에 술을믈어
> 얼운은 막대집고 아ᄒᆡ는 술을메고
> 微吟 緩步ᄒ야 시냇ᄀ의 호자안자
> 明沙 조ᄒᆞᆫ믈에 잔시어 부어들고
> 淸流룰 굽어보니 ᄯᅥ오ᄂᆞ니 桃花ㅣ로다

　음주 행위와 관련된 위의 진술들은 음주로 인해 사대부적 정서가
고양되면서 오히려 사대부의 이념적 사고의 장막이 자연스럽게 걷히
고 있음을 의미한다. 이 과정에서 자연흥취는 처사적 명분이라는 이
념적 지향과 일정한 거리를 두게 된다. 지금까지 처사적 명분의 과시
를 위하여 제한적으로 표출되던 자연흥취가 음주의 醉樂 속에서 제
모습을 드러내고 있다. 그러므로 위의 진술은 더 이상 이념지향의 처
사적 명분에 대한 자랑이 아니라 술을 마심으로써 가능하게 된 정서
적 감응으로서의 자연흥취의 표출이다. "明沙 조ᄒᆞᆫ믈에 잔시어 부어들
고 굽어 본 淸流에 떠오는 桃花"는 바로 흥취의 절정인 武陵世界의 도
래를 예고하는 것이다.

> 武陵이 갓갑도다 져미이 긘거인고
> 松間 細路에 杜鵑花룰 부치들고

---

18) 박병완, <상춘곡>의 분석적 연구-문학공간의 함의를 중심으로,『한국고전시
　　가작품론2』, 집문당, 1992. p.602.
19) 위와 같음.

峯頭에 급히올나 구름소긔 안자보니
千村 萬落이 곳곳이 버러잇니
煙霞 日輝는 錦繡롤 재폇는닷
엇그제 검은들이 봄빗도 有餘홀샤

이 음주로 인하여 山水 완상의 홍취가 절정에 이르는 순간 화자의 정서는 무릉의 仙界로 접어드는 계기를 마련한다. 소나무 숲 오솔길을 따라, 두견화를 부여잡고 올라간 산봉우리의 구름 속은 현실 세계가 아닌 선계이다. 이 선계로의 진입은 자연홍취가 음주와 결합함으로써 가능했던 것이다. 산봉우리의 구름 속에서 내려다 본 '千村萬落'의 세계는, '煙霞 日輝'가 '錦繡롤 재폇는닷'한 봄빛이 넘쳐흐르는 武陵桃源이다. 이 무릉도원에 넘쳐흐르는 봄빛은 내면으로부터 표출되어 넘치는 갈등해소의 자연홍취이다.

이러한 갈등해소의 자연홍취는 結詞로 이어지면서 서두에서처럼 공명과 부귀를 멀리하고 청풍명월을 벗하며 살아가는 안빈낙도의 청렴한 사대부적 생활을 추구하는 것에 대한 자부심으로 연결되기도 하지만, 그것은 이내 사대부의 처사적 명분에 가려진 출사지향의 욕망을 슬며시 드러내는 진술로 전환된다.

功名도 날끠우고 富貴도 날끠우니
淸風 明月外에 엇던벗이 잇스올고
簞瓢 陋巷에 훗튼혜음 아니ᄒ니
아모타 百年行樂이 이만훈둘 엇지ᄒ리

淸風明月을 벗하며 "簞瓢陋巷에 훗튼혜음 아니ᄒ"는 안빈낙도의 삶을 자랑하는 정서의 본질은 자연홍취이다. 그러나 이는 처사적 명분의 옷을 입은 흥취이다. "功名도 날씌우고 富貴도 날씌우니"라는 진술은 문자 그대로 내가 공명과 부귀를 꺼리는 것이 아니라 그것들이 나를 꺼린다는 말이다. 갈등의 해소를 꾀하는 자리에서 다시 처사적 명분에 반하는 현실적인 출사에의 욕망에 대한 갈등이 슬며시 고개를 내밀고 있다. 결국 청풍명월을 벗하는 안빈낙도의 無慾은 나의 지향이 아니다. 운명적 자조와 변명이 뒤섞인 가운데 자연흥취가 이념적 명분 그늘에 가려져 버리고, 공명과 부귀라는 현실의 출사에 대한 미련이 머릿속을 맴돌고 있다. "아모타 百年行樂이 이만혼둘 엇지ᄒ리"는 그러한 미련으로 인한 소극적인 만족이다. 이는 갈등이 해소되지 않은 채 아직 남아 있음을 의미한다.

이상과 같은 <상춘곡>의 작품 전개 과정은 자연흥취가 처사적 명분을 내세우는 이념지향의 사고와 조화롭게 교합하지 못함을 보여준다. <상춘곡>의 자연흥취는 처사적 명분에 의해 억제되고 제한적으로 표출되지만, 그렇다고 이념적 명분에 흡수·동화되거나 혹은 친연성을 지니며 조화를 이루지도 않는다. 이념적 현실을 지향하는 출사의 욕망으로 인한 갈등의 표출에 있어서 자연흥취와 처사적 명분에 대한 과시는 결국 서로 완전한 교합을 이루어 내지 못한 채 작품의 정서를 형성해 나간다. 흥취는 흥취대로 처사적 명분은 처사적 명분대로 그 사이에는 더 이상 가까워질 수 없는 일정한 거리가 존재한다. 결국 <상춘곡>의 갈등해소는 일시적인 것일 뿐, 안빈낙도의 처사적 생활을 내세우는 진술의 뒤켠에는 출사에 대한 운명적 체념의 정서가 자리하고 있다.

(2) <면앙정가> : 出仕의 현실을 초월한 흥취

<면앙정가>는 序詞와 本詞에서 작가의 갈등이 표출된 흔적을 쉽게 발

견할 수 없다. 그러므로 논의는 자연스럽게 結詞를 중심으로 이루어진다.

> 人間을 써나와도 내몸이 겨를업다
> 니것도 보려ㅎ고 져것도 드르려코
> ㅂ람도 혀려ㅎ고 돌도 마즈려코
> 쉴스이 업거든 길히나 젼ㅎ리야
> 다만 ㅎ靑黎杖이 다뫼되여 가노미라

출사지향의 이념적 현실을 떠나온 致仕後의 생활이지만 여전히 바쁜 것은 지금도 마찬가지이다. "니것도 보려ㅎ고 져것도 드르려코/ ㅂ람도 혀려ㅎ고 돌도 마즈려코"는 자연흥취의 즐거운 아우성이다. 현실의 이념적 지향의 굴레를 벗어난 자연흥취는 오히려 너무 분주하기까지 하다. <면앙정가>의 자연흥취는 '人間' 곧, 출사지향의 이념적 현실 세계를 벗어나서 이루어지고 있다. 지팡이가 다 못쓰게 될 정도로 쉴 사이가 없이 계속되는 자연 탐승의 여정 가운데 이 아름다운 경치를 전할 틈마저 여의치 않다.[20] 이러한 진술은 자연흥취 속에 이념적 갈등이 끼어들 여지가 없음을 반증해 보이는 것이라 할 수 있다.

> 술리 닉어거니 벗지라 업슬소냐
> 블니며 튁이며 혀이며 이아며
> 온가짓 소리로 醉興을 비야거니
> 근심이라 이시며 시름이라 브터시랴

---

20) <면앙정가>의 이러한 진술은, <관서별곡>에서 자연흥취의 순간을 틈틈이 사대부의 현실적 이념으로 추스려 군주에게로 좋은 소식을 전하고자 하고('歸西ㅎ리 이시면 好音이느 보니고져'), <관동별곡>에서 경치에 자신의 연군의 정을 호사스럽게 실어 군주에게로 보내고자 하는('眞珠館 竹西樓 五十川 느린 물이 太白山 그림재롤 東海로 다마가니 출하리 漢江의 木覓의 다히고져') 등의 현실적 이념의 지향과 좋은 대조를 보인다.

> 누으락 안즈락 구부락 져츠락
> 을프락 포람ᄒ락 노혜로 노거니
> 天地도 넙고넙고 日月도 혼가ᄒ다

　위의 진술은 취흥의 절정에서 누리는 즐거움에 대한 것이다. 벗과 함께 술을 마시는 가운데 갈등은 이미 해소되어 있다. 여기에는 이념적 현실에 대한 근심과 시름이 있을 수도 없고 붙을 수 없다. "누으락 안즈락 구부락 져츠락/ 을프락 포람ᄒ락 노혜로 노거니" 하는 자연 속의 순수한 취흥의 절정은 화자의 정서가 출사를 추구하는 이념적 현실 세계의 갈등으로부터 벗어난 상태를 의미한다. 그러기에 "天地도 넙고넙고 日月도 혼가ᄒ다"는 진술도, 이념적 현실을 염두에 두지 않은 자연 속의 취흥이 가져온 정서적 안정의 반영이라 하겠다. 이는 현실에서의 이념적 지향이 자연흥취 속에 이미 조화롭게 균형을 이룬 상태로 내재되어 있기 때문이다.

　이처럼 <면앙정가>의 자연흥취는 화자의 정서가 이미 이념적 환경을 떠나와 갈등이 끼어들 여지가 없는 자연 탐승의 바쁜 여정 속에 이루어진다. 자연흥취가 이미 사대부적 이념의 지향을 초월한 가운데 이루어지고 있다.

> 羲皇을 모을너니 니적이야 긔로괴야
> 神仙이 엇더턴지 이몸이야 긔로고야
> 江山風月 거눌리고 내百年을 다누리면
> 岳陽樓 上의 李太白이 사라오다
> 浩蕩 情懷야 이예서 더홀소냐
> 이몸이 이렁굼도 亦君恩이샷다.

　지금 이 때가 바로 羲皇의 태평성세이고 이 몸이 바로 신선이라는 인식은 이미 이념지향의 정서가 자연흥취 속에 조화롭게 균형을 이루어 내재한 상태이기에 가능했다. 그러므로 강산풍월을 거느리고 백년을 누리고자 하는 호탕한 정회가 악양루 위의 이태백보다 뛰어남을 자랑하고, "이몸이 이렁굼도 亦君恩이샷다"와 같이 자신의 넘치는 흥취를 군주의 은혜에 대한 칭송으로 이어가는 위의 진술은 이념지향의 관습적인 표현이 아니다. 이것은 화자가 순수한 정서적 감응으로서의 자연흥취의 절정에서 현실에서의 이념적 지향을 이미 초월한 가운데 이상세계와 조우함으로써 나온 인간적 감동의 표출이다.

2) 갈등해소의 여부와 그 의미

여기에서 주목하고자 하는 것은 갈등의 결말에 나타난 갈등해소의 여부와 그러한 정서적 지향이 갖는 의미이다. 작품의 진술상에 나타난 갈등의 결과와 그로 인해 작가의 정서적 지향이 어떻게 드러나고 있는가를 살피는 것이다. 이는 엄밀하게 보면 작품 내부의 언어적 진술상의 결과일 뿐이지만 이러한 논의를 통해 작가가 작품을 통해 표출한 갈등과 그에 상응하여 구체화된 갈등 해결의 의도에 따른 정서의 궁극적 지향점을 발견할 수 있을 것이다.

강호가사에는 사대부의 현실과 이념의 대립으로 인한 갈등이 조화로운 해결을 지향한다. 그러나 작품상에서 갈등은 작가의 진술 태도에 따라 그 해결의 방향과 결과가 다양하게 드러나기 마련인데, <상춘곡>과 <면앙정가>는 이에 있어서 서로 상이한 면모를 보인다. 작품의 結詞 부분은 작가의 현실에 대한 인식과 그로 인한 정서 표출의 태도가 궁극적으로 드러나는 부분이라고 할 수 있는데, 주로 이 結詞

부분을 중심으로 갈등해소의 여부와 그 의미를 고찰하기로 한다.

(1) <상춘곡> : 현실적 체념 속의 작은 만족

앞에서 살폈듯이 <상춘곡>은 작품 전개 과정에서 자연흥취가 처사적 명분을 내세우는 이념적 지향과 조화롭게 교합하지 못한다. <상춘곡>을 대상으로 이러한 갈등해소의 정황을 보다 구체적으로 살피기 위해서 本詞에서 結詞로 넘어가는 부분부터 주목하기로 한다.

> 小童 아희ᄃᆞ려 酒家에 술을믈어
> 얼운은 막대집고 아희는 술을메고
> 微吟 緩步ᄒᆞ야 시냇ᄀᆞ의 호자안자
> 明沙 조혼믈에 잔시어 부어들고
> 淸流를 굽어보니 ᄯᅥ오ᄂᆞ니 桃花ㅣ로다
> 武陵이 갓갑도다 져미이 건거인고
> 松間 細路에 杜鵑花를 부치들고
> 峯頭에 급히올나 구름소긔 안자보니
> 千村 萬落이 곳곳이 버러잇니
> 煙霞 日輝ᄂᆞᆫ 錦繡를 재폇ᄂᆞᆫ듯
> 엇그제 검은들이 봄빗도 有餘ᄒᆞᆯ샤

자연흥취로 인하여 숨어 있던 정서가 차츰 자유롭게 드러나기 시작하다가, 음주를 통하여 무릉의 선계로 진입함으로써 갈등해소의 문턱에 접어든다. 이 취흥 속에서 바라본 세계는 현실 세계가 아닌 仙界이다. 이것은 화자의 정서가 일단 갈등해소에 이르렀음을 의미한다.

이어지는 結詞를 보자. 자연에 귀의함으로써 안빈낙도를 누리는 처사적 삶의 자세가 결론적으로 표출된다.

> 功名도 날띄우고 富貴도 날띄우니
> 淸風 明月外에 엇던벗이 잇스올고
> 簞瓢 陋巷에 훗튼혜음 아니ᄒᆞ니
> 아모타 百年行樂이 이만ᄒᆞᆫ돌 엇지ᄒᆞ리

사대부의 소박한 처사적 삶에는 헛된 세속의 욕망이 스며들 틈이 없다. 어떻든 한 평생을 즐겁게 지내는 일이 이만하면 어떠냐라는 진술은 사대부의 자연흥취와 安貧樂道의 처사적 삶에 대한 자부심의 표방이다. 그러나 이는 앞에서 살폈듯이 '물아일체'의 경지가 표현된 것이 아닌 '내가 물아일체임'이라는 서술의 연장이다. 이는 안빈낙도의 삶을 관습적이고 객관적으로 전달하고자 하는 태도를 취하는 것일 뿐, 출사를 지향하는 현실적 삶에 대한 달관의 경지가 드러난 것이 아니다. 그러므로 처사적 삶에 대한 이 진술은 현실의 이념적 지향을 떠난 것이 아니라 자연 속에서 또 하나의 이념적 지향으로서의 처사적 명분을 내세우는 것이라고 할 수 있다.

청풍명월만을 벗하고 簞瓢陋巷의 생활을 꾀하는 안빈낙도는 곧, '훗튼 혜음'을 하지 않는 無慾에 대한 자랑의 근거가 되고 있다. 무욕의 사실을 타인에게 자랑하고자 하는 것에서 오히려 화자의 갈등이 아직은 완전한 해소의 상황에 이르지 못했음이 간파된다. 이러한 이중적 태도에서 현실의 이념적 지향으로서 출사를 욕망하는 사대부의 의식의 꼬리가 은근히 드러나고 있다.

자연 속의 흥취와 단표누항의 안빈낙도 생활을 과시함은 내가 공명과 부귀를 꺼리는 것이 아니라, '공명과 부귀가 나를 꺼림'에서 나온 반작용이다. 공명과 부귀가 나를 꺼린다는 진술은, 앞선 여정에서 음주에 이어 선계로 진입하게 됨으로써 일시적인 갈등의 해소를 맛본 화자가 비로소 지금껏 숨겨져 왔던 갈등의 원인을 표출한 것일 뿐이다. 결국 화자의 갈등은 사대부가 지향하는 출사를 통한 공명과 부귀의 추구에 그 근본적인 원인이 있다고 할 수 있다. 그러나 이 출사는 공명과 부귀가 나를 꺼려함으로써 이미 불가능이 전제되어 있다. 출사에 대한 지향은 내가 공명과 부귀를 꺼려함이 아니라 공명과 부귀가 나를 꺼려함이라는 운명적인 원인에 의하여 체념으로 이어진다.

백년행락의 안빈낙도에 대한 과시를, 출사를 추구하는 사대부의 현실적인 욕망과 관련시킬 때, 이러한 진술의 숨은 의미에 주목할 필요가 있다. 마지막 행에 주목해 보자. "아모타 百年行樂이 이만혼돌 엇지호리"에서 '아모타'라는 감탄사는 '탄식을 함으로써 속에 맺힌 갈등을 쏟아 냈다는 일차적 효용으로서 해소는 했다 하더라도 작품 속의 갈등은 여전히 갈등인 채로 머물러 있'[21]음을 의미한다. 또한 '이만혼둘 엇지호리'는 '이만하면 만족한다'는 의미이긴 하지만, '이만한들'은 그 만족의 깊이가 감소된 '작은 만족'일 뿐임을, '엇지호리'는 이러한 작은 만족으로 끝날 수밖에 없는 체념이라는 숨은 정서를 은연중에 드러내는 언술이라 할 수 있다.

<상춘곡>은 자연 탐승의 흥취 속에서 자유로운 정서의 움직임을 가져온 음주라는 통로를 통하여 선계로 진입하는 일시적인 갈등의 해소를 맛보기도 하지만, 그것은 일련의 과정으로서의 의미만을 지닐 뿐 갈등의 완전한 해소를 의미하는 것은 아니었다. <상춘곡>은 갈등의 해소가 완전히 이루어지지 못한 채 체념의 냄새를 물씬 풍기는 사대부의 관습적인 "작은 만족"으로 결말을 맺는다.

---

21) 김대행, 『시조유형론』, 이대출판부, 1996, p.276. 이는 '어즈버'라는 시조의 감탄사에 대한 해석이지만, '아모타' 역시 이러한 감탄사와 같은 유형이라고 할 수 있다.

(2) <면앙정가> : 자연 속의 삶과 현실적 이념의 조화

<면앙정가>의 結詞는 序詞의 면앙정의 위치와 眺望의 경치, 本詞의 春夏秋冬 四季의 경관에 이어 작가의 주관적 감흥이 직접적으로 표출되는 부분이다.

> 人間을 써나와도 내몸이 겨를업다
> 니것도 보려ᄒ고 져것도 드르려코
> ᄇ람도 혀려ᄒ고 돌도 마즈려코
> 봄으런 언제줍고 고기란 언제낙고
> 柴扉란 뉘다드며 딘곳츠란 뉘쓸려뇨
> 아츰이 낫브거니 나조히라 슬흘소냐
> 오놀리 不足거니 내일리라 有餘ᄒ랴
> 이뫼힉 안ᄌ보고 져뫼힉 거러보니
> 煩勞ᄒ 모음의 ᄇ릴일리 아조업다
> 쉴스이 업거든 길히나 젼ᄒ리야
> 다만 ᄒ 靑藜杖이 다뫼되여 가노미라

1행의 인간 세상의 명리를 떠나 왔지만, 그래도 틈이 없는 것에 대한 이유는 2~5행에서 진술된다. 2~5행의 행위의 나열은 자연의 아름다움을 즐기는 여정이 매우 바쁨을 강조하는 것이다. 6~7행의 '슬흘소냐, 有餘ᄒ랴'라는 진술은 聽者를 향한 자랑이 아니다. '靑藜杖'이 다 못쓰게 되어 갈 정도로 쉴 사이도 없이 아름다운 경치를 구경하는 이 겨를 없이 바쁜 흥취 속에 다른 생각이 젖어들 여지가 없다. 인간 세상의 명리를 떠나와도 바쁜 것은 이미 인간 세상의 명리를 버렸다는 의미이다. 그러나 바쁜 것은 몸일 뿐 화자의 마음은 한가하다. 그러기에 '物外閑情'22)이다.

> 술리 닉어거니 벗지라 업슬소냐
> 블니며 튀이며 혀이며 이아며
> 온가짓 소리로 醉興을 빈야거니
> 근심이라 이시며 시롬이라 브터시랴
> 누으락 안즈락 구부락 져츠락
> 을프락 프람ᄒ락 노혜로 노거니
> 天地도 넙고넙고 日月도 혼가ᄒ다
> 義皇을 모을너니 니적이야 긔로괴야
> 神仙이 엇더턴지 이몸이야 긔로고야

위는 '醉興自樂'23)을 노래한 부분으로, 앞서 부산히도 늘어놓았던 바쁜 여정에서의 '閑情'을 증거하는 대목이 된다. 벗과 더불어 술을 마시는 가운데 노래를 부르고 악기를 타며 온갖 소리로 취흥을 재촉하는 즐거움은 바쁜 자연 탐승의 여정 속에서 누리는 閑情이다. 그러기에 이 시절은 근심과 시름이 없는 '義皇' 시절이다. 이 '義皇'의 표명은 현실의 이념적 지향이 아닌 자연의 경물에 대한 순수한 정서적 감응의 산물이다.

그러므로 1~6행의 이 음주는 이념적 현실에 대한 갈등을 해소하기 위함이 아니라 자연의 아름다움 속에서 자연흥취를 마음껏 누리기 위한 도취와 향락의 통로이다. '누웠다 구부렸다 젖혔다가 시를 읊었다 휘파람을 불었다가' 하면서 멋대로 방자할 정도로 노는 모습은 취흥의 절정이다. 취흥의 절정에서 바라본 천지는 넓고도 넓어 태평성대가 바로 이 때임을 외친다. 아무런 근심과 시름이 없는 태평성대는 사대부의 이념적 현실에 대한 인식에서 출발한 것이 아닌 세속의 명리

---

22) 이상보, 『한국가사문학의 연구』, 형설출판사, pp.117.
23) 이상보, 위의 책, pp.117~118.

를 떠나온 자연의 흥취 속에서 느끼는 자신만의 여유로움의 세계이다. 마지학 행에서 仙界로 진입하고 있는 화자의 정서는 세속의 근심과 시름을 던져 버린 홀가분함과 자유로움으로 인한 만족감의 절정이다.

> 江山風月 거놀리고 내百年을 다누리면
> 岳陽樓 上의 李太白이 사라오다
> 浩蕩 情懷야 이예셔 더홀소냐
> 이몸이 이렁굼도 亦君恩이샷다

　1~3행은 흥취의 절정에서 정서적 만족감을 드러낸 것이다. 그러나 이것이 사대부의 이념적 긍지나 자부심으로 이어지지는 않는다. "이몸이 이렁굼도 亦君恩이샷다"는 이런 의미에서 타인을 향한 교훈이나 주장이 아닌 정서적 표명으로 보인다. 화자가 자연흥취의 절정에서 자신의 즐거움이 군주의 은혜임을 외치는 것은, 흥취의 절정에서 자연히 넘쳐흐른 정감의 산물로서 '애군이요, 진실한 그의 더운 가슴이며, 아량의 표백'24)이지 이념을 매개로 한 것이 아니다. 이러한 '亦君恩'의 표명은 정서적 감응으로서의 자연흥취가 이념적 발로로서의 사대부의 군주에 대한 忠의 정서와 서로 조화를 이룬 가운데 형성되는 것으로, 개인의 현실적인 삶이 유교적 이념과 함께 조화를 이루며 공존하는 사대부적 이상세계의 참모습이 투영된 것이다.

　이처럼 <면앙정가>의 結詞에는 자연흥취가 가져온 정서적 만족을 바탕으로 자연 속의 삶과 이념적 현실 사이의 긍정적이고 조화로운 관계가 설정되어 있다. 이는 궁극적으로 화자의 정서가 출사를 추구하는 현실적 이념지향을 초월한 것으로, 이념적 현실에 대한 갈등이

---

24) 이종건, 『면앙정 송순 연구』, 개문사, 1990, p.136.

이미 완전히 해소되어 있는 상태를 나타낸다.

5. 맺음말

이 글은 고등학교 『문학』 교과서에 수록된 강호가사인 <상춘곡>과 <면앙정가>를 대상으로 '작품을 바르게 이해 감상하고 미적 감수성과 문학적 상상력을 기르기 위한' 작품 읽기를 목적으로 하였다. 작품에 대한 보다 심미적 차원의 이해와 감상을 위해 <상춘곡>과 <면앙정가>를 대상으로 이들 작품이 미적인 효력을 획득하는 방식으로서의 작품의 언어적 형상화의 구조에 주목하여, 작가가 나름대로 삶의 정서를 표출한 방식과 당대적 삶에 대한 작가의 태도를 살피고자 했다.

<상춘곡>과 <면앙정가>가 고등학교 『문학』 교과서에 수록된 현황을 검토한 후, 문학교육 현장에서의 이 두 작품을 보다 심미적으로 이해하기 위한 작품 읽기 방향을 제시했다. 이 두 작품은 사대부시가로서 지닌 강호가도라는 공유소에 대한 보다 구체적인 이해와 함께 개별 작품이 지니는 나름대로의 문학적 현상화에 대한 변별적 인식이 필요하다. 따라서 이 글은 강호가도라는 공유소를 보다 구체적으로 작품에 나타난 정서 표현으로서의 갈등표출과 관련된 것으로 인식하고, 이 두 작품에 서로 상이하게 나타나는 갈등표출의 구조와 양상을 살핌으로써 개별 작품의 문학적 특징을 변별적으로 드러내고자 했다.

강호가사의 갈등구조와 자연흥취의 의미를 살폈다. 사대부 가사의 갈등은 이중구조를 띠고 있는데, 심층구조로서 작가의 내면에 존재하

는 이념과 현실간의 대립적인 갈등구조가 존재하고, 이것이 표층적 구조로서 작품상에 나타날 때는 그러한 갈등을 표출하고 해소하는 정서로 환치된다. 또한 강호가사에서 자연흥취는 궁극적으로 현실의 이념적 갈등을 조화롭게 극복하고자 하는 작가의 의도와 관련되어 있으며, 작품상에서 갈등의 원인적 요소인 이념적 정서와 교합함으로써 사대부들의 갈등을 드러내고 해소함으로써 조화롭게 수습하고자 하는 기능을 한다.

<상춘곡>과 <면앙정가>를 대비함으로써 문학교육의 현장에서 가능한 심미적 작품 읽기의 한 예를 구체적으로 제시하였다.

<상춘곡>과 <면앙정가>의 언어적 표현을 갈등의 표출로 이해하는 한편, 이를 작가의 의도와 관련된 것으로 보고, 작가의 내면에 존재하는 갈등의 대립적 양상이 작품을 통해 표출되는 구조를 대비했다. 이 두 작품이 작가의 계층적 동일성과 그 시대적·소재적인 유사성에 의해 사대부적 이념의 산물로 이해되는 경직된 작품 이해의 틀을 벗어날 수 있는 작품 읽기를 시도했다.

<상춘곡>에서 흥취에 대한 진술은 정서의 표출이라기보다는 단순한 전달의 태도를 띤다. 이는 흥취의 표출이 이념적 명분으로서만 가능한 것이기 때문이다. 이념적 명분의 과시는 흥취로 인해서 가능하고 반면 흥취는 이념적 명분을 위해서 존재하지만, 이들은 교합하는 과정에서 일정한 거리를 두고 완전히 교합하지 못한다. 자연흥취가 이념적 명분에 의해 가려져 있는 까닭에 제한적으로 표출된다. 작가의 내면에 존재하는 현실과 이념간의 대립으로 인한 갈등을 해소하기 위해 자연흥취가 이념적 사고와 교합하는 과정에서 서로간의 일정한 거리를 좁히지 못한 채 독자적으로 나란히 존재함으로써 불완전한 갈등의 해소로 마감한다. <면앙정가>의 자연흥취에 대한 진술에는 현

실적 이념의 지향이 보이지 않는다. 이러한 진술은 자연흥취 속에 이념적 갈등이 끼어들 여지가 없음을 반증해 보이는 것이라 할 수 있다. 이는 자연 속의 취흥이 가져온 정서적 안정의 반영으로 이념적 갈등을 초월했음을 말해 준다. 이념적 정서가 자연흥취 속에서 이미 조화롭게 균형을 이룬 상태로 내재되어 있다.

작품의 결말에서의 갈등해소의 여부와 그와 관련된 작가의 정서적 지향을 대비했다. 작품의 언어적 진술 상에서 갈등의 결과와 그 방향이 어떻게 되었는가에 대한 것으로 두 작품의 結詞 부분을 중심으로 고찰했는데, <상춘곡>과 <면앙정가>의 갈등은 그 해결의 결과와 방향이 서로 다른 면모를 보인다.

<상춘곡>은 자연 탐승의 흥취 속에서 일시적인 갈등의 해소를 맛보기도 하지만 갈등이 완전히 해소된 것은 아니었다. 결사 부분에 표방된 안빈낙도를 생활을 누리는 사대부의 이념적 자부심은 출사에 대한 無慾을 자랑하는 근거일 뿐, 그러한 자랑의 이면에 아직도 화자의 현실의 이념적 지향이 남아 있음이 간파된다. <상춘곡>은 갈등의 해소가 완전히 이루어지지 못한 채 운명적인 체념의 냄새를 물씬 풍기는 사대부의 관습적인 작은 만족으로 끝맺는다. <면앙정가> 결사에는 자연흥취의 절정에서 현실적인 삶과 이념적 정서의 조화가 나타나 있다. 이러한 정황은 작가의 정서적 감응으로서의 자연흥취가 이미 현실 세계의 이념적 지향을 초월하고 있음에 기인하는 것으로 갈등이 완전히 해소되어 있는 상태를 의미한다. 그러므로 결사에서 이루어진 '亦君恩'의 표명은 이념적 산물이 아닌 자연흥취를 통해 이루어진 인간적 감흥의 결과로서, 개인의 현실적인 삶이 유교적 이념과 함께 조화를 이루며 공존하는 사대부적 이상세계의 참모습이 투영된 것이다.

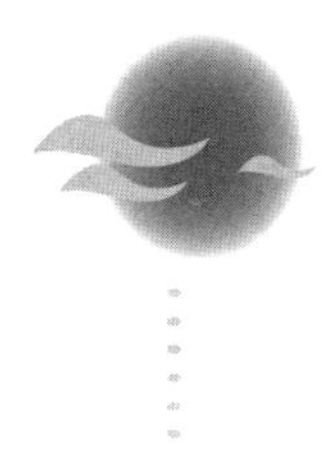

〈關東別曲〉의 심미적 체험
- 문학교육을 위한 작품의 이해와 감상

1. 문학교육의 지향점과 사대부가사의 이해 방식

　문학교육에 있어서 작품에 대한 올바른 이해와 감상은 그 작품에 관한 객관적 지식의 습득을 바탕으로, 작품을 읽는 사람의 심미적 체험에 의해 이루어져야 한다는 극히 상식적인 관점에서 이 글의 논의는 출발한다. 고전이란 과거에 창작되어 후세에 모범이 되어 있는 작품이며 하나의 전통을 수립, 지속시키는 데에 뚜렷이 기여하고 있는 작품으로서, 특정의 문화 전통을 구성하고 있는 요소이자 그 표현으로서의 문화적 가치를 영속적으로 지닌다.[1] 고전문학교육은 이러한 고전의 가치를 이해하고 습득함으로써 인생을 이해하고, 인간성을 도야하며, 미의식의 함양하는 등 보다 고차원적인 인간 형성에 기여함

---

1) 이상섭, 『문학비평용어사전』, 민음사, 1980. p.19 참조.

을 그 목적으로 하고 있다. 이를 위해서는 작품에 관한 객관적 지식의 학습과 함께 작품에 대한 심미적 체험이 동시에 이루어져야 하는 것이다.

그러나 현재 우리의 문학교육은 문학을 지식구조로 보는 학문중심 교육에서 문학의 본질에 접근하는 학습자 중심의 문학교육으로 옮겨졌다고는 하지만, 실제 교육의 현장에서 작품의 객관적 지식의 주입에 치우친 나머지 작품 자체의 예술성에 대한 자유로운 몰입과 감상 곧, 심미적 이해의 즐거움을 빼앗고 있는 것이 사실이다. 이는 입시라는 완고한 틀 속에 갇혀 문학의 객관적 지식화를 추구해 온 기존의 문학교육의 방법이 여전히 통용되고 있기 때문이라고 할 수 있는데, 교육 현장의 상황에 대한 이러한 인식을 바탕으로 이 글은 문학교육에 있어서 학습자가 작품에 대한 심미적 체험을 하기 하나의 위한 구체적인 방법을 마련하고자 하는 의도를 갖는다. 그러나 이 논의는 문학교육 이론의 방법론적 전개를 꾀하고자 하는 것이 아니라, 작품이 지니는 심미적 요소에 주목하여 나름대로 작품을 이해하고 감상하는 방식을 제시하고자 하는 소박한 의미의 작업으로 진행될 것이다.

기존의 고전문학교육에서 고전시가, 특히 조선시대 사대부가 창작한 시가의 성격은, 주로 당대 사대부들이 지닌 文以載道의 문학관과 밀접한 관련하에 인식되어 오고 있다. 사대부의 문학이 道를 획득하기 위한 도구로서의 성격을 지닌 것으로 보는 이러한 관점에서는, 그것을 심미적 체험이 아닌 교훈적 학습의 방편으로만 이해하기 쉽다. 가사의 경우도 마찬가지다. 사대부의 가사를 그들 계층이 지닌 규범의 반영으로만 이해할 때 작품의 내적 본질은 간과되기 쉽다. 이들 작품들이 지니는 객관적인 사실 즉, 작품 창작의 상황이나 작가에 관한 역사적 기록에 얽매여 작품을 이해하게 될 때, 사대부 작가의 작품세계를 단지 유교적 규범의 틀로서만 재단하는 결과를 낳게 되는 것이다. 이를테면 사대부들의 강호가사나 연군가사의 주제를 당대의 사상적 배경을 중심으로 유학자의 江湖閑情이나 군주에 대한 忠信의 관점으로만 바라보거나, 교훈가사의 주제를 도덕적 의도로 충만한 유학자의 훈민적 목적을 달성하기 위한 수단으로만 일방적으로 이해하는 것 등이 그것이다.

조선시대 사대부들의 작품을 대할 때, 그들의 언어적 표현이 유교적 이념을 추구하는 사대부로서의 사회적·계층적 삶의 범주에서 결코 벗어날 수 없음을 부인할 수는 없다. 그러나 보다 바람직한 작품의 이해를 위해서는 작품의 주변적인 사실이나 혹은 작품의 주제에 대한 경직된 인식에서 보다 자유로워져야 할 필요가 있다. 작품에 대한 보다 유연한 접근 방법, 작품의 주변적 사실을 인식하면서도 여기에 얽매이지 않고 작품의 실상을 이해할 수 있는 방법을 모색해야 한다.

조선전기 사대부가사의 주류적 정서가, 당대의 정치적 사회적 상황 하에서 사대부들이 지닌 出仕과 退處의 갈등을 중심으로 이루어진 것이라는 작품 창작 배경에 대한 기존 연구자들의 공통된 인식은, 이러한 작업을 위한 매우 적절한 논거가 될 수 있다. 이같은 견해에 동의함으로써 작품을 바라보는 초점은 자연스럽게 사대부 작가들의 도덕적이고 규범적인 유교적 정신 세계가 아닌, 작품 자체가 지닌 심미적 요소로서 작품에 나타난 갈등의 표출 양상에 집중된다. 사대부가사는 사대부로서 지니게 되는 벼슬살이에 얽힌 갈등을 표출한 것이라는 전제하에 작품에 나타난 갈등의 표출 양상을 분석함으로써, 그에 대한 심미적 체험의 과정을 거치는 가운데 작품이 이룩한 문학적 성취의 구체적 모습을 발견해 낼 수 있을 것으로 본다. 이는 곧 사대부가사의 장르적 성격을 서정표출의 관점에서 주목하는 것이 된다. 그 주된 작

업은 작가가 작품을 창작한 심리적 상태 혹은 의식에 주목하여, 작품의 진술방식이나 진술태도에 스며있는 언어적 표현의 미학을 살피는 일이 될 것이다.

2. 〈관동별곡〉의 심미적 체험을 위하여

이 논의는 사대부가사의 하나인 〈관동별곡〉의 심미적 요소에 주목하여 작품이 지닌 문학성을 탐구하고자 하는 것이 그 구체적인 과제이다.2)

〈관동별곡〉의 구성은 일반적으로 序詞, 本詞, 結詞의 3단 구성으로 이해된다.3) 이러한 3단 구성의 각 부분들이 지니는 구조적 의미와, 또 이러한 각 부분들이 연결되어 하나의 작품을 구성해 나가는 작품의 전개 양상을 살펴 그 의미를 구체화함으로써, 〈관동별곡〉에 대한 심미적 체험을 시도하기로 한다.

시로서 하나의 작품이 지닌 주된 정서가 무엇이고, 또 그것이 어떻게 형상화되었느냐에 따라 그 작품 이해의 방향은 결정될 수 있다. 〈관동별곡〉에서 작가의 江湖意識은 이전이나 당대 문인들에 비해 보다 적극적이고 구체적이며 발전적인 성격으로, 강호 자연에 대한 애착과 함께 현실 정치에 대한 참여의 욕구를 숨김없이 드러내고 있다.4) 이

---

2) 〈관동별곡〉은 고등학교 『국어(상)』 교과서에 실려 있고, 여러 『문학』 교과서들에도 선택적이긴 하나 많이 실려 있다. 그러므로 이 글의 논의는 〈관동별곡〉에 대한 교수·학습의 구체적인 내용으로 활용할 수 있을 것이다.
3) 이상보, 『한국가사문학의 연구』, 형설출판사, 1974, pp.261~275 참조.
4) 조규익, 조선조 장가 가맥의 일단, 『한국가사문학연구』, 상산정재호박사환갑기

러한 까닭으로 <관동별곡>을 사회 公人으로서의 의무 및 직무의 정신이 관류하는 것으로 보고[5] 載道的 관점으로 해석하기도 한다.[6] 또한 이와 반대로 載道的 미의식은 오히려 공허하게 나타나 있고 흥취를 중심으로 唯美 志向的 의식이 강하게 나타나 있는 것으로 보기도 한다.[7]

위의 두 가지 시각과는 달리 <관동별곡>에는 현실 정치에의 참여로 나타나는 이념적 정서와 유미적 미의식인 흥취가, 처음부터 끝까지 일관되게 조화로운 관계를 유지하며 자연물을 매개로 하여 동시에 표출되고 있다고 볼 수도 있다. 즉, <관동별곡>은 자연흥취가 이념적 정서와 조화로운 관계를 형성하며 전개되고 있다고 하겠는데, 이는 <관동별곡>의 자연흥취가 이념적인 정서와 서로 相補的 관계에 있다고 보는 것이다. <관동별곡>의 자연흥취와 현실정치에의 욕망은 서로 모순·대립되는 것이 아니라, 오히려 하나의 정서가 다른 하나의 정서에 조화롭게 동반된 가운데 표출되고 있다. 처음부터 이들은 작가의 정서상 친연성을 지니고 맺어짐으로써 하나의 정서가 표출될 때 다른 하나의 정서가 이를 위한 효과적인 배경으로서 상보적으로 표출된다. 그러기에 <관동별곡>은 그 주된 정서가 자연 감상의 흥취를 중심으로 전개되고 있으며, 사대부의 이상을 달성하기 위한 이념 지향과 그러한 이념의 지향으로 인한 현실적 갈등을 해소하기 위한 자연흥취가 서로 맞물리면서 작품의 정서를 형성해 가고 있다는 점에

넘논총, 태학사, 1995, pp.231~232.

5) 김병국, 가면 혹은 진실－송강가사 관동별곡 평설,『국어교육』18-20합병호, 국어교육연구회, 1972.

6) 정대림, <관동별곡>에 나타난 송강의 자연관,『한국고전문학비평의 이해』, 태학사, 1991.

7) 최상은, 조선전기 사대부가사의 미의식, 성균관대박사논문, 1992, pp.65~71 참조.

주목할 필요가 있다.

이는 궁극적으로 작품의 구조를 서정의 구조로 보는 것에서 출발하는 것이다. 서정의 정신은 자아와 세계의 조화, 즉 동일성[8]을 추구하는 것이라 할 수 있는데, 여기서는 <관동별곡>의 작가가 사대부로서 현실 세계에 대한 갈등을 조화롭게 수습하고자 하는 서정의 태도를 지니고 있다는 점을 염두에 둔다.

따라서 <관동별곡>이 사대부로서 작가의 갈등을 표출하고 해소하기 위한 기본 구조를 지니고 있다고 보고, 작품 구조와 전개 양상을 고찰하기 위한 하나의 구체적인 방법으로, 먼저 序詞와 本詞를 중심으로 작가가 지닌 갈등의 표출 구조와 그 양상에 주목하여 논의를 전개하기로 하겠다. 갈등표출의 구조는 작가의 의식구조를 드러내는 동시에 그 정서적 방향을 암시한다. 작가의 내면에 존재하는 갈등의 대립이 작품을 통하여 표출되어 전개되는 구조와 양상은 작품의 진술방식과 태도를 중심으로 작가의 언어적 의도와 관련하여 살필 수 있다.

다음으로 結詞를 중심으로 갈등해소의 양상을 살피겠다. 작가의 정서가 갈등을 해소하고 조화로운 세계로 나아가게 되는 서정의 양상을 고찰하는 것이 그것이다. 동시에 갈등의 해소 여부와 그것이 지니는 의미에 대해서도 살필 수 있을 것이다. 이것은 작품의 언어적 진술을 통해서 갈등의 방향을 탐색하고자 하는 것으로, 작품 내에서의 갈등 해결 양상에 관심을 두는 것이다. 이러한 논의는 엄밀하게 보면 작품 전개상의 결과일 뿐 작가가 현실의 삶 속에서 실제로 겪은 갈등의 양상에 절대적으로 부합하는 것은 아니다. 하지만, 작가가 작품을 통해 표출한 갈등의 무게와 그에 상응하여 구체화된 갈등 해결의 의도에

---

8) 이 동일성(identity)이란 자아와 세계의 일체감·결속감의 의미로 사용되었다. 김준오, 『시론』, 삼지사, 1991, pp.355~366 참조.

따른 정서의 궁극적 지향점에 주목함으로써 그러한 실제적 삶의 지향과 갈등의 결말을 간접적으로 살필 수도 있을 것이다.

이상과 같은 논의를 전개하는 과정에서 부분적으로 本詞와 結詞 부분의 분석에서는 논의를 보다 구체화하기 위한 하나의 방법으로, 작품에 나타난 모티프의 기능에 주목하기로 한다. <관동별곡>의 本詞와 結詞 부분에는 작가의 갈등표출과 해소를 위한 다양한 문학적 요소가 동원되고 있는데, 사대부가사에서 관습적으로 등장하는 술, 꿈, 선계 등의 모티프가 그것이다. 이같은 모티프들이 갈등을 표출하고 해소하는 기능을 중심으로 작품을 보다 구체적으로 분석하기로 한다.

이처럼 갈등의 표출과 해소라는 관점에서 자연흥취라는 작품의 주류적 정서가 형상화된 양상을 살핌으로써, <관동별곡>을 주로 재도적 관점 아니면 유미적 관점으로만 편향되게 이해했던 기존의 관점에서 벗어나, 어느 정도 유연한 작품 이해의 방법론을 제시할 수 있을 것이다. 또한 갈등의 표출과 해소라는 작가의 언어적 의도가 작품상에 구현된 문학적 구조를 드러냄으로써, 작품에서 추구된 주제의 형상화의 모습을 보다 구체적으로 살필 수 있을 것이다. 그러므로 이러한 논의의 전개에 있어서 작가의 전기적 사실을 비롯한 작품의 보다 주변적인 상황과는 가능한 한 일정한 거리를 두고, 작품 자체의 언어적 표현을 대상으로 작품의 문학성을 드러내는 것이 무엇보다 중요한 작업이 된다.

3. 작품구조와 전개양상

1) 序詞 : 이념지향 속의 자연 탐승

　　<관동별곡>의 서두를 살펴보면 현실 정치에 대한 참여의 욕구가 적극적으로 표출된다.

> 江湖애 病이 깁퍼 竹林의 누엇더니
> 關東 八百里에 方面을 맛디시니
> 어와 聖恩이야 가디록 罔極ᄒ다

　　江湖와 竹林은 隱逸의 공간이다. 그러나 이 은일의 공간은 화자에게 '깊은 병'을 줄 뿐이다. 그러므로 화자의 진술은 은일에 대하여는 겨우 한 행을 할애했을 뿐, 출사와 성은에의 감격으로 빠른 전환을 시도하여 현실 정치에 대한 욕망을 노골적으로 표출한다.

> 延秋門 드리ᄃ라 慶會南門 ᄇ라보며
> 下直고 믈너나니 玉節이 알퓌 셧다
> 平丘驛 믈을 ᄀ라 黑水로 도라드니
> 蟾江은 어듸메오 雉岳이 여긔로다
> 昭陽江 ᄂ린 믈이 어드러로 든단말고
> 孤臣去國에 白髮도 하도 할샤
> 東州 밤 계오 새와 北寬亭의 올나ᄒ니
> 三角山 第一峰이 ᄒ마면 뵈리로다
> 弓王 大闕 터희 烏鵲이 지지괴니

千古 興亡을 아는다 몰으는다
淮陽 녜 일홈이 마초아 フ툴시고
汲長孺 風采를 고텨 아니 볼 게이고

　延秋門 → 平丘驛 → 黑水 → 蟾江·雉岳 → 北寬亭으로 치닫는 여정의 빠른 전환과 진행은 화자의 정서가 아직은 자연흥취와는 거리가 있음을 말해준다. 흥취를 느끼지 않을 때의 사대부의 정서 표출은 관습적이고 이념적일 수밖에 없다. 이와 같은 여정의 빠른 전환과 진행은, ‘慶會南門’, ‘玉節’, ‘昭陽江 ᄂ린 믈이 어드러로 든단말고’, ‘三角山 第一峰’ 등과 같이 임금의 존재를 떠올리게 하는 소재에 대한 언급과, ‘孤臣去國에 白髮도 하도할샤’라는 신하로서 우국의 念을 표출하는 진술 등이 지닌 이념지향의 무게를 역설적으로 강조하는 것이다.

　소양강의 물줄기를 보니 임금이 계신 서울 생각, 나라에 대한 근심으로 심사가 편치 못하다. 北寬亭에 오르니 서울의 삼각산 꼭대기가 보일 듯하다. 옛날 궁예가 세웠던 태봉국의 대궐터는 국가의 흥망성쇠를, 淮陽의 고을 이름은 한나라 무제 때 정치를 잘했다는 회양태수 汲長孺를 생각나게 한다. 소양강의 물줄기에서 군왕과 나라에 대한 근심을 끌어내고, 北寬亭에다 국가의 흥망성쇠와 善政의 각오를 곧바로 연관시킨 이와 같은 진술에는, 현실 정치에의 참여를 지향하는 화자의 이념적 정서가 자신감 있고 선명하게 표출되어 있다. 이러한 자신감에 찬 이념적 정서는 장차 이어지는 여정에서의 자연흥취의 표출을 위한 정서적 바탕으로써 자연흥취와 서로 상보적 관계를 형성하는 계기를 마련하고 있다.

2) 本詞 : 흥취와 이념의 상보적 결합

　　<관동별곡>의 本詞는 花川 시내 길을 따라 금강산으로 들어가는
본격적인 자연탐승으로 시작된다.

> 營中이 無事ᄒ고 時節이 三月인 제
> 花川 시내 길히 楓岳으로 버더 잇다
> 行裝을 다 썰티고 石逕의 막대 디퍼
> 百川洞 겨틱 두고 萬瀑洞 드러가니
> 銀ᄀ툰 무지게 玉ᄀ툰 龍의 초리
> 섯돌며 쑴ᄂ 소리 十里의 ᄌ자시니
> 들을 제ᄂ 우레러니 보니ᄂ 눈이로다

　　위에서, '거추장스런 여장은 다 떨쳐 버리고, 홀가분한 몸으로 돌길
에 지팡이를 짚으며' 떠나는 자연 탐승은, '營中이 無事'하다는 목민관
으로서의 안정된 이념적 정서를 바탕에 두고 있다. 그러므로, '무지개
와 용의 꼬리의 움직임과 같은 역동적인 찰나를 포착'[9]한 萬瀑洞의
폭포수를 바라보는 생동감 넘치는 자연흥취의 화려한 표출은, 앞의
서사에서의 현실 정치에의 참여에 대한 자신감이 가져온 이념적 정서
의 안정이 그 배경에 자리하고 있는 탓이다. 이는 이념적 정서와 자연
흥취가 서로 친연성을 지니며 상보적으로 결합하고 있음을 말해 준다.

> 金剛臺 믄 우 層의 仙鶴이 삿기치니
> 春風 玉笛聲의 첫ᄌᆷ을 끼돗던디
> 縞衣 玄裳이 半空의 소소 쓰니
> 西湖 녯 主人을 반겨서 넘노는 듯

---

9) 이종묵, <관동별곡>을 읽는 재미, 『한국고전시가작품론2』, 집문당, 1992, p.667.

‘縞衣玄裳’의 仙鶴은 ‘綠衣紅裳’의 아름다운 여인의 자태를 연상케 한다. 이는 바로 화려한 관복을 입은 화자의 모습이라 할 수 있다. 현실 정치 지향의 이념적인 정서를 바탕에 둔 자연흥취는, 金剛臺 맨 꼭대기에서 공중에 솟아 떠오르는 仙鶴을 바라보는 신선류의 풍류에도 배여있다. 이 선학이 ‘반겨셔 넘노는’ ‘西湖 녯 主人’은 出仕의 길에 다시 등장한 자신이다.

이 仙界로의 진입은 갈등의 표출을 의미한다. 西湖의 林逋라는 인물을 등장시킴으로써, 화자는 자신의 선취를 자랑하면서 한편으로는 자신이 지금껏 감추고 있던 과거의 정치적 현실에 대한 갈등의 흔적을 드러내고 있다. 자연흥취로 인해 불우했던 은일의 시절을 되새기는 갈등의 앙금이 드러난 것이다. 자연흥취가 본격적으로 전개됨으로써 이처럼 정치 현실에 대한 갈등이 표출되기는 하지만, 이러한 갈등의 표출은 궁극적으로 화자의 이념적 정서의 안정 위에서 이 이념적 정서와 자연흥취가 서로 조화를 이루는 가운데 진행되는 것이다.

이 仙界 모티프는 기본적으로 道家的 사상을 바탕으로 하고 있는데,[10] 보다 구체적으로는 시대적인 현실을 중심으로 그 원인을 찾을 수 있다. 즉, 이는 정치적인 상황에서의 이상과 현실과의 괴리에서 그 원인이 찾아진다.[11] 이것은 부정적 현실로부터의 일시적이고 잠정적인 일탈로서, ‘구속으로부터의 탈각이자 자유에로의 지향’[12]이라고 할 수 있다. 그러나 이러한 仙的인 정서는 ‘현실도피의 은둔이라는 원인적인 성격으로만 언급할 성질의 것이 아닌 것’[13]은 물론이다. 현실에

---

10) 김갑기, 『송강 정철 연구』, 이우출판사, 1985, pp.274~292.
11) 이동환, 퇴계 시세계의 한 국면, 『퇴계학보』 25집, 퇴계학연구원, 1980, p.74.
12) 위와 같음.
13) 김열규, 한국시가의 서정의 몇 국면, 『동양학』 2. 단대동양학연구소, 1972, p.99.

서의 갈등은 어쩔 수 없어 仙界라는 道家的 공간을 통하여 이에 대한 해소를 꾀하기도 했던 것이다.

화자는 자신을 선적인 존재로 격상시킴으로써 과거의 불행했던 자신으로부터 그 본래적인 모습을 되찾고 있다. 관서별곡에서의 仙界는 경치의 아름다움에 대한 단편적인 비유일 뿐이지만 <관동별곡>에서는 이를 자연의 흥취를 득의와 자랑 그리고 자신감의 표현으로 이어가는 수단으로 이용하고 있다. 勝景을 탐승하는 자신의 흥취를 宋나라 西湖 가에서 학과 매화를 사랑하면서 지낸 隱士 林逋의 신선적 경지에 비유하면서 은사의 생활을 떠올리게 된 것은, 강호은일의 생활을 동경한 때문은 아니다. 이 '녯 주인'의 돌아옴은 두 가지 회복의 의미를 동시에 함축하고 있다. 하나는 옛날의 불행했던 자신으로부터의 회복이면서 또한 자신의 본래적인 모습, 곧 자신이 스스로 일컫는 신선으로의 회복이기도 하다.

仙鶴이 서호의 옛 주인을 반겨서 넘노는 것을 전자의 의미와 관련지어 해석하면, '옛날 불행한 과거에서 돌아와 지금 여기에 서 있는 자신을 반가워한다'는 의미로의 해석이 가능하다. 화자는 옛날 서호에서 살던 임포가 아닌 지금 여기에 있는 물아일체의 인간이다. 그러므로 '옛날'은 불행했던 과거에서 떠난, 과거와는 다른 자신의 처지를 구별해 주는 말이다. 隱士였던 자신의 과거에 대한 갈등이 '서호 녯 주인'이라는 어구를 통해 표출된 것이다. 후자의 의미로 해석하면 '선학은 신선이었던 옛 주인을 반겨서 넘노는 것'이다. 이 반김은 자신의 정서를 선학에 寄托한 것이다. 이는 과거의 신선이었던 자신이 다시 지금 이 자리에 다시 돌아온 것을 스스로 반가워하는 것이다.

이렇게 볼 때, 공중에 솟아 뜬 선계의 학과 서호 임처사의 신선적 경지는, 이제 군주의 부름을 받아 자연을 탐승하며 임지로 떠나는 현재의 자신에 대한 스스로의 반가움 속에서 과거의 불행했던 과거의 갈등을 보다 쉽게 표출하는 모티프로서 작용하고 있음을 알 수 있다.

어와 造化翁이 헌亽토 헌亽홀샤
놀거든 쒸디 마나 셧거든 솟디 마나
芙蓉을 고잣는 듯 白玉을 뭇것는 듯
東溟을 박츠는 듯 北極을 괴왓는 듯
놉흘시고 望高臺 외로올샤 穴望峰이
하눌의 추미러 므亽 일을 亽로리라
千萬劫 디나두록 구필 줄 모르는다
어와 너여이고 너 フ티니 또 잇는가

望高臺와 穴望峰에 자신의 굽힐 줄 모르는 장한 기상을 싣고 있다. 이는 단순히 경치만을 서술한 것이 아니라, 이념을 지향하는 정서의 절정을 망고대와 혈망봉이라는 景物을 이용하여 경치와 더불어 흥취를 표출한 것이다. 여기서도 자연흥취와 이념적 정서는 서로 친연성을 지니고 교합하고 있다.

이러한 정황은 뒤이은 여정에서도 마찬가지로 계속된다. 開心臺에서 衆香城을 바라보며 만이천봉에 서린 기운을 훑어내어 뛰어난 인물을 만들고자 하는 포부[14], 毗盧峰 꼭대기를 바라보며 공자가 동산에 올라 노나라를 작다 하고 태산에 올라 천하를 작다고 한 고사를 떠올려 공자의 위대한 경지를 감탄하며 다지는 이념적인 각오[15], 火龍淵의 물줄기에서 비를 내리는 용을 연상하며 그늘진 낭떠러지에 시든 풀을 다 살리어 내리라고 하는 목민관으로서의 선정에 대한 다짐[16] 등이

---

14) ‘開心臺 고텨 올나 衆香城 ᄇ라보며 ~ 뎌 긔운 흐터내야 人傑을 문둘고쟈’
15) ‘毗盧峰 上上頭의 올라보니 긔 뉘신고 ~ 오르디 못 ᄒ거니 ᄂ려가미 고이 홀가’
16) ‘圓通골 フ눈길로 獅子峰을 초자가니 ~ 陰崖예 이온 플을 다 살와 내여스라’

그것이다. 자연 경물에 자신의 뜻을 싣는 이와 같은 진술은 모두 자연 홍취가 이념적 정서와 조화를 이루는 단계에 있음을 의미한다.

이처럼 자신감 넘치는 이념적 정서의 표출을 바탕으로 시작된 자연 홍취는, 작품의 전개 과정에서 도리어 그 이념적 정서를 끌어들여 이와 친연성을 지니고 조화를 이루어 내면서 이를 자연스럽게 동화시키고 있다. 자연홍취로 인해 갈등이 표출됨으로써 그러한 자연홍취와 이념적 정서가 조화를 이루게 되고 작품의 정서가 갈등이 해소되는 방향으로 전개됨은 당연한 귀결이다.

> 流霞酒 ᄀ득 부어 돌ᄃ려 무른 말이
> 英雄은 어디 가며 四仙을 긔 뉘러니
> 아미나 맛나보아 녯 긔별 뭇쟈ᄒ니
> 仙山 東海예 갈 길히 머도 멀샤

신선이 마신다는 장생불사의 술인 流霞酒를 가득 부어 달에게 영웅과 四仙의 기별을 묻는 것은 음주 중의 취흥에서 나온 仙趣이다. 술은 산수의 아름다움을 완상하는 중 때로는 홍취를 돋우기 위한 혹은 그 홍취를 배가시키기 위한 촉매로서의 기능을 하기도 하지만, 갈등의 표출을 도와 그것을 해소하는 구실을 하기도 한다.[17] 갈등이 개입된 상황에서의 술은 화자의 갈등의 내용을 보다 핍진하게 드러내는 동시에, 그 갈등의 진폭을 완만하고 넓게 진정시키는 완화제의 역할을 하기도 하는데, 이는 갈등을 잊기 위해 갈등의 時空으로부터 벗어나게 하는 일탈의 의미를 지닌다.

---

17) 사대부 가사의 어휘 중 의식주에 관련된 것으로 술이 가장 빈번하게 등장한다. 박삼찬, 조선전기 가사의 연구—사대부가사를 중심으로, 영남대석사논문, 1984, p.49 참조.

위에서 신선의 술인 유하주를 마시고 자연흥취 속에서 英雄과 四仙을 동경하며 仙界로 접어드는 것은 화자의 정서가 갈등의 時空으로부터 벗어나게 됨을 의미한다. 갈등의 해소의 계기가 되는 이러한 선계로의 진입은 앞에서 월출을 바라보는 望洋亭에서의 자연흥취가 그 바탕이 되어 그러한 자연흥취의 연장 속에서 이루어진 것이다. 이는 산수 감상의 흥취가 보다 자유로운 정서의 표출을 가능하게 하여 화자의 핍진한 갈등을 표출시키는 계기를 마련한 것이라고 할 수 있다. 그러나 달을 매개로 하여 영웅과 신라의 四仙을 만나기 위한 '仙山 東海'로의 여정은 아직 멀기만 하다. 이러한 신선과의 만남을 위해 꿈속으로 들어가게 된다. 취흥의 즐거움 속에서 나온 이러한 英雄과 四仙에의 동경은 바로 뒤에 이어지는 結詞 부분에서, 꿈을 통해 자신의 본래 모습을 드러내는 것으로 이어지게 된다.[18)

3) 結詞 : 이념적 갈등의 조화로운 해소

<관동별곡>의 結詞는 자연흥취가 이념적 정서와 교합하여 이를 조화롭게 동화시킴으로써 이루어지는 갈등의 해소 과정을 구체적으로 보여준다. 여기에서는 꿈, 선계, 술 등 세 가지의 모티프가 갈등해소를 위해 서로 결합함으로써 갈등이 해소되어 가는 과정을 뚜렷하게 드러낸다.

---

18) 이러한 자연흥취 가운데서의 음주와 그로 인한 꿈의 세계로의 진입은 이어지는 結詞 부분에서 이념적 현실에 대해 본연의 자세를 추스리는 자아 회복의 계기를 제공하여, 현실적 사념을 벗어 던지고 이념과 현실이 조화를 이룬 이상세계로의 진입하는 과정을 보여준다. 이에 대해서는 다음 장에서 구체적으로 다루겠다.

> 松根을 볘여 누어 풋좀을 얼픗 드니
> 꿈애 혼 사롬이 날드려 닐온 말이
> 그디룰 내 모ᄅ랴 上界예 眞仙이라
> 黃庭經 一字룰 엇디 그릇 닐거 두고
> 人間의 내려 와셔 우리룰 쏠오ᄂ다

　소나무 뿌리를 베고 누워 풋잠을 잠깐 든 사이 꿈속에서 한 사람을
만나 대화를 함께 나누는 대목이다. 꿈의 세계는 현실을 벗어나 존재
한다. 그러나 이는 현실과 단절된 세계가 아니라 오히려 현실 세계에
서의 불가능을 가능으로 이어주는 세계로서 존재하기도 한다. 불가능
한 현실적 소망은 꿈을 통해 실현 가능한 모습으로 환치된다. 작품에
나타나는 꿈에는 그 꿈을 꾸는 주체의 현실에 대한 적극적 의도가 반
영되어 있다. 현실 세계의 소망스런 모습을 꿈을 통하여 비로소 이루
어 간다. 이러한 꿈은 작품 속에서 갈등을 해소하는 기능을 지닌다.
꿈을 통하여 자신의 처지를 각성하여 이상세계로 진입하는 계기를 마
련하기도 하고 현실적 이념의 굴레를 벗어나 보다 자유로운 세계를
맛보기도 한다. <관동별곡>에서는 이 꿈의 세계가 선계 모티프와의
결합을 통해 과거의 자신의 모습을 떠올리며 자아를 회복함으로써 정
치적 현실로 인한 갈등을 해소하는 통로로 존재한다.
　위에서 화자는 꿈속에서 익명의 인물과의 만남을 계기로 "黃庭經
一字룰 엇디 그릇 닐거 두고/ 人間의 내려"온 자신의 본래의 모습을
노출시키게 된다. 화자는 꿈 속 인물의 말을 빌어 자신이 본래 "황정
경 한 자를 그릇 읽"은 탓으로 인간으로 추방된 上界의 眞仙임을 밝
히고 있다. 자신의 본래의 모습을 상계의 진선으로 상기하는 이러한
정황은 자연흥취의 절정에서 꿈과 선계의 모티프가 결합됨으로써 이
루어지는 것이다. 화자는 꿈이라는 환상 세계를 통하여 지난날 관로

에서 추방되었던 불행한 과거를 스스럼없이 떠올리고 있다. 관찰사의 소임을 부여받고 임지로 향하는 여정 중에도 出仕와 致仕, 退處가 교차하는 험난한 세로를 걸었던 과거의 불행을 되새기고 있는 것이다. 불행했던 자신의 과거가 출사의 여정 가운데 반추되는 것도 결국 자연을 탐승하는 가운데 느끼는 흥취의 탓이다. 현실에서의 이념적 지향이 좌절되었던 이러한 과거의 불행은 화자의 마음 깊은 곳에 자리하고 있다가 자연흥취 속에서의 음주에 이어진 잠깐 즐긴 풋잠 속의 꿈이라는 정서적 流路를 통해서 표출된다.

꿈을 통해 그러한 과거의 불행은 근본적으로 上界의 眞仙이었던 화자가 인간으로 추방되어 내려온 것으로 비유되었다. 화자는 원래 하늘 나라의 참된 신선인데 황정경 한 글자를 어찌하여 잘못 읽어가지고 선계로부터 인간세계로 추방된 유배자이다. 그런데 화자는 실수로 황정경 한 글자를 잘못 읽어 추방당한 죄없는 '上界의 眞仙'이라고 하면서 자신의 결백을 주장하고 있다. 자신은 '上界의 眞仙'이기에 과거의 불행은 결코 자신의 잘못이 아니다. 자신의 결백을 주장하기 위한 이러한 진술은 자신의 입이 아닌 다른 사람의 입을 빌어서 이루어지고 있다. 이는 자신의 주장에 대한 객관적인 공감을 획득하기 위한 장치이다.

여기에서 이 仙界의 모티프는 '단순한 소망 충족에의 환각이나 혹은 풍류의 멋으로 돌려버릴 것이 아니다.'19) 이는 불행했던 과거에 대한 보상과 이념적 현실에서 자아의 회복을 꾀하고자 하는 작가의 의도와 밀접한 관련이 있다. <관동별곡>은 현실적 이념의 성취를 바탕으로 하여 자연흥취가 현실의 이념적 정서와 조화를 이루는 가운데

---

19) 김병국, 앞의 논문, p.69.

전개된다. 그러므로 이 선계 모티프는 음주를 통한 취흥 속에서도 이념적 현실 속에 서 있는 자신의 본연의 자세를 추스리는 자아 회복의 의미를 지닌다. '황정경 일자를 잘못 읽어 인간에 내려 온 것'은 취흥 속에서 뇌리를 스친 과거의 불행했던 현실에 대한 갈등의 원인을 제시한 것이라 할 수 있다. 곧, 이 眞仙이란 이념적 현실에서의 본래적 자아의 모습이며 불행했던 과거를 떠올리며 그것을 보상하고자 하는 화자의 의도를 반영하는 것이다. '비록 黃庭經 一字의 誤讀이 번뇌의 고장 인간으로 流謫을 당하게 했다손 치더라도, 자연 속에서 한적하는 풍류마저 앗아가지는 못했고, 오히려 상계를 그리는 심정은 일층 자연에의 의지를 불러일으키게 하여, 흥겨우면 遊宴을 빌어 자연의 미화로 현실에 시달린 심사를 달래었던 것'[20]이라고 할 수 있다.

이처럼 자신을 '眞仙'으로 인식하는 이러한 진술은 불행했던 과거를 보상하고자 하는 작가의 의도와 연결되는 것으로, 결사의 마지막 부분에 이르러 목민관으로서 만백성에게 선정을 베풀고자 하는 포부를 펼침으로써 과거의 불행을 현재의 희열로 전환시키게 되는 갈등해소의 계기를 제공한다. 이러한 과정에서 이 선계 모티프는 다시 술 모티프와 결합하여 화자의 갈등을 완전히 해소시키는 구실을 하게 된다.

> 져근덧 가디 마오 이 술 흔 잔 머거 보오
> 北斗星 기우려 滄海水 부어 내여
> 저 먹고 날 머겨눌 서너 잔 거후로니
> 和風이 習習ᄒ야 兩腋을 추혀드니
> 九萬里 長空애 져기면 눌리로다

---

20) 안병태, 송강문학에 나타난 자연관, 『동악어문론집』 6집, 동악어문학회, 1969, p.112.

위에서 화자는 술을 마시며 흥취의 확산을 꾀하는 가운데 出仕者로서의 得意를 과시하고 있다. 그러나 이러한 음주의 계기는 앞에서의 꿈속에서 등장한 한 익명의 인물과의 만남, 그와의 대화에서 마련된 것이었다. 이 익명의 인물이 따라주는 술은 본래 선계의 신선이었다가 추방되어 지상에 내려온 화자에 대한 위로의 술이다. 그러므로 이 술 모티프에는 관로에서 추방되었다가 이제 다시 관찰사로서의 출사의 길을 걷는 화자가 잠재해 있던 그동안의 갈등을 표출하여 해소하고자 하는 의도가 담겨 있다.

그런데 北斗星을 기울여 滄海水를 부어낼 수 있는 능력을 지닌 익명의 인물은 신선일 수밖에 없다. 신선이 北斗星을 기울여서 부어 내어 권하는 滄海水는 이념적 현실의 충족감이 가져다 준 자기 실현으로부터 나온 희열의 술이다. 이 자기 실현의 기쁨을 자랑하는 술을 자신 스스로가 따르는 것이 아니다. 객관적인 제3자, 그것도 仙人이 권함으로써 이러한 희열의 타당성과 당위성이 부여된다. 화자는 꿈속의 신선과의 대작을 통해 자신을 진정한 상계의 진선의 위치로 확실히 끌어올리는 것이다. 이 꿈 속 신선의 이미지는 '幻夢者 자신이 내재하고 있는 바 모든 합리적 사고현상의 총화인 정신적 요인 즉, 靈的實體가 인격화된 이미지'[21]로, 결국 화자는 이러한 신선의 이미지를 통해 앞 부분에서 '황정경 한 글자를 잘못 읽어 인간에 내려 온' 현실적 자아를 각성을 하게 되었고, 나아가 여기에서 '구만리 장공'이라는 현실적 사념을 벗어 던지는 경지를 경험하게 된다. '북두칠성을 기울여 술잔으로 삼고 푸른 바닷물을 술로 삼아 부어 내어' 주고받는 신선끼리의 대작은, '화창한 봄바람이 산들산들 불어' 오는 자연의 풍광 속에

---

21) 김병국, 앞의 논문, p.69.

서 '양 겨드랑이를 추켜들어 올리니 높고도 먼 하늘을 조금만 더 하면 날아 갈 듯'한 흥취를 느끼면서, 비로소 과거의 이념적 현실에 대한 갈등에서 벗어날 수 있게 된 것이다.

그러므로 신선끼리의 대작으로 이루어지는 이 음주 행위는 갈등의 완전한 해소를 꾀하는 기능을 한다. 화자는 과거에 신선이었던, 그리고 이제 다시 신선의 위치로 올라선 자신과 또 다른 신선과의 대작을 통해, 자신의 처지를 다시 상계 진선이라는 원래의 모습으로 완전히 되돌려 놓고 있는 것이다. 그는 眞仙이기에 북두성을 술잔 삼아 푸른 바닷물을 부어 내어 나누어 마시는 호탕한 기개를 펼치며 높고도 먼 하늘을 날아갈 듯한 경지에 도달할 수 있었던 것이다.

> 이 술 가져다가 四海예 고로 눈화
> 億萬蒼生을 다 醉케 밍근 後의
> 그제야 고텨맛나 쏘 훈 잔 흐쟛고야

흥취의 절정에서 목민관으로서 愛民의 정서가 배여 있는 대목이다. 앞에서 '북두칠성을 기울여 술잔으로 삼고 푸른 바닷물을 술로 삼아 부어 내어' 신선과 대작하던 갈등해소의 술은, 여기에서 온 천하에 고루 나누어 세상의 모든 사람들을 다 취케 만든 후 신선과 다시 만나 또 한 잔 하자고 하는 목민관으로서의 득의에 찬 자신감 넘치는 희열의 술로 이어지고 있다.

이러한 정황은 자연흥취의 정서가 이념적 정서를 조화롭게 수용하여 동화시킴으로서 갈등의 완전한 해소로 나아가게 되었음을 의미한다. 꿈과 신선 그리고 술을 매개로 한 일련의 갈등해소의 과정을 거친 후 화자는 사대부의 이념이 순수하게 실현되는 이상세계에 도달하여

'王化承宣'[22]의 기치를 높이 드세우게 된 것이다.

'이 술을 가져다가 四海에 고루 나누어 세상의 모든 사람들을 다 취케' 만들고자 하는 의지는 사대부로서의 개인적 출사의 욕망이나 목민관으로서의 의무감으로 인한 것은 이미 아니다. 이는 현실 정치의 이념적 차원을 벗어난 것으로, 자연흥취의 절정에서 활짝 펼쳐진 화자의 정서가 현실적 사념을 벗어 던지고 갈등이 배제된 가운데 이상세계로 진입하고 있음을 말해 준다.

앞에서 상계의 신선이 북두성 기울여 화자에게 먹여 주던 창해수는 신선과 자신만이 아니라 만백성들이 골고루 나누어 마셔야 하는 생명수였다.[23] 취선으로서 혼자만이 향락하고자 하는 것이 아니라, 억만창생을 모두 화락하게 만들겠다는 것이다.[24] 이러한 목민관으로서의 태도는 '그 때에야 다시 만나 다시 한잔 하자꾸나'라는 신선을 향한 재회의 약속을 통해 더욱 그 다짐의 순수성을 강화시키고 있다.

> 말디쟈 鶴을 트고 九空의 올나가니
> 空中 玉簫 소리 어제런가 그제런가
> 나도 줌을 씨여 바다홀 구버보니
> 기픠롤 모르거니 マ인들 엇디 알리
> 明月이 千山萬落의 아니 비췬 딕 업다
> 기픠롤 모르거니 マ인들 엇디 알리
> 明月이 千山萬落의 아니 비췬 딕 업다

깊이를 알 수 없고 끝도 알 수 없는 넓은 바다를 비추는 달빛은 군주를 향한 충절이라기보다 군주의 덕화를 백성을 향해 널리 베풀겠다

---

22) 이상보, 앞의 책, p.274.
23) 조규익, 앞의 논문, p.232.
24) 이상보, 앞의 책, p.274.

는 자신의 다짐이자 결의이다. '꿈을 깨어 굽어본 바다는 깊이도 알 수 없고 끝도 알 수 없다'는 '제법 토의적 사변적 논리적 귀결로 몰아 갈 듯'[25] 하던 어투는 "明月이 千山萬落의 아니 비췬 더 업다"라는 식으로, '논리적 귀결이 아닌 심상의 恣意的인 喚起에 놓아 둠으로써, 향수자의 심리적 여운과 사변적 여백'[26]를 생성한다. 이러한 '심상의 자의적 환기'로 인해, '千山萬落'을 비치는 '明月'은 군주의 '王化'에서 화자 자신의 사대부적 이상실현의 매체로 전환되는 것이다. 결국 "明月이 千山萬落의 아니 비췬 더 업다"라는 '王化承宣'은, 자연흥취 속에서 꿈, 신선과의 만남, 그로 인한 자신의 본연의 모습으로의 회복, 신선과의 음주 등 일련의 갈등해소 과정을 거친 사대부적 이상세계와의 만남을 의미한다.

넓고도 깊은 창해의 자연을 바라보는 자연흥취의 절정에서 화자는 聖王의 恩德이 온 세상에 널리 베풀어지는 사대부의 이상세계를 경험하게 된다. 사대부의 이념이 실현되는 이러한 이상세계와의 만남은, 자연흥취의 정서가 이념적 정서를 자연스럽게 끌어들여 효과적으로 동화시킴으로써 이루어 낸, 현실 정치에 대한 이념적 갈등의 조화로운 해소로 말미암은 것이다.

4. 맺음말

이 글은 고전시가를 문학교육적 관점에서 접근하기 위한 작품론의

---

25) 김병국, 앞의 논문, p.62.
26) 위와 같음.

하나로, 우리 문학교육 현실에서 나타나고 있는 문학의 객관적 지식화에 대한 반성의 필요성을 인식하고, 작품의 문학성에 대한 보다 분석적인 감상을 바탕으로 작품에 대한 심미적 체험을 확대함으로써, 고전문학 작품의 바람직한 이해에 도달할 수 있는 하나의 구체적인 방법을 제시하기 위한 것이었다. 작품의 바람직한 감상과 이해를 위해서는 그 작품의 주변적 사실을 인식하면서도 여기에 얽매이지 않고 작품을 심미적으로 이해할 수 있는 보다 유연한 방식이 필요한데. 이 글에서는 작가가 작품을 창작한 심리적 상태 혹은 의식에 주목하여 작품의 진술방식이나 진술태도에 스며있는 언어적 표현의 미학을 살피고자 하였다.

　<관동별곡>의 심미적 요소를 중심으로 작품의 문학성을 탐구함으로써, 고전시가 교육에 있어서 하나의 바람직한 작품 감상의 방법을 구체적으로 제시하고자 했다. 이를 위해 <관동별곡>의 작품 구조와 전개 양상을 살펴 그 의미를 구체화함으로써 <관동별곡>에 대한 심미적 체험을 시도하고, 이 과정에서 작품의 정서가 사대부의 이념지향의 정서와 자연 탐승 중의 흥취가 서로 맞물리면서 형성되고 있는 점에 주목했다. 보다 구체적으로는 <관동별곡>의 작품 정서가 현실세계에 대한 갈등을 조화롭게 수습하고자 하는 사대부적 서정의 태도에 기인한 것으로 보고, 작품의 전개 구조를 작가가 벼슬살이에 얽힌 갈등을 표출하고 해소하기 위한 구조로서 이루어져 있음을 살피고자 했다.

　작품을 세 부분으로 나누어 序詞와 本詞에서는 갈등의 표출 구조와 그 양상을, 結詞에서는 갈등해소의 양상을 주로 살폈다. 부분적으로 본사와 결사에 나타난 사대부 문학의 관습적 요소인 술, 꿈, 선계의 모티프 등을 갈등해소를 위한 기능을 하는 것으로 보고 이에 대한 분

석을 병행하였다. <관동별곡>이라는 사대부가사를 유교적 이념에 바탕을 규범적 문학으로 이해하는 편향된 시각에서 벗어나, 갈등의 표출과 해소라는 관점에서 자연흥취라는 작품의 주류적 정서가 형상화된 양상을 살핌으로써 작품 자체가 지니는 문학성을 구체적으로 드러내고자 하였다. 따라서 작품 외적 사실은 가능한 한 배제하고 작품의 언어적 표현에 보다 시선을 집중하였다.

<관동별곡>의 序詞는 자연 탐승의 여정에서부터 자신에 찬 이념적 지향이 선명하게 나타나 있다. 그런데 이 이념적 지향은 장차 이어지는 여정에서의 자연흥취 표출을 위한 정서적 바탕으로서 자리하는 것이다.

<관동별곡>의 本詞는 본격적인 자연탐승으로 전개된다. 서사에서 자신감에 찬 이념지향을 바탕에 둔 자연탐승이 이루어진 결과, 본사에서는 이념적 정서와 자연흥취가 서로 친연성을 지니고 상보적 관계로 결합하게 된다. 이는 이념적 현실에 대한 갈등의 표출이 궁극적으로 이념적 정서의 안정 위에서 조화롭게 진행됨을 의미한다. 자연흥취가 이념지향의 정서와 조화를 이룬 가운데 부분적으로 술과 선계의 모티프가 서로 결합하여 갈등해소를 위한 기능을 하게 된다.

<관동별곡>의 結詞는 자연흥취가 이념적 정서와 교합하여 이를 조화롭게 동화시킴으로써 이루어지는 갈등해소의 과정을 구체적으로 보여 준다. 결사에서는 자연흥취 가운데 꿈, 신선과의 만남, 신선과의 음주 등, 술·꿈·선계의 모티프가 함께 등장하여 서로 결합함으로써 일련의 갈등해소의 과정이 진행되는데, 이로써 화자는 사대부적 이념이 실현되는 이상세계를 만나게 된다. 이는 작가가 지닌 정치 현실에 대한 이념적 갈등의 조화로운 해소로 말미암은 것이다.

〈星山別曲〉의 갈등표출 양상

1. 머리말

이 글은 <성산별곡>에 나타난 진술방식이나 진술태도를 중심으로 갈등표출 양상을 분석하여 작품이 지닌 문학적 성취의 모습을 구체적으로 드러내는 것을 목적으로 한다. 이는 사회적 의사 소통의 산물인 작품의 내적 구조와 언어적 표현에 대하여, 그 언어적 주체인 사대부 작가의 작품 창작의 심리적 상태 혹은 언어적 표출 의도에 주목하는 것이다. 문학작품의 갈등은 현실의 문제에 밀접하게 관련되어 있다. 그러므로 이러한 논의는 작가 의식의 배경으로서 작품의 사회적 문맥에 대한 인식을 바탕으로 하면서도, 나아가서 보다 구체적으로 작품의 언어진 진술에 대한 분석을 시도하는 방식으로 진행될 것이다.

<성산별곡>에 대한 기존의 연구를 살펴보면 주로 작가의 변증, 창작시기, 작품의 영향관계, 그리고 등장인물과 실존 인물과의 관련 문

제 등 작품 외적 사실의 구명에 많은 논의가 있었고, 90년대 이후로 작품 자체에 대한 분석을 중심으로 작품이 지닌 문학성에 대한 보다 구체적인 접근이 시도되어 오고 있는 것으로 보인다. 이러한 논의들 중 작품 자체의 내재적 분석을 위주로 한 논의들을 살펴보면 다음과 같다.

조세형은 언어적인 진술방법을 분석함으로써 송강가사의 미학적 원천을 살폈는데, 가사가 지닌 언술적 특성을 갈등과 해결의 제시라는 설득의 전략에서 나온 것으로 보고 대화이론의 도움을 받아 내적 대화의 양상을 해명했다.[1] <성산별곡>의 언술적 특성을 <면앙정가>와 비교하면서, <성산별곡>에서는 등장인물로 하여금 의식을 가진 발화를 하게 함으로써 인물이 인격을 가지도록 한다는 점, 대화형식을 통하여 발화의 두 주체가 각기 과거/현재, 행위/평가, 선간/세간의 관점을 견지하고 있다는 점, 이러한 각각의 두 가지 관점의 병치를 통하여 관념이 표출되어 <면앙정가>보다 훨씬 활기있고 역동적인 언술이 가능하도록 한다는 점 등을 밝히면서, <성산별곡>은 극화된 화자에 의해 서술이 진행된다는 점에서 완전히 허구적인 인물들의 대화가 작품을 주도하는 <전후미인곡>과는 차이가 있고, 직접 보고하는 형태를 지닌다는 점에서 <<관동별곡>>의 언술양태와 유사하다고 보았다.

정대림은 <성산별곡>의 내용을 6단락으로 나누어 사대부의 삶과 자연의 문제를 중심으로 내용 분석을 시도하여 작품의 문학성을 평가하였다.[2] <성산별곡>은 "귀거래를 명분으로 삼고 때를 기다리며 쉬어가는 안식처로 자연을 인식하였던 16세기 조선조 사대부들의 전형

---

1) 조세형, 송강가사의 대화전개방식 연구, 서울대 석사학위논문, 1990, pp.51~67.
2) 정대림, 성산별곡과 사대부의 삶,『한국고전시가작품론 2』, 집문당, 1992.

적인 자연관이 여실히 드러난 작품"으로, "대자연에 동화된 삶을 동경하면서도 귀거래를 명분으로 할 수밖에 없었던 학문적 한계를 지닌 조선조 사대부들이 노래할 수 있었던 최상의 자연"을 보여주고 있다고 했다. 이 논의는 <성산별곡>의 '주인'이 겉으로 보기에는 자연에 융합된 삶을 추구하는 인물로 보이지만, '시름'의 원인인 현실에 결코 초연할 수 있었던 인물은 아니라고 하면서, <성산별곡>의 자연의 의미를 사대부의 현실적인 시름과 관련하여 해석하고 있다.

김명준은 공간적 배경인 성산과 시간적 배경인 四時의 의미에 주목하면서 사시의 흐름이 하나의 공간에서 이루어지고 있는 의미를 밝히고자 했다.3) <성산별곡>의 四時부분과 結詞 부분의 유기성과 층차성에 초점을 맞추어, 시간은 공간을 꾸미고 공간은 인간을 돋보이기 위한 구조로 보아 사시 부분이 시간미가 공간미에 부수적으로 작용하는 공간미의 극대화라고 했다. 이것은 작품의 공간이 화자가 구심적이고 능동적으로 선택한 폐쇄적 장소와 맞물려 靜感을 보여 주며, 공간미를 즐기는 인간 스스로 신선으로 자처하는 우월의식을 보이고 있다고 보았다. 그리고 작품의 주제를 '동류의식을 가진 소수 사대부 집단이 정치적 패배에 대한 보상감에서 나온 자족적 우월의식을 말한 것'이라했다.

최규수는 <성산별곡>의 구조적 특성을 서술방식과 시상전개의 측면에서 분석하고 이를 자연관의 문제에 연결시켜 고찰했다.4) <성산별곡>의 구성이 전체적으로는 나레이터가 존재하면서 과객의 말이

---

3) 김명준, 정철 가사의 의식 지향에 관한 연구, 1994, 고려대 석사학위논문과 성산별곡 연구, 『한국가사문학연구』, 상산정재호박사화갑기념논총, 태학사, 1995.
4) 최규수, 성산별곡의 작품 구조적 특성과 자연관의 문제, ≪이화어문론집≫ 12집, 1992.

서사와 결사에서 직접 노출되는 액자틀이지만, 내부적으로는 과객과 주인의 진술부분이 존재하는 동시에 각각 이야기를 꺼내는 서두를 지니고 있는 까닭에 전체적 액자의 서사와는 구별되는 것으로 보았다. 그리고 시상의 전개에 대해서, 이 작품이 人間事와 自然事에 대한 서술이 두 축을 이루며 궁극에 가서는 合一하는 경지를 그리고 있다고 보았으며, 자연관에 대해서는 인간사와 자연사의 대립과 공존, 이의 궁극적 지향이 곧 선적 화합이라는 것이 <성산별곡>의 개성적 구조이며 작가인 정철의 자연관 표출의 한 양상이라고 했다.

조선영은 漢詩에서 개별작품의 총체적인 예술경계를 논하는데 쓰이는 意境論을 <성산별곡>에 적용하여 진술양상, 구성, 작가의 의도 등을 파악하였다.[5] 먼저 漢詩의 意境論을 검토한 다음 <성산별곡>의 의경 표출이 鋪陳과 揷意를 중심으로 聯想의 방법도 사용되고 있음을 밝혀, 국문시가로서 <성산별곡>의 분석에 한시 창작과 관련된 이론을 새롭게 도입하고 있다.

이상의 논의들은 작품 분석을 토대로 <성산별곡>의 문학성을 드러내는 데 있어서 진술방식, 자연관, 작품구조, 표현방식 등에 주목하여 나름대로 구체적인 논의를 전개하였다. 이 글에서는 작품 창작의 배경적 사실에 바탕을 둔 작가의 정서적 구조에 대한 검토를 바탕으로 작품 자체의 언어적 표현을 분석하여 작품의 문학성을 구체적으로 드러냄으로써, 작품의 실체에 대한 보다 적확한 이해를 꾀할 수 있도록 하겠다.

이를 위해 먼저 <성산별곡>을 비롯한 조선전기 강호가사를 서정의 표출로 보아, 이들 작품이 공통적으로 지닌 서정구조에 대하여 출

---

5) 조선영, <면앙정가>와 성산별곡에서의 意境 考究 試論, ≪동악어문론집≫ 30집, 1995.

사와 퇴처를 중심으로 한 사대부들의 갈등표출과 관련하여 논의하겠으며, 다음으로 <성산별곡>의 서사, 본사, 결사로 이어지는 작품 전개에 따른 갈등의 표출과 해소 양상을 작가의 진술방식이나 태도 등 언어적 표출을 중심으로 분석하고, 이어서 이 작품에 사용된 대화체가 갖는 갈등표출의 기능을 작품에 등장하는 인물의 설정 방식을 통해서 살펴보기로 하겠다.

2. 강호가사의 서정구조

<성산별곡>을 비롯한 조선전기 사대부가사에 나타난 갈등은 서정으로서의 표출로 이해된다. 서사나 극에서는 작품상에서 갈등을 일으키는 요소간의 대립 과정이 구체적으로 전개되지만 서정에서는 그렇지 않다. 서정은 작품의 전개에 있어서 갈등이 생성·발전되고 절정에 이르러 해소되어 결말에 이르는 구조를 갖지 않는다. 그러나 서정으로서 사대부가사의 바탕에는 갈등의 대립적 요소가 존재하며, 이 대립적 요소 사이의 갈등은 작품상에서 표출과 해소를 위한 정서로 환치되어 나타난다. 갈등이 작가의 내면에 존재하는 한편 이와 관련하여 작품상에 다른 모습으로 드러나기도 하는 이러한 정황은, 사대부가사의 갈등이 이중 구조를 띠고 있음을 뜻한다. 작품의 바탕에 깔린 작가의 내면적인 대립으로 인한 갈등은 작품의 심층적 구조라고 할 수 있고, 작품상에 드러난 표출과 해소를 위한 주류적 정서는 작품의 표층적 구조라고 할 수 있다.

사대부들은 유교적 이념을 현실에서 실현함으로써 이상세계를 추구

했다. 현실 속에서 이념의 추구가 좌절되었을 때 宦路에서 물러나와 자연 속에 처하면서 이념과 현실간의 대립에서 오는 갈등을 노래했다. 이것이 강호가사라는 이름으로 불리는 일련의 작품들이다. 강호가사의 바탕에는 작가의 내면적 갈등의 구조가 존재하고, 이 내면적 갈등의 구조는 현실과 이념간의 대립으로 이루어진다.

원래 조선전기 사대부의 강호가도는 '黨爭하의 明哲保身이요, 致仕 客의 閑寂에서 비롯된 것'[6]으로, '進하면 조정의 관료로서 佐君澤民의 치적을 올리고 退하면 강호의 처사로서 吟風弄月의 高致를 누리는 양면성'[7]을 지닌 것이었다. 즉, 강호가사는 환로에서 물러났거나 환로에 들어서지 못한 仕宦 지망 선비들의 노래이면서, 그 실의를 벗어난 자신을 수양하고, 나아가 현실에 만족을 얻으려 노력하는 갈등의 노래였다.[8] 이것은 선비로서 장차 벼슬길에 나아갈 수 있는 사람들의 재야생활를 노래한 것이었다.[9]

이렇듯 조선전기 사대부들의 행동방식과, 그 행동방식을 결정하는 의식구조의 성격은 강호가도가 지닌 이러한 양면성에서 찾을 수 있다. 그런데 出仕와 退處의 양면성을 지닌 이같은 행동방식과 의식구조는 실은 출사를 지향하는 것이었을 터이다. 사대부는 퇴처했을 경우 현실과 이념의 대립으로 인한 갈등을 일으키기도 하지만, 곧 이념과 현실간의 조화를 꾀하면서 출사를 추구하게 된다. 곧 사대부의 양면적 행동방식과 의식구조는 출사를 지향하는 순환적 양상를 띠게 된다. 현실과 이념이 조화를 명분으로 삼아 출사의 길로 나아갔다가, 그 현

---

6) 조윤제,『한국문학사』, 동국문화사, 1963, pp.130~141.
7) 이우성, 고려말 이조초의 어부가, ≪성대논문집≫ 9집, 1964.
8) 정재호, 강호가사 소고,『한국가사문학연구』, 집문당, pp.256~257.
9) 정재호, 위의 책, p.259.

실이 그들이 추구하는 이념에 대립되는 것일 때 환로에서 물러나 퇴처하게 되지만, 그들의 현실이 변화하여 이념의 추구가 가능하게 될 때 다시 출사의 길로 나아간다. 사대부들은 이와 같이 출사를 지향하는 순환적 행동방식과 의식구조를 지녔던 까닭에 이념의 추구와 그에 반하는 현실과의 갈등을 조화롭게 극복하고자 하는 정서적 지향을 근본적으로 지니고 있었다고 할 수 있다.

이념과 현실간의 갈등을 조화롭게 수습하고자 하는 출사지향의 이러한 순환적 행동방식과 의식구조는, 자아와 세계의 동일화를 추구하는 서정의 본질을 지닌 가사의 장르적 성격과도 밀접하게 관련된다. 앞서 언급했듯이 사대부가사의 심층에는 이념과 그에 반하는 현실간의 대립이라는 작가의 내면적 갈등이 존재하지만, 표층에는 이 갈등을 표출하여 해소하고자 하는 정서로 환치되어 나타난다. 이는 궁극적으로 자아와 세계의 대립이 아니라 동일성[10]을 추구하는 서정시의 정신으로 말미암은 것이라 하겠다.

따라서 사대부들은 이념의 추구와 그에 반하는 현실간의 갈등을 가사를 통하여 표출하고 해소함으로써 조화롭게 수습하고자 했다고 할 수 있는데, 이러한 갈등의 표출과 해소를 담당하는 주류적 정서가 <성산별곡>을 비롯한 강호가사에서는 흥취로 나타난다. 자연흥취가 강호가사의 주된 정서로 표출되어 있음은 주지의 사실이다.[11] 강호가사의 흥취는 출사와 퇴처의 순환적 의식구조 속에서 출사를 지향하는 사대부 의식의 바탕이 자아와 세계의 조화를 추구하는 서정의 정신과 맞

---

10) 이 동일성(identity)이란 자아와 세계의 일체감-결속감의 의미로 사용되었다. 김준오, 『시론』, 삼지사, 1991, pp.355~366 참조.
11) 이는 자연흥취의 바탕에 궁극적으로 사대부들의 출사지향의 의식이 자리하고 있다는 소박한 의미이다.

물려 나타난 것이라고 할 수 있다.

이렇듯 강호가사의 주류적 정서인 흥취는, 작가가 처한 현실과 이념으로 인한 갈등을 표출하여, 이를 조화롭게 해소하고자 하는 작가의 의식과 관련되어 있다. 이 때 자연흥취는 작품상에서 이념적 사고와 관련하여 이와 교합함으로써 작가의 내면적 갈등을 표출하는 구조를 띠게 된다. 여기에서 이념적 사고는 갈등의 원인적 요소이고, 흥취는 갈등해소를 위한 요소라고 할 수 있는데, 갈등의 표출은 갈등의 원인적 요소와 해소를 위한 요소간의 관련구조 하에서 이루어진다. 이러한 과정에서 자연 감상의 흥취는 그 어떠한 형태로든 이념을 추구하는 원인적인 요소인 이념의 제약을 받을 수밖에 없다. 자연은 사대부가 이념을 추구하던 현실의 연장이었다. 그러므로 이 현실의 연장인 자연 속에서도 갈등의 원인을 제공하는 이념을 추구와 그 갈등을 해결하고자 하는 흥취 사이에는 긴장이 없을 수 없었다.

그런데 이러한 이념과의 긴장 속에서 흥취는 사대부들의 정서를 보다 자유로운 상태로 표출할 수 있게 해 주는 것이었다. 자연이란 공간은 그들에게 감정의 자유로운 유출을 허용하여 사대부적 이념의 굴레를 벗어나는 일탈의 즐거움을 누리게 하는 계기를 마련해 주었으며, 이 자연 속의 흥취는 귀거래를 노래했던 사대부들의 현실적 갈등을 드러내어 해소하는 기능을 지닌 것이었다.

그러나 사대부는 흥취 속에서도 질서와 조화를 요구하는 태도를 자연으로부터 배운다. 이는 궁극적으로 이념의 추구로 인한 현실의 갈등을 조화롭게 극복하고자 하는 사대부들의 '규범성'12)으로 말미암은 것이라고 할 수 있다. 흥취는 사대부들의 현실적 이념에 대한 긴장을

---

12) 사대부들이 자연에서 도의를 기뻐하고 심성을 기르는 규범성을 말한다. 최진원,『국문학과 자연』, 성대출판부, 1977, p.59 참조.

누그러뜨리면서 현실에 대한 갈등의 표출과 해소를 가능하게 하여, 궁극적으로 다시 그들의 이념적 세계로 회귀할 수 있는 계기를 마련하게 해 준다. 사대부는 자연흥취 속에서 감정을 자유롭게 유출시켜 이념적 현실에서의 긴장과 갈등의 굴레로부터 벗어 나오는 기쁨을 누리기도 하지만, 한편으로는 그 현실에 충실하고 조화로운 삶을 추구하는 사대부로서의 이념적 바탕은 여전히 지니고 있다. 그리하여 사대부는 결국 자연 가운데 도의를 즐기고 심성을 기르는 도학적인 '자연의 규범성'으로 나아가는 계기를 마련한다. 자연 속에서의 흥취는 이념을 추구하는 현실의 갈등을 드러내고 해소함으로써, 자연의 규범성을 발견하여 도의를 쌓고 심성을 고양하는 방향으로 나아가게 된다.

사대부들의 자연 인식은 현실에 대한 관심과 더불어 존재한다. 자연은 사대부에게 있어서 현실과 분리되지 않은 연속적인 공간이며, 자연 감상의 흥취 또한 현실 속 정서의 또 다른 모습이라고 할 수 있다. 그들에게 있어서 자연은 현실과 대립되는 것이 아니었다. 자연은 곧 그들의 생활의 터전이었기에 자연 속의 삶도 역시 현실 속 삶의 연장선상에 있었다. 사실 사대부들의 자연에 대한 인식의 토대는 그들이 신분상 소유한 토지라는 생활 터전에서 마련된 것이기도 하다. 그들에게 있어서 자연은 생활과 동떨어진 공간이 아니라 생활의 연속으로서의 공간이었다. 조선조 사대부들은 관로로 진출하여 유학의 이념을 현실에서 실현하다가, 정치현실이 그들의 뜻에 맞지 않을 때는 물러나 자연에 의탁하여 그러한 심회를 노래했다.

그러므로 사대부는 자연에 처하고 있어도 항상 현실에의 관심을 떨칠 수 없다. 현실 세계를 떠나 자연에 처하게 되지만, 오히려 현실에 대한 불만과 대립으로 인한 현실에 대한 관심은 증대된다. 그러기에 자연은 현실인식의 표상이 된다. 사대부가 자연을 바라보는 태도는 현실인식에 바탕을 둔 것이며 현실의 불만과 대립이 심화될수록 자연의 의미가 깊고 다양해진다.

자연시를 단순한 서경으로 볼 수 없는 까닭이 여기에 있다. 자연을 소재로 한 시에서는 경치를 서술하면서 흥취를 드러내고 있다. 사대부들의 자연 인식이 현실에 대한 관심의 표출이라고 한다면, 자연을 소재로 한 사대부가사에 나타나는 자연 감상의 흥취 또한 현실적인 삶과 밀접한 관련이 있는 것임은 물론이다. 곧 자연 감상의 흥취는 현실의 갈등이 표출되고 해소되는 과정에서 솟아 나오는 것으로, 현실의 갈등을 벗어나고자 하는 정서의 표출인 것이다. 사대부가사의 흥취는 사대부의 현실에서의 갈등을 표출하고 해소하는 일탈과 자유로움의 정서라고 할 수 있다.

사대부가 자연 속에서, 자연을 소재로 삼아 지은 노래에서도 현실의 출사에 대한 관심은 존재하며, 현실의 떠나 찾게 된 자연 속에서도 이 출사지향의 의식으로 인해 사대부들은 자연을 道體로서보다는 우선 현실의 갈등을 달래기 위한 풍류의 대상으로 인식했던 것이다.

3. 〈성산별곡〉의 갈등표출 양상

1) 갈등표출과 해소

조선전기 강호가사에서 갈등의 표출은 이념적 사고와 자연흥취의 상호 관련 속에서 이루어지며, 이러한 과정에서 작품의 내면적 정서가 형성된다. 또한 이들 작품에서의 서정으로서의 갈등표출은 본질적으로 갈등의 해소와 조화를 지향한다. 작가의 정서가 갈등해소를 지향하면서 이루어지는 갈등표출의 과정을 살핌으로서 작품의 정서적 구조를 읽을 수 있다.

<성산별곡>의 자연흥취는 '적막한 강산에 묻혔어도 모든 시름을 잊을 만한 즐거움을 누리는'13) 가운데 표출된다. 이 시름은 현실의 이념적(정치적) 성취에 대한 것으로 자연흥취를 만족스럽게 드러내지 못하는 원인이 된다. 즉, 이념적 사고와 자연흥취는 갈등의 표출 과정상 궁극적으로 서로 矛盾된 관계로 설정된다. 이 두 요소는 작가의 정서 속에서 모순된 관계로 결합하여 갈등을 표출하는데, 갈등의 해소를 위하여 교합하는 과정에서 원만하게 교합하지 못하고, 결과적으로 두 요소 중 하나의 요소가 다른 하나의 요소를 회피함으로써 갈등의 해소를 꾀하게 된다.

<성산별곡>의 全篇을 살펴보면, 序詞의 주인의 산중생활과 息影亭의 운치, 本詞의 四季 景物의 변화에 이어, 結詞에서 독서를 즐기며 聖賢과 豪傑의 흥망성쇠에 대한 감회를 서술하고 飮酒와 彈琴으로 풍류에 젖어들어 시름을 잊고자 하는 내용으로 나아가고 있다.

序詞에 등장하는 '손'의 진술은, <성산별곡>의 자연흥취의 표출이 이념적인 시름을 해소하기 위한 것임을 암시하고 있는데, 이를 통하여 이념적 정서와 자연흥취가 서로 모순된 관계로 교합하고 있음을 보다 구체적으로 살펴볼 수 있다.

> 엇던 디날손이 星山의 머믈며셔
> 棲霞堂 息影亭 主人아 내말듯소
> 人生 世間의 됴흔일 하건마는

---

13) 조동일, 『한국문학통사 2』, 지식산업사, 1983, p.310.

　　엇디혼 江山을 가디록 나이녀겨
　　寂寞 山中의 들고아니 나시는고

　　여기에서는 "'손'으로서의 실제적 자신과 '주인'이 되고자 하는 자신의 이중성을 허구적 인물의 설정으로 보여준 것"[14]이라 할 수 있다. 그러므로 주인을 향한 손의 진술은 주인의 은일 태도를 역설적으로 고양하는 구실을 한다. '엇디혼'과 '아니 나시는고'라는 어투는 자연에 묻힌 주인의 처사적 태도를 은근히 힐책하는 분위기를 풍긴다. 그러나 이 힐책하는 어투는 주인의 진술을 보다 쉽게 이끌어 내기 위한 자극으로서, 처사적 태도를 지닌 주인의 자연흥취에 無慾이라는 윤리적 명분을 부여하기 위한 장치이다. '인생 세간'은 현실이라는 이념적 공간이며, '좋은 일'은 현실에서의 이념적 성취로써 가능한 것이다. '강산'의 '적막산중'에 '들고 아니 나시는' 주인의 처사적 태도에 대한 손의 진술은, 이러한 현실에서의 이념적 성취에 뜻을 두지 않은 주인의 無慾을 드러내기 위함이다. 그러므로 '인생 세간의 좋은 일'에 대한 진술은, 이를 멀리하는 주인이 처한 자연이라는 공간의 가치를 고양하기 위한 것이다.[15] 이러한 진술은 앞으로 이어질 주인의 자연흥취 표출이 인생 세간을 멀리하는 데에서 연유하며, 결국 자연흥취가 '인생 세간의 좋은 일'이라는 현실적 이념의 성취에 모순되는 것임을 의미한다.[16] 즉 이념지향의 정서와 자연흥취는 모순된 관계로 교합한다.

　　여기에서 작가의 진술 태도는 이러한 관계를 보다 구체적으로 보여주고 있다. 서술자가 자신의 목소리로 해도 될 것을 구태여 불특정의

---

14) 최상은, 조선전기 사대부가사의 미의식, 성균관대 박사학위논문, 1992, p. 112.
15) 김명준, 성산별곡 연구, 『한국가사문학연구』, 상산정재호박사화갑기념논총, 태학사, 1995, pp.243~244 참조.
16) <'과객-주인'의 대립과 '선간－세간'의 대립>, 조세형, 앞의 논문, p.56 참조.

'디날 손'의 말을 빌어서 주인의 자연홍취의 가치를 고양하는 이같은 간접적 진술에는, 작가가 이러한 진술의 책임을 회피하려는 의도적 색채가 농후하다. 여기에는 "작중 화자의 현실적 염원이 자연에서 은거하는 삶에 대한 동경보다 크게 느껴진다."[17] 그러므로 '인생 세간의 좋은 일'의 '좋은'은, 작가가 감추고자 하는 현실의 이념적 성취에 대한 시름의 역설적인 표현이라 할 수 있다.

이로써 결국 자연홍취는 인생 세간의 좋은 일이라는 이념적 성취에 대한 시름을 해소하기 위한 역할을 담당하게 된다.

다음의 진술 태도를 살펴보자.

> 松根을 다시쓸고 竹床의 자리보아
> 져근덧 올라안자 엇던고 다시보니
> 天邊의 썬는구름 瑞石을 집을사마
> 나는듯 드는양이 主人과 엇더훈고

瑞石臺를 집을 삼아 나고 드는 구름에 비유하여 주인의 풍류를 찬양하는 이와 같은 진술에는, "主人과 엇더훈고"라는 되묻는 화법 속에 은근한 자랑이 묻어 있다. 그러나 이 주인의 풍류는, '소나무 밑을 다시 쓸고 대나무 평상에 자리를 차려서 잠깐 동안 올라 앉아'서 '다시 본' 것이다. '주인'의 구름 같은 풍류에 대한 자랑은 '다시 본' 행위의 주체인 '손'의, '대나무 평상에 자리를 차려서' 경치를 바라보는 풍류에 대한 진술에 이어지는 자랑이다. 손이 자신의 자랑을 주인의 풍류에 편승시키는 이같은 진술은 곧, 작가가 자신의 자랑을 간접적으로 하고 있음을 의미한다. 이 간접적인 자랑의 화법은 또 보인다.

---

17) 정대림, 앞의 논문, p.638.

> 鸕鷀巖 건너보며 紫微灘 겨퇴두고
> 長松을 遮日사마 石逕의 안자ᄒ니
> 人間 六月이 여긔는 三秋로다
> 淸江의 ᄹᅵᆺᄂᆫ 올히 白沙의 올마안자
> 白鷗롤 벗을삼고 좀씰줄 모르나니
> 無心코 閑暇ᄒ미 主人과 엇더ᄒ니

'노자암을 건너보며 자미탄을 옆에 두고 소나무 그늘 아래의 돌바닥 길'에서 '人間의 六月'을 '三秋'로 즐기는 풍류, 맑은 강에서 흰 갈매기를 벗삼아 놀면서 잠을 깰 줄 모르는 오리의 잡념이 없는 한가한 자연풍류, 이것은 자신의 풍류이다. 그러나 자신의 이 풍류를 '主人과 엇더ᄒ리'라고 하면서, '주인'의 풍류에 편승하여 간접적으로 자랑한다. 이러한 간접적인 자랑은 결국 자연흥취가 시름 속에서 표출되고 있음을 의미한다.

이렇게 작가는 자신의 풍류를 간접적으로 자랑하다가, 남이 알게될까 두렵다는 짐짓 걱정스럽다는 말을 한다.

> 얇여흘 ᄀ리어러 獨木橋 빗겻ᄂᆞ디
> 막대멘 늘근즁이 어니뎔로 간닷말고
> 山翁의 이富貴롤 ᄂᆞᆷᄃᆞ려 헌ᄉᆞ마오
> 瓊瑤窟 銀世界롤 ᄎᆞ즈리 이실셰라

'산옹이 자연을 벗하며 즐기는 마음의 부귀를 남에게 소문내지 말라'하며, 자신의 풍류 세계인 '瓊瑤窟 銀世界'를 찾는 사람이 있을까 염려하고 있다. 이러한 진술도 실은 자신의 풍류를 적극적으로 드러내 보이지 못하는 데서 오는 역설이다. 이는 <관동별곡>의 자신감에 넘치는 홍취의 자랑과 대조적이다.

이상과 같은 간접적이고 소극적인 은근한 자랑의 태도는 자신의 풍류에 대한 자랑의 바탕에 깔린 정서의 색깔을 암시한다. 서사에서 '손'의 말을 빌어 이념적 현실에 대한 시름을 은근히 드러내는 것에서 이미 그러한 정서를 예감케 한 바 있다. 결국 자연홍취가 작가 자신의 것임에도 불구하고 '주인'의 것으로 찬양하고 있는 까닭은 이념적 현실의 시름 탓이다.

선뜻 주인의 풍류를 자신의 것으로 확실히 드러내지 못하고 손의 말을 빌어 찬양한 것, 그리고 자신의 풍류를 주인의 풍류에 편승하여 자랑하고, 자신의 풍류 세계를 소극적인 역설의 방법으로 자랑하는 태도 등은, 모두 이념적 현실에 대한 시름 속에서 그 맥을 같이하는 일관된 것이다. 그런 까닭에 자연 속의 풍류는 동적인 것이 아니라 정적인 묘사와 서술로 이어져 있다. 본사 부분의 사계 경물에 대한 진술 속에는 자신의 풍류에 대한 변명의 의미가 담겨 있다.

그리하여 이러한 소극적 자랑에 이어지는 것은 그 속에 감추어진 본래의 모습인 갈등이다. <성산별곡>의 갈등의 표출과 해소는 다음의 結詞 부분을 중심으로 보다 구체적으로 전개된다. 결사 부분은 작가의 현실에 대한 인식으로서의 정서 표출의 태도를 결과적으로 드러내는 부분으로, 여기에 이르러 현실과 이념의 대립으로 인한 작가의 갈등이 비로소 표출되고 또한 해소되는 과정으로 접어든다.

> 山中의 벗이 업서 漢紀롤 싸하두고
> 萬古 人物을 거스리 헤여ᄒ니
> 聖賢도 만커니와 豪傑도 하도할샤
> 하눌 삼기실제 곳無心 홀가마는

엇디호 時運이 일락배락 호얏눈고
모롤일도 하거니와 애둘옴도 그지업다
箕山의 늘근고블 귀는엇디 싯돗던고
박소리 픤계호고 조장이 ⟡장놉다
人心이 눗ㅈ투야 보도록 새롭거늘
世事눈 구룸이라 머흐도 머흘시고

산중의 독서 행위는 성현과 호걸의 생애를 본받기 위함이 아니라, 本詞에서 계속된 화자의 현실에 대한 갈등의 구체적 원인을 제시하는 수단이다. 만고 인물 중 성현과 호걸이 많기도 한데, '엇디호 時運이 일락배락' 하여 모를 일도 많고 애달픔도 끝이 없다는 자신의 현실적 처지에 대한 갈등은 구름처럼 험한 세사 때문이다. 성현과 호걸들의 '일락배락'한 '엇디호 時運'은 결국 거센 세파에 어쩔 수 없이 무너진 자신의 처지에 대한 무기력을 드러낸 말이고, '모롤일도 많고 애둘옴도 그지없음'도 자신의 처지를 돌이켜보아 하는 말이다. 그는 성현과 호걸의 길로 나아가고자 하였지만, 거센 세파가 몰아치는 이 길이 모를 일도 많고 애달픈 일도 한이 없었기에 좌절하고 만 것이다.

許由의 벼슬을 마다한 '操狀'을 상기하는 것은 그만큼 이념적 현실에 대한 미련을 떨쳐버리지 못했음을 반증하는 것이다.18) 그러므로 천하를 다 주어도 받지 않았던 箕山의 許由는 자신의 처지에 대한 보상이며 갈등해소를 위해 끌어들인 인물이다. 현실에 대한 갈등을, "박소리 픤계호고 조장이 ⟡장놉다"고 한 허유와 자신을 동일시함으로써 해소하고자 하는 것이다. 그러나 이러한 인물을 끌어들여 동일시하는 것으로서 갈등은 끝나지 않았다. 다음에 이어지는 음주, 彈琴, 仙界로

---

18) 정대림, 앞의 논문, p.639와 김명준, 앞의 논문, p.244 참조.

의 飛翔 등 현실의 시름으로부터 이탈을 추구하는 일련의 행위는 갈등이 해소되어 가는 과정을 점층적으로 뚜렷하게 드러내고 있다.

> 엊그제 비즌술이 어도록 니건ㄴ니
> 잡거니 밀거니 슬ㅋ장 거후로니
> ㅁ옴의 미친시롬 져그나 ㅎ리ㄴ다
> 거믄고 시욹언저 風入松 이야고야
> 손인동 主人인동 다니저 ㅂ려셔라
> 長空의 쩟ㄴ鶴이 이골의 眞仙이라
> 瑤臺 月下의 힝여 아니 만나신가
> 손이셔 主人ᄃ려 닐오디 그디권가 ㅎ노라

갈등의 해소는 음주라는 통로를 통해 시도된다. 험난한 세상사의 맺힌 시름은 술이라야 비로소 풀 수 있다. 아직 채 익지도 않았을 엊그제 빚은 술을 마시는 데서 자연흥취는 비로소 시작된다. 시름의 무게와 깊이는, 기울이는 술잔의 술이 아직 채 익지도 않은 엊그제 빚은 것이라는 점에서 가늠할 수 있다. 그러길래 잡거니 밀거니 하면서 실컷 마셔도 그 시름은 다소나마 나아질 뿐이었다. 그래서 거문고 소리에 맞추어 풍입송을 부르며 주객일체의 취흥으로 빠져든다. 이 취흥 속에서 비로소 자연스럽게, 자연풍류를 소극적 자랑으로 일관되게 했던 정서의 본 바탕이 확실히 드러난다. "ㅁ옴의 미친시롬 져그나 ㅎ리ㄴ다"라는 진술은 음주를 통해 자연흥취를 돋우어 낸 연후에 가능했던 갈등의 표출이다. 여기에서 자연흥취는 이념적 현실에 대한 시름을 해소하는 방향으로 나아가게 된다.

그러나 이러한 갈등의 해소는 이념적 현실을 극복하는 것이 아니라 그것을 회피함으로써 이루어지는 것이다. 이념적 현실에 대한 시름을 음주를 통하여 잊어버림으로써 비로소 풍류에 젖어들게 되고 갈등의 해소를 꾀하게 된다. 결국 현실적인 시름을 회피한 채 거문고에 줄을 얹어 風入松을 부르는 흥취의 절정에서 비로소 '주인'과 '손'이 하나가 되고, 장공에 떠 있는 학을 자신의 모습으로 환치시켜 신선의 경지에 돌입하게 되는 갈등의 해소를 맛보게 된다. 취흥 속에서 바라본 '장공의 떳는 학'은 눈 앞에 존재하는 사물이 아닌 화자의 내면에 잠재된 의식의 표출이다. 그 학이 눈에 들어온 순간 내가 이미 학이 된 것이다. 그러므로 달 아래에서 만나고자 하는 진선은 나의 저 편에 있는 것이 아니라 바로 나인 것이다.

2) 대화체의 갈등표출 기능

문학 작품에 존재하는 장르요소들은 직접적이건 간접적이건 간에 그 장르를 선택한 작가의 의도와 밀접하게 관련되어 있다. 사대부가사에 나타난 다양한 장르적 요소들은, 사대부들이 가사 작품을 통해서 갈등을 표출하여 이를 전달하고 공감을 얻고자 하는 의도를 수행하는 데 있어서 적절한 기능을 담당한다는 점에서 공통점을 지니고 있다.

<성산별곡>에서 갈등의 전달과 공감이라는 작가의 의도와 관련하여 주목되는 것은 眞實性의 측면이다. 갈등을 전달하여 공감을 얻기 위해서는 작품의 진술이 진실성을 확보해야 한다. 이 때의 진실성이란, 사실 혹은 진실처럼 보이고자 하는 작가의 의도를 말하는 용어로 사용하고자 한다. 이를 통하여 문맥상에 숨겨진 작자의 의도를 보다 구체적으로 고찰할 수 있다. 여기에서는 살피고자 하는 진실성은 작

품상에 등장하는 화자의 역할과 관련된 것이다. 작품 속의 화자의 선택은 외부세계에 대한 작가의 태도 표명이라고 할 수 있다.[19] 그러므로 화자와 관련된 진실성에 대한 탐구가 지니는 의의는, 화자가 이야기하는 진술의 내용에 대한 '사실' 여부를 밝히는 데 있는 것이 아니라, 독자나 혹은 청자에 대한 전달과 공감으로서의 진술의 진실성을 노린 작가의 의도를 보다 선명하게 파악할 수 있는 계기를 제공한다는 데 있다.

주지하다시피 가사는 서정적·서사적·극적 요소들이 작품 가운데 혼효된 장르적 복합성을 지닌다. 이들 요소 중 <성산별곡>에서는 갈등을 표출하여 전달하고 공감을 얻기 위해 극적 요소로서 대화체가 사용되고 있다. 갈등의 전달과 공감이라는 면에서 대화체의 진술방식은 독자를 설득하기 위한 장치로서의 기능을 한다.

대화체는 화자와 청자가 작품 표면에 나타나 있든 나타나지 않고 숨어 있든, 둘 이상 다수의 화자 청자가 텍스트 내에 존재한다는 가정 하에서 화자와 청자 상호간에 대화가 교체되는 언술의 형태를 지니고 있으며, 작자로부터 객관화된 작중 인물 사이의 극적 재현을 실연하거나, 실재적이며 일상생활에 밀착된 구체적인 사실의 연결을 통해 형상화함으로써 극적 혹은 서사적 요소를 획득하게 된다.[20] 이러한 대화체를 통해 작가는 '전달되는 정보 내용이나 화제에 대해 감정 표시 기능을 줄이고, 가장 객관적으로 서술하는 태도를 취함으로써',[21] 독자를 보다 용이하게 설득시키고자 한다. 이 대화체의 진술 속에는

---

19) 김준오, 『가면의 해석학~』, 1985, 이우출판사, p.243.
20) 김광조, 조선전기 가사의 장르적 성격 연구, 서울대 석사학위논문, 1987, pp.26~29 참조.
21) 위의 논문, p.27.

작가의 진술상의 의도가 숨어 있다고 할 수 있다.

　이러한 대화체를 작가의 갈등표출이라는 전략 안에서 이해할 수 있다.[22] 사대부가사의 대화체의 진술 방식은 작가의 갈등을 표출하는 기능을 한다. 이러한 진술 방식은 작가의 의도가 작품에 실현된 것으로, 대화체가 지닌 갈등표출의 기능 양상을 살핌으로써 이를 통해 구현된 작가의 진술상의 의도를 파악할 수가 있다. 작품의 진술은 정서의 표출에 있어서 전달과 공감을 얻기 위한 작가의 의도와 관련되어 있다. 작가는 작품을 통하여 정서를 표출하기도 하지만, 이러한 정서의 표출은 전달되고 공감을 얻게 됨으로써 독자를 설득하게 되는 것이다. 그러므로 대화체를 통해 갈등을 표출하여 전달하고 공감을 얻으려는 작가의 의도는, 궁극적으로 자신의 진술에 대한 진실성을 획득하는 데 있다고 할 수 있다.

　이처럼 대화체 진술이 '갈등과 해결을 통한 설득을 가능하도록'[23] 한 작가의 의도를 지닌 것으로 볼 때, 대화체를 통하여 작가가 갈등표출에 있어서 진실성을 획득하게 되는 양상을 파악하는 데 유용한 실마리를 마련할 수 있다. 진실성을 중심으로 갈등표출 기능 양상을 탐색하기 위해서, 작품상에 등장하는 인물에 대해 살필 필요가 있다. 사대부가사의 대화체 속에 등장하는 인물은 일반적으로 극적 요소로 인식되고 있는데, 여기서는 이러한 인물의 설정이 갈등을 표출하고 전달하여 공감을 얻기 위한 작가의 의도를 지닌다는 점에 주목하기로 한다.

　일반적으로 <성산별곡>에는 주인과 객, 그리고 서술자라는 세 명의 화자가 설정되어 있는 것으로 보고 있다. 그러나 각 화자들의 진술

---

22) 조세형, 앞의 논문, pp.16~20.
23) 위의 논문, p.20.

담당 부분에 대해서는 매우 상이한 시각이 존재할 수 있다. <성산별곡>에서 개별 화자의 사설에 대한 구분이 모호하게 인식되는 상황은 이 작품이 극적 혹은 서사적 장르라는 인식 하에서 이루어진 것이 아닌 것에 그 근본적인 까닭이 있음을 물론이다. 이는 또한 극적 혹은 서사적 성격을 나타내는 요소인 대화체가 궁극적으로 '서정을 지향하는 장르적 특성'24)을 지닌 가사 작품 속에서 서정을 위한 기능으로 수렴되고 있기 때문으로도 이해할 수 있다. 이들 작품에 등장하는 인물은 서사적 혹은 극적인 인물은 아니다. 작중 인물들은 작가와 상이한 경험을 가진 인물들이 아니라 작자와 동일시할 수 있는 인물이며, 작가의 사상과 감정 표현에 하나의 도구로서 이용될 뿐 줄거리 자체나 작중 인물 자체의 창조가 없는 것이다.25) 화자의 개별적인 성격과 역할에 대한 엄격한 인식이 전제되지 않은 작가의 이러한 진술방식은, 작가의 정서를 표출하는 데 있어서 보다 용이하고 효과적인 기재로 도입된 것이다. 결국 <성산별곡>의 대화체에서 인물의 설정은 작가의 갈등표출이라는 서정에 바탕을 두고 있는 셈이다. .

그런데, 이러한 인물의 설정은 작가의 정서를 단지 표출하기 위한 것으로만 끝나지 않는다. 대화체의 진술 방식에 설정된 인물은, 전달과 공감을 통한 설득이라는 작가의 의도하에 갈등표출에 있어서 보다 구체적인 기능을 지닌다.

진술주체에 대한 상이한 견해가 있지만, <성산별곡>을 포함한 송강 가사의 대화체에 등장하는 인물들은 작자의 정서나 의도를 표출하고 또한 독자와 공감하기 위한 장치로서, 이들의 진술은 곧 작자의 정서를 대변하는 것이라 할 수 있다.26) 대화체의 진술 방식을 중심으로,

---

24) 김학성, 『국문학의 탐구』, 성대출판부, 1987, pp.132~139.
25) 김광조, 앞의 논문, pp.82~83.

<성산별곡>에서 보조적 인물이 진실성을 획득하기 위한 작가의 의도를 수행하는 양상을 살펴보기로 한다.

<성산별곡>은 서두 첫 행의 "엇던 디날 손이 星山의 머믈며셔"와, 결사의 마지막 행인 "손이셔 主人드러 닐오디 그디긘가 ᄒ노라"에서만 서술자의 시점으로 진술되고 있는 것이 뚜렷하게 제시되어 있을 뿐, 이밖의 손과 주인의 진술(혹은 손과 주인과 서술자의 진술)이 교체되어 나타나는 것으로 생각할 수도 있는 부분은 보는 사람의 시각에 따라 매우 달라질 수가 있다. <성산별곡>은 피상적으로 대화체의 형식을 빌긴 하였으나, 진술을 담당하는 화자의 시점은 서두의 첫 행과 결말의 마지막 부분을 제외하고는 '손'의 시점에서 일관되게 진행된다고 할 수 있다. 결국 <성산별곡>의 대부분의 대화체의 진술은 '손'의 자문 자답 형식으로 볼 수 있다.27) 작품의 진술이 대부분 한 사람의 시점에 의해서 진행된다고 보는 이러한 추단은, <성산별곡>이 '시인인 송강이 독자인 우리에게 직접 공개적인 목소리로 서하당 및 식영정의 경개와 김성원의 풍류를 이야기하는'28) 주제적 양식의 본질을 지닌 것으로 볼 때 더욱 가능한 것이다.

가사가 궁극적으로 서정지향의 장르라는 점을 염두에 두고, 이러한 특정 인물의 설정이, 그 인물에 개성을 부여하여 서사적 혹은 극적 효과를 노린 작가의 의도를 지닌 것이 아니라는 점을 인식한다면, 이와

---

26) 김광조, 앞의 논문, p.72와 조세형, 앞의 논문, pp.5~6 참조.
27) 그러나 이러한 손의 자문 자답도 그 묻고 답하는 각각의 부분이 분명하게 드러나지 않는데. 이는 <상춘곡> 등 대부분 가사에서의 현상적 청자로서 손의 존재가, <성산별곡>에서는 대화체의 화자로 발전해 가는 과도기적 모습을 보여주는 것이라고 할 수 있다.
28) 김병국, 장르론적 관심과 가사의 문학성, ≪현상과 인식≫(1977. 겨울), 한국인문사회과학원, p.34.

같은 개별 화자가 담당한 진술 부분의 모호성은, '주인'과 '손'이란 인물이, 작가가 자신의 갈등에 대한 진술을 보다 객관화시켜 진술의 진실성을 획득하기 위해 단순히 끌어들여 이름을 붙인 것에 불과한 존재라는 점에서 그 원인을 찾을 수 있다.

<성산별곡>에 등장하는 '주인'과 '손'은 작품이 전개됨에 따라 각각 중추적 역할과 부수적 역할을 교대로 담당하고 있다.

> 엇던 디날손이 星山의 머믈며셔
> 棲霞堂 息影亭 主人아 내말듯소
> 人生 世間의 됴흔일 하건마는
> 엇디호 江山을 가디록 나이녀겨
> 寂寞 山中의 들고아니 나시는고
> 松根을 다시쓸고 竹床의 자리보아
> 져근덧 올라안자 엇던고 다시보니
> 天邊의 썬는구름 瑞石을 집을사마
> 나는듯 드는양이 主人과 엇더혼고

위에서 진술의 전개 과정을 보면 '손'의 역할은 이중적이다. 앞부분(제1행~5행)에서는 서술자의 진술을 통해 등장한 '손'이 '주인'의 풍류를 자랑하기 위해 주인을 향해 묻고 있는 데 비해, 이어지는 뒷부분(제6행~9행)에서는 '손'이 '주인'의 풍류에 대한 자랑을 자신의 입으로 직접 말하고 있다. 즉, 손은 처음에는 부수적 인물로서 '주인'을 향해 묻다가 이어서 스스로 그에 대한 대답을 함으로써 중추적 인물로 변화하게 된다.

앞부분의 서술자의 진술을 통해 등장한 부수적 인물로서의 '손'의 진술에서 작가가 진실성을 획득하고자 하는 의도를 읽을 수 있다. 인간세상에 좋은 일을 마다하고 적막 강산에 들어 바깥 세상을 멀리하는 '주인'의 태도에 대한 '손'의 물음 속에 작가의 지닌 갈등의 실체가 암시되고 있다. 1인칭 화자의 입으로 세상의 좋은 일에 대한 동경의 갈등을 스스로 드러내는 진술을 하는 것이 아니라, '손'이라는 화자를 설정하여 그의 물음을 통해 넌지시 드러내고 있다. 작가는 '손'의 말을 빌어 자신의 속세에의 욕망에 대한 의도를 감춤으로써 사대부의 도덕적 진실성을 전달하고 공감을 얻고자 하는 것이다.

이어진 뒷부분에서 '손'은 스스로 '주인'의 풍류를 자랑하는 자신의 진술을 전개하고 있다. 앞부분의 주인이, 부수적 인물인 '손'의 자랑의 대상으로서 중추적 인물로 설정되어 있는 데 비해, 뒷부분의 '주인'은, '전언의 대상이 아니라 시인의 일부로서 시인의 내면에 존재하는, 그리고 작품이라는 특수한 공간에 존재하는 현상적 청자'[29]로서, 작가가 자신의 갈등을 보다 용이하고 효과적으로 표출하기 위한 기능을 한다. 결국 이 현상적 청자로서의 '주인' 또한, '손'이라는 이름 속에 감추어진 작가가 진술상의 진실성을 획득할 수 있도록 보조하는 역할을 하게 된다.

이 '주인'은 궁극적으로 작가가 '손'의 입을 빌어 자신의 갈등의 표출하기 위해 설정한 인물이라 할 수 있다. 그러므로 뒷부분의 '주인'의 풍류에 대한 손의 자랑은 근본적으로 '주인'의 풍류를 닮고 싶어하는 '손'의 갈등을 표출하는 것이 된다. 서두에서 부수적 인물로 등장한 '손'은 자기의 물음에 스스로 답하면서 작가의 정서를 직접적으로 드러내는 작품의 중추적 인물로 변화한다. 그러다가 다시 결사의 마지막 부분에서 '손'은 다시 부수적 인물로 변화한다.

---

29) 김광조, 앞의 논문, p.72 참조.

> 엇그제 비즌술이 어도록 니건느니
> 잡거니 밀거니 슬ㅋ장 거후로니
> ᄆᆞᄋᆞᆷ의 미친시름 져그나 ᄒᆞ리ᄂᆞ다
> 거믄고 시울언저 風入松 이야고야
> 손인동 主人인동 다니저 ᄇᆞ려셔라
> 長空의 ᄯᅦᆺᄂᆞᆫ鶴이 이골의 眞仙이라
> 瑤臺 月下의 힝여 아니 만나신가
> 손이셔 主人ᄃᆞ러 닐오ᄃᆡ 그ᄃᆡ런가 ᄒᆞ노라

위의 제 5행의 "손인동 主人인동 다니저 ᄇᆞ려셔라"에서의 진술은 여전히 '손'의 진술로 보아도 무방하다. 음주를 통해 맺힌 시름을 조금이나마 풀고 난 후 거문고로 풍입송을 한 가락 타면서, '손'은 자신의 처지가 손인지 주인인지도 다 잊어버리게 되는 주객일체의 경지임을 말하고 있다. 이는 취락을 통한 갈등의 해소 속에서 '손'이 스스로 여태껏 자랑했던 '주인'의 풍류를 자신의 것으로 전환하는 계기를 마련했음을 의미한다.

그러다가 서두에서와 마찬가지로 서술자의 진술을 통해 '손'과 '주인'은 그 역할이 서로 교체된다. "손이셔 主人ᄃᆞ러 닐오ᄃᆡ 그ᄃᆡ런가 ᄒᆞ노라"의 '손'은, 서술자의 진술을 통해 다시 부수적 인물로 변화된 것이다. 이 때의 '손'도 서두에서 '주인'의 풍류에 대한 진술을 이끌어내던 때와 마찬가지로 부수적인 역할을 하며, 여기서는 '주인'이 주객일체의 갈등해소의 경지에 다다른 작가의 정서의 담지자로 변화한다. 여기에서 서술자가 등장시킨 '손'의 입을 통해 작가는 자신의 분신인 주인이 眞仙임을 진술하고 있다. 주인 자신의 입이 아닌 '손', 작가의 정서를 직접 드러내는 중추적 역할이 아닌, 부수적 역할을 하는 '손'이란 인물의 입을 통해 眞仙임을 과시하는 이같은 진술 또한, 갈등을 표출하고 해소하는 정서적 상황을 전달하고 공감을 얻어 독자를 설득하기 위한 작가의 진실성 획득의 의도를 충실히 수행하는 것이라 할 수 있다.

4. 맺음말

이 글은 <성산별곡>의 작가가 지닌 갈등의 심리 내지 그 표출 의도와 관련하여 진술방식이나 진술태도를 중심으로 갈등표출 양상을 분석함으로써 작품이 지닌 문학성을 구체화하고자 했다.

먼저 강호가사의 서정구조를 분석했다. 강호가사의 갈등은 서정으로서의 표출로 이해된다. 강호가사의 서정구조는 이중구조를 띠고 있는데, 심층적 구조로서 작품의 바탕에 깔린 작가의 내면적인 대립의 구조가 존재하고, 표층구조로서 작품의 표면에 드러난 갈등표출과 해소를 위한 서정의 구조가 존재한다. 현실과 이념간의 대립으로 존재하는 심층적 구조는 작품상에서 갈등의 표출과 해소를 위한 정서로 환치되어 나타난다. 즉, 자연을 소재로 한 강호가사의 주된 정서인 흥취는 이념적 정서와의 교합을 통하여 작가의 갈등을 자유롭게 표출하게 해 주는 기능을 한다.

다음으로 <성산별곡>의 갈등표출과 해소의 양상을 분석했다. <성산별곡>의 자연흥취는 인생 세간을 멀리하는 것으로부터 연유하는데 이는 자연흥취가 현실을 지향하는 이념적 정서와 모순된 관계로 교합하게 됨을 의미한다. 이러한 까닭에 자연흥취는 보다 간접적이고 소극적이다. 결국 간접적이고 소극적인 자연흥취를 통해 이념적 현실에 대한 시름의 흔적이 드러나게 되고, 이를 회피하여 잊어버림으로써 작가의 내면에서 현실과 이념이 조화로운 해결을 이루는 갈등의 해소로 나아가게 된다.

마지막으로 <성산별곡>에서 갈등의 표출을 구현하는 장르적 요소의 기능을 분석했다. 전달과 공감을 추구하는 작가의 의도가 갈등표출에 구현된 양상으로서, 갈등의 전달을 보다 진실되게 보임으로써 공감을 얻기 위한 眞實性의 기능에 주목하여, 극적 장르요소인 대화체의 진술방식에 등장하는 인물의 설정과 그 역할을 살폈다. <성산별곡>은 피상적으로 대화체의 형식을 빌긴 하였으나, 진술을 담당하는 화자의 시점은 서두의 첫 행과 결말의 마지막 부분을 제외하고는 '손'의 시점에서 일관되게 진행되는 '손'의 자문 자답 형식으로 볼 수 있다. 작품에 등장하는 '주인'과 '손'은 작품의 전개에 따라 각각 중추적 역할과 부수적 역할을 교대로 담당하고 있는데, 중추적 인물이 작가의 갈등을 표출하는데 중심 역할을 하는 반면, 부수적 역할을 하는 보조적 인물은 갈등을 표출하고 해소하는 정서적 상황을 전달하고 공감을 얻어 독자를 설득하기 위한 작가의 진실성 획득의 의도를 충실히 수행하고 있다.

〈回心歌〉와 〈回心曲〉의 작품전개 방식

1. 머리말

이 글은 佛教歌辭 가운데 가장 널리 유통되었던 〈回心曲〉에 대한 문학적 이해를 목적으로 한다. 불교가사의 연구는 그동안 작품의 발굴 소개와 문헌적, 유통적 관점 및 불교적 관점 등으로 다양하게 이루어져 왔는데, 그 중 개별작품에 대한 연구는 주로 懶翁의 작품을 대상으로 하고 있으며 작품 자체의 문학적 구조나 양상에 대한 분석적 접근도 주로 懶翁의 〈西往歌〉를 중심으로 이루어져 왔다.[1] 불교가사 중에서 가장 많이 유통되었고 현재에도 다양한 형태로 그 전승의 맥이 이어지고 있는 〈回心曲〉은, 그 이본 유통의 범위나 규모로 보아

---

1) 조태영, 서왕가의 문학적 가치,『한국고전시가작품론2』, 집문당, 1992. ; 염은 열, 서왕가의 인식적 특성 연구,『선청어문』23집, 서울대 사범대, 1995. ; 김대 행, 서왕가와 문학교육론,『한국가사문학연구』, 태학사, 1996 등의 논문이 있다.

일반 대중들의 불교가사에 대한 수용과 인식의 중심에 위치하고 있다고 볼 수 있다. 그러나 <회심곡>이 불교가사에서 차지하는 이러한 위상에도 불구하고 작품의 개별적 접근은 그다지 많이 이루어지지 않았고 작품의 다양한 문학적 요소에 대한 분석적 접근도 아직 미미한 실정이다.[2]

이 글은 불교가사 <回心曲>의 내용과 언어적 표현에 주목하여 작품의 전개방식을 고찰하고자 하는 것이다. 이는 문학작품으로서 불교가사에 대한 심미적 이해와 감상의 폭을 넓히고, 종교가사로서 敎述性을 중심으로 이해되고 있는 불교가사의 장르적 성격에 대한 보다 구체적이고 적확한 인식을 얻기 위한 것이다.

<回心曲>이라 통칭해 온 一群의 작품들에 대하여 이를 두 개의 유형으로 나누어 인식하기도 한다. 池錊圭는 <回心曲>과 그 이본으로서 <別回心曲>・<特別回心曲>・<續回心曲>에 대하여 어구 표현, 내용의 구성 및 스토리 전개의 면에서 차이점을 고찰하고, 後者는 前者를 원전으로 대중포교를 지향하여 첨부 개작했을 것이라고 했다.[3] 金鍾眞은 작품유통의 관점에서 前者를 <回心歌>로 後者를 <回心曲>으로 분리하여 서로 異本關係가 아닌 별개의 작품으로 인식하고 있다.[4] 여

---

2) 회심곡에 대한 연구로는 다음의 논문들이 있다.
　이대복, 강창문학으로서 본 회심곡,『사대학보』7-1, 서울대, 1965.
　김화숙, 회심곡 고찰,『사림어문연구』, 창원대 국어국문학회, 1986.
　김주곤, 회심곡연구,『논문집』4집, 대구한의대, 1987.
　이옥영, 회심곡 연구, 이화여대 대학원 석사학위논문, 1988.
　지병규, 회심곡의 연구,『어문연구』제21집, 어문연구회, 1991.
3) 지병규, 위의 논문. 여기에서는 <回心曲>과 <別回心曲>・<特別回心曲>・<續回心曲>을 異本 관계로 보았으나, 이 둘 사이의 내용 구조와 표현상의 차이점을 부각시켜 논의를 전개했다.
4) 회심곡 계열의 이본들이 <회심가>의 첫구절을, 이후에 전개되는 내용과는 관계없이 차용함으로써 서두에서 <회심가>와 <회심곡>이 혼용되어 인식되었

기에서는 이 견해들을 참고하여 <回心曲>이라 불리는 작품군을 <回心歌>와 <回心曲>으로 구별하여 그 변별적 요소에 주목하는 한편 논의를 보다 확장하여 각각 개별적인 작품전개 방식을 살피기로 하겠다.5) 보다 구체적으로는 내용전개의 구조와 의미 그리고 진술방식을 살피는 것이 된다. 이는 어디까지나 개별작품이 지닌 독자적인 문학적 구조에 주목하여 두 작품간의 차이점을 보다 뚜렷이 드러내기 위한 것으로, <回心曲>류를 대상으로 한 기왕의 여러 연구들이 주목했던 이본의 광범위한 유통과 수용의 근거를 작품 자체가 지닌 문학적 구조와 표현에 천착함으로써 밝히고자 하는 것이다.

2. 내용 전개구조의 대비

1) 回心歌의 내용 전개구조

<회심가>6)의 서두는 이 작품이 궁극적으로 추구하는 종교적 이상

으며, 이전의 연구자들이 '원본 회심곡'이라거나 '저본 회심곡'이라 설정한 바 있는 <회심곡>은 <회심가>라 불러야 한다고 했다. <回心歌>와 <回心曲>의 작자, 판각, 이본, 유통에 관한 내용은 김종진, 『불교사사의 유통 연구』, 동국대박사논문, 2000.7, pp.96~97, 103~104 참조.

5) 원문의 인용과 주해는 임기중의 『佛敎歌辭 原典硏究』(동대출판부, 2000)를 참고로 했다. <回心歌>는 해인사본 『普勸念佛文』(1776)의 <회심가고>를, <回心曲>은 『釋門儀範』(1931)의 <별회심곡>을 대상으로 한 것이다.

6) <回心歌>는 淸虛大師 休靜(1520~1604)의 작품으로 알려지고 있다. 『普勸念佛文』(1764 동화사, 1765 묘향산 용문사, 1776 해인사, 1787 선운사)에 실려 있는데, 『普勸念佛文』에는 지은이가 밝혀져 있지 않고 『新編普勸文』(1776 해인사)에 <淸虛尊者回心歌>라는 제목으로 실려 있다. 이외에 필사본 『보권념불문』, 『자

세계를 제시하는 것으로 시작된다.

> 텬디이의 분훈후에 삼나만샹 일어나니
> 유정무정 삼긴얼골 텬진면목 절묘호더
> 범부고텨 셩인되면 오직사룸 최귀ᄒ다
> 요순우탕 문무주공 삼강오샹 팔죠목을
> 티평셰에 장엄ᄒ니 금슈샹에 텸화로다
> 동서남북 간디마다 형뎨ᄀᆺ티 화합ᄒ니
> 텬하티평 가감업서 안양국이 거의러니

'有情 無情 생긴 얼굴은 자연 그대로의 참 모습으로 아주 묘한데, 凡夫가 다시 聖人이 됨은 오직 사람만이 최고로 귀'한 것은 불교적 이상세계이다. 이어지는 堯·舜·禹·湯·文·武·周公 들과 三綱五常, 大學의 八條目 등의 나열은 태평세계로서 유교적 이상세계의 제시이지만, '온 세상의 태평함이 더하고 덜함이 없이 거의가 安養國'이라는 진술로 이 또한 불교적 이상세계로 귀결된다.[7] 이 '安養國'이라는 불교적 이상세계의 제시 뒤에는 곧 이와 대립되는 현실세계의 부도덕과 재난으로 인한 사회상이 나열된다.

> 어화 황공ᄒ다 우리민심 황공ᄒ다
> 태고텬디 ᄂᆞ려오고 요슌일월 볼가시되

칙가』,『감응편』,『불교가사』,『부인치가사』,『증도가』,『가집』(126번),『아악부가집』(13번),『악부』(12번)과 『석문의범』에 실려 전한다. <회심가>의 이본은 같은 제목 외에 '회심곡, 권불가, 재이변회심곡' 등의 제목으로도 유통되었다. 임기중, 위의 책, <007. 회심가> 해설 참조.

7) 이 이상세계는 불교적 이상세계만이 아니다. 유교적 이상세계를 들어 제시하고 나서 이것이 곧 불교적 이상세계임을 밝히고 있다. 이렇게 유교적 이상세계와 불교적 이상세계를 나란히 제시하는 것은 당시 崇儒抑佛의 상황 속에서 佛敎界가 대중에게 보다 용이하게 다가서기 위한 하나의 방도일 수가 있다.

> 야쇽흘셔 말셰풍쇽 츙효신힝 다변리고
> 애욕망에 깁히드러 형데투징 마댠느니
> 가련ᄒ다 빅발부모 의로흘디 바히업셔
> 문외예 바잔일며 흘니느니 눈믈일다
> 골육샹잔 져리ᄒ니 촌외인을 의논흘가
> 인심이 대변ᄒ니 텬신이 발노ᄒ야
> 대호악귀 모라나야 비명악ᄉ 수업ᄉ며
> 한지풍샹 ᄌ조드러 쳔문만호 긔근ᄒ니
> 김가박가 사롬마다 부모쳐ᄌ 분리ᄒ야
> 농샹쳔변 눔의ᄯᅡ힌 여긔뎌긔 긔ᄉᄒ니
> 참혹ᄒ다 주검이여 다믄됴직 가마괴라

위에서는 현실세계의 佛法이 쇠퇴한 모습을 말하고 있다. 형제간의 불화와, 늙은 부모의 방황, 재난으로 인한 죽음, 부모 처자가 흩어져 굶어 죽는 것 등의 '야속한 末世 風俗'은 佛法이 쇠퇴한 까닭이다. 이러한 모습들은 앞서 제시된 이상세계와 대립되는 공간으로서의 현실세계의 혼란상이다. 이처럼 <회심가>의 서두는 現世와 極樂世界라는 두 개의 공간을 대립적으로 제시하고 있다.[8]

이러한 현실과 이상의 대립 곧 현실의 혼란상은 그 현실 속에서 해결이 모색되는 것이 아니라 自我의 문제로 인식되어 그 해결이 시도된다.

> 불슌인도 슬피시소 우텬지앙 더러ᄒ니

---

8) 불교가사에는 염불을 통한 왕생이라는 주제 아래, 작품의 바탕에는 現世와 極樂이 대립적으로 제시되고, 염불을 통한 극락으로의 왕생을 권하는 내용이 전개되는 작품이 많다. <회심가>도 역시 이러한 점에서는 마찬가지이다. 여기서는 불교가사 일반에 보이는 이러한 내용을 <회심가>를 통해 보다 구체적으로 작품전개의 구조적인 양상으로서 살핀다는 점에 의의를 둔다.

> 텬고청비 즛조빗터 즛긔촌심 바로딘녀
> 일변으로 념불ᄒ고 일변으로 츙효ᄒ소
> 구텬이 감응ᄒ면 요슌태평 아니볼가
> 불법어듸 일뎡ᄒ며 요슌어듸 시이실고
> 념불ᄒ면 불법이요 츙효ᄒ면 요슌이니
> 츙효가져 입신ᄒ고 념불가져 안양가새9)

마지막 행의 염불을 통한 극락왕생('념불가져 안양가새')은 현실 삶 속에서의 善行에 의한 것이라기보다, '하늘의 북소리를 낮은 자리에서 겸손히 듣는 것을 자주 깨우쳐 자기 마음 속에 지닌 작은 뜻을 바로 지니는 것'(2행) 곧, 自我의 修行과 正立에 의한 것이다. 현실세계의 혼란상은 결국 내면세계의 문제로 인식되고 있는데, 이 내면세계를 바로 세움으로써 극락이라는 이상세계로 환원할 수 있으며 이는 염불을 통해서 가능한 것이다.10)

그러므로 이 염불은 佛法이 쇠퇴한 현실세계의 '야속한 末世 風俗'을 극복하기 위한 내면적 修行이면서, '安養國'이라는 이상세계와 '야속한 末世'라는 현실세계의 대립을 해소하여 이상세계로 환원하기 위한 수단이자 통로로서 제시된 것이다. 이러한 내용의 전개는 다음과 같이 나타낼 수 있다.

---

9) 이 행에서는 忠孝라는 유교적 덕목을 立身과, 염불을 극락왕생과 연결하고 있다. 이렇게 충효와 염불을 나란히 제시하는 것은 앞서 유교적 이상세계와 불교적 이상세계를 나란히 제시한 방식과 마찬가지로, 崇儒抑佛의 상황 속에서 불교만을 내세우는 데서 오는 시대적 인식의 저항을 해소하려는 배려로 보인다.(앞의 주 8) 참조)

10) <회심가>는 염불을 통한 극락왕생의 권유가 작품의 핵심 의도로 자리한다. 그러한 까닭에 염불의 권유는 여기에서 현실 삶 속의 선행보다는 자기 내면의 수행과 연결되고 있다. 이러한 점은 <회심곡>이 염불을 통한 극락왕생보다는 현실과 보다 직접적으로 관련되는 내용을 진술하고, 현실 삶 속에서의 선행을 강조하는 것과 대조된다.

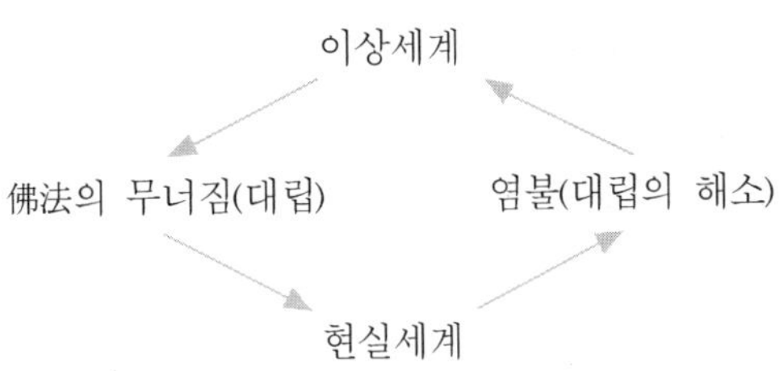

이렇게 볼 때, <회심가>의 내용 전개구조는 현실세계와 이상세계라는 상반된 두 공간을 대립적으로 제시한 후, 현실세계로부터 이상세계로의 환원을 꾀함으로써 그 대립의 해소를 지향하는 공간적 순환구조라고 할 수 있다. 여기에서 이상세계와 현실세계의 대립은 佛法의 무너짐으로 제시되고 이 대립은 염불이라는 불교적 信行으로 해소되어 다시 이상세계로 환원된다. <회심가>의 내용은 대립(불법이 무너진 현실세계)의 모습보다 대립의 해소를 지향하는 염불과, 그 염불을 통한 왕생을 중심으로 전개되고 있는데, 이는 진술의 분량을 서로 비교해도 분명히 드러난다. 결국 <회심가>는 현실에서의 善功德보다는 염불을 통한 극락왕생이 뚜렷하게 작품 전개의 핵심으로 자리하고 있다.

또한 <회심가>에서는 이러한 내용 전개의 구조에 따라 종교적으로 보다 근본적인 문제인 '生과 死'의 문제도 二元的으로 제시된다. 生의 세계는 어디까지나 불법이 무너진 세계로서 보조적으로 제시되며, 이러한 불법이 무너진 生의 세계를 떠나 염불을 통해서야 비로소 이상세계인 극락으로 왕생하게 된다는 점을 힘주어 말하고 있다. <회심가>에서는 현실세계에서 이상세계로 환원시키는 염불이 生의 세계보다는 그를 떠난 死後의 극락세계를 지향하는 까닭에서이다.

이러한 정황은 내용 가운데 많은 부분을 차지하는 불교적 話素를 제시하는 부분에서도 마찬가지이다. <회심가>에는 '阿彌陀佛의 發願',

'釋迦의 고행', '극락의 환희상', '저승길과 지옥의 고통' 등의 화소가 제시되어 있는데, 이러한 화소들은 주로 生의 세계가 아닌 死後 세계인 극락을 지향하는 염불왕생의 주제를 일관되게 강조하기 위한 것으로 제시되어 있다.

그런데 이러한 화소들은 구체적으로 제시되지 못하고 개별적·단편적으로 나열되어 하나의 주제로 개별적으로 귀결될 뿐, 화소들끼리의 밀접한 연계성을 지니지 못한다. 이는 <회심가>가 청자에게 염불왕생을 권유하는 데 있어서, 염불왕생의 원리와 방법에 대한 개념적 강조에 역점을 두어 이치의 전달에 치우친 것에 그 원인이 있다고 할 것이다. <回心歌>가 이처럼 여러 화소들을 단편적, 개별적으로 나열하여 염불 왕생의 원리와 방법을 개념적으로 제시함으로써 그것을 권유하고 있다면, <回心曲>은 개별 화소들의 내용을 보다 구체적으로 확장하여 제시하고 서사적 흐름에 따라 매끄럽게 이어가고 있다. 또한 사후 세계인 죽음의 여정과 十王의 심판 화소를 제시함에 있어서도, 현실에서의 삶의 모습과 태도에 보다 많은 관심을 보이고 있는데, 모든 화소가 死後의 세계가 아닌 現世에서의 善行功德 실천의 강조와 관련된다.

2) 〈回心曲〉의 내용 전개구조

<회심가>의 내용 전개구조가 공간적 순환구조11)라면 <회심곡>12)

---

11) 앞에서 <회심가>의 내용 전개 구조는 현실세계와 이상세계라는 상반된 두 공간을 대립적으로 제시한 후, 현실세계로부터 이상세계로의 환원을 꾀함으로써 그 대립의 해소를 지향하는 공간적 순환구조임을 밝혔다.
12) 이 <回心曲>은 『釋門儀範』의 <別回心曲>을 대상으로 했다. 제목은 <別回心曲>

은 시간적·순차적 진행구조이다.[13] 〈회심곡〉의 내용 전개 순서를
간추리면 다음과 같다.[14]

　　　가) 출생의 功德(生)
　　　나) 늙음에 대한 안타까움(老)
　　　다) 得病과 治病(病)
　　　라) 저승 여정(死)
　　　마) 十王의 심판(死)
　　　바) 善心功德의 강조

　위의 가)에서 마)까지의 내용은 生老病死의 인생여정이 시간적 순서
에 의해 순차적으로 이어진 것이다. 이승과 저승이 앞의 〈회심가〉에

　　이나 〈回心曲〉 계열에 속한다. 〈回心曲〉은 19세기에 등장한 작자를 알 수
　　없는 불교가사다. 탁발승 걸립패 독경무 향두꾼의 구연과 청중 독자의 호응
　　에 힘입어 널리 유통되었다. 〈回心曲〉은 '별회심곡, 선심가, 회생곡, 무량가,
　　저승가, 환참곡, 회심곡' 등의 이름으로 널리 필사되었다. '특별회심곡, 속회
　　심곡, 반회심곡'도 〈回心曲〉의 이본에 속한다. 임기중, 앞의 책, 〈022. 별회
　　심곡〉 해설 참조.

13) 회심곡의 내용구조에 대해 김화숙은 '생 → 로 → 병 → 사 → 저승행 → 심판 →
　　재생(윤회) → 적선공덕'(특별회심곡을 대상)으로 내용의 전개를 설명하고, 인
　　간의 삶을 순차적으로 제시하면서 다시 순환되어져 오는 순환구조로 보았으
　　며(김화숙, 앞의 논문), 김주곤도 이를 참고로 회심가와 회심곡을 구별하지
　　않고 회심가의 첫부분의 내용을 첨가하여, 출생이전 → 생 → 로 → 병 → 사 →
　　황천객 → 심판 → 재생 → 적선공덕으로 전개되는 순환구조로 보았다(김주곤,
　　앞의 논문).

14) 회심곡 계열의 작품 중 〈특별회심곡〉은 〈별회심곡〉과 몇몇 구절의 차이만
　　있을 뿐 대동소이하고. 〈속회심곡〉, 〈반회심곡〉 등은 〈별회심곡〉의 광범
　　위한 유통의 결과로 나타난 이본이다. 이들을 〈별회심곡〉과 비교해 보면 전
　　체적인 주제는 일치하지만, 내용의 전개에 있어 공통되는 구보다는 새로 확
　　장한 구의 비중이 더 두드러지게 나타난다. 출생 화소는 반회심곡에서, 저승
　　길 화소는 속회심곡과 반회심곡에서, 심판 화소는 속회심곡과 환참곡에서 각
　　각 확장되었다. 김종진, 앞의 논문, pp.100, 104~107 참조.

서 서로 구별되어 대립적 공간으로 제시된 것과는 달리, 여기에서는 시간적·순차적인 일련의 과정 속에서 자연스럽게 이어지고 있다. 가) → 다)로 이승에서의 삶이 진행되었듯이, 다) → 라)의 이승에서 저승으로 옮아가는 것도 이승에서의 인생여정처럼 자연스럽게 이어진다.

> 가) → 나) : 生 → 老
> 한두살에 철을몰라 부모은덕 알을손가
> 이삼십을 당하여도 부모은공 못다갑하
> 어이업고 애달고나 무정세월 여류하야
> 원수백발 도라오니 업든망령 절로난다
>
> 나) → 다) : 老 → 病
> 우리인생 늙어지면 다시점지 못하리라
> 인간백년 다사라도 병든날과 잠든날과
> 걱정근심 다제하면 단사십도 못살인생
> 어제오날 성튼몸이 저녁나절 병이들어
> 섬섬약질 가는몸에 태산가튼 병이드니
> 부르나니 어머니요 찾는것이 냉수로다
>
> 다) → 라) : 病 → 死
> 칠성님전 발원하고 신장님전 공양한들
> 어느성현 알음잇어 감응이나 할까부냐
> 제일전에 진광대왕 제이전에 초강대왕
> <중 략>
> 열시왕의 부린사자 일직사자 월직사자
> 열시왕의 명을바다 한손에 철봉들고
> 또한손에 창검들며 쇠사슬을 빗겨차고
> <중 략>
> 애고답답 서른지고 이를어이 하잔말가
> 불상하다 이내일신 인간하직 망극하다

<회심곡>은 위에서처럼 시간적·순차적인 일련의 과정으로서의 진행구조 속에서 '生과 死'의 문제가, 二元的으로 구별되어 제시된 <회심가>와 달리 一元的으로 제시되고 있는 셈이다. 이러한 一元的인 질서 속에서 이후에 주로 전개될 내용인 死後 세계(十王의 심판)에 대한 진술은 '生'과 구별되지 않는 과정으로서, 또한 '死'를 통한 '生'의 세계에 대한 관심을 표명하는 것으로서 그 의미를 생성하게 된다. 이것은 곧 작품 전개 과정이 극락으로의 왕생보다는 이승에서의 삶에 더욱 무게를 두고 있음을 시사한다.

<회심곡>의 내용 가운데 十王의 심판 장면에서 이러한 점은 보다 확연하게 드러난다.

남녀죄인 잡아들여 형벌하며 뭇는말이
이놈들아 드러보라 선심하랴 발원하고
인세간에 나아가서 무삼선심 하엿는가
바른대로 아뢰여라 용방비간 뻔을바다
님금님께 극간하여 나라에 충성하며
부모님께 효도하여 가범을 세웟시며
배곱흔이 밥을주어 아사구제 하엿는가
헐벗은이 옷을주어 구란공덕 하엿는가
조흔곳에 집을지어 행인공덕 하엿는가
깁흔물에 다리노아 월천공덕 하엿는가
목마른이 물을주어 급수공덕 하엿는가
병든사람 약을주어 활인공덕 하엿는가
놉흔산에 불당지어 중생공덕 하엿는가
조흔밧에 원두심어 행인해갈 하엿는가

위는 죄인에 대한 治罪의 대목이다. '나라에 대한 충성, 부모에게 효도, 餓死救濟, 救難功德, 行人功德, 越川功德, 汲水功德, 活人功德, 衆

生功德, 行人解渴’ 등의 내용은 저승이 아닌 ‘인세간(人世間)의 선심(善心)’ 곧, 이승에서의 善心과 善行을 권하는 것이다. 이어지는 ‘착한사람’에 대한 처분의 내용도 마찬가지이다. <회심곡>은 생로병사의 인생여정이 시간적인 순서에 의해 전개되면서, ‘死’에 해당하는 저승길의 과정과 저승에서의 심판 장면이 상대적으로 많은 부분을 차지한다. 그런데 궁극적으로 이 내용들은 聽者에게 사후세계에 대한 두려움을 일깨워 이승에서의 善行을 권유하고자 하는 의도를 지닌 것이다. 곧, 사후세계의 두려움을 느끼게 하는 내용이긴 하지만 동시에 生의 세계에 속한 이들에게 生의 세계에서의 선행을 강조하기 위한 것이다. 생을 떠난 死가 아니라 死를 통해 生을 강조함으로써 결국 生과 死를 一元的으로 제시하고 있다고 할 수 있다.

이처럼 <회심가>가 염불을 통해 극락왕생할 것을 권유하면서 死後 세계를 강조하고 있는데 비해, <회심곡>은 저승길의 여정과 시왕의 심판이라는 사후 세계의 구체적인 묘사를 통해 오히려 사후 세계가 아닌 이승에서의 善行을 강조하는 데 무게를 두고 있다는 점이 뚜렷하게 대비된다.

착한사람 불러듸려 위로하고 대접하며
<중 략>
네원대로 하여주마 극락으로 가랴느냐
연화대로 가랴느냐 선경으로 가랴느냐
장생불사 하랴느냐 서왕모의 사환되여
반도소임 하랴느냐 네소원을 아뢰여라
옥제에게 주품하사 남중절색 되여나서
요지연에 가랴느냐 백만군중 도독되여
장수몸이 되겟느냐 어서밧비 아뢰여라
<중 략>

어서밧비 시행하자 저른사람 선심으로
귀히되여 가나니라 대웅전에 초대하야
다과올려 대접하며

善心을 행한 '착한 사람'들에게는 가고 싶은 곳(極樂, 蓮花臺, 仙境), 長生不死, 다시 태어나서 되고 싶은 인간의 모습(西王母의 使喚, 男中絶色, 百萬軍中 都督) 등의 소원을 묻고, '대웅전으로 초대하여 차와 과자를 대접'하는 모습이 제시된다. 이러한 착한 사람에 대해 소원을 묻고 대접을 제시하는 것 역시 앞의 죄인에 대한 治罪와 마찬가지로 死後 세계가 아닌 이승에서의 삶을 위주로 한 내용이다.

그리고 이러한 이승에서의 善行에 대한 강조를 '남녀 죄인'(惡)과 '착한 사람'(善)을 병치하여, 善行과 惡行의 댓가를 극명하게 대조시킴으로써 이루어낸다. 이러한 병치와 대조는 이어지는 대목에서 '여자 죄인'에 대한 치죄와 '착한 여자'에 대한 대접의 내용이 나란히 제시되면서 다시 한번 반복되고 있다.

이상과 같이 볼 때 결국 <회심곡>은 표면적으로는 生의 세계에서 死의 세계로 향하는 時間的 順次的 進行構造이면서, 심층적으로는 死의 세계에서 다시 生의 세계로 향하는 回歸構造가 되는 二重의 작품전개 구조를 지니고 있다고 할 수 있다.[15] <회심곡>의 심층적 의미를

---

15) <회심곡>의 내용 전개를 순환구조로 파악한 견해들(김화숙과 김주곤의 앞의 논문)에서 재생 혹은 윤회의 단계로 제시된 내용은, 十王의 심판 가운데 '착한 사람'과 '착한 여자'를 대상으로 十王이 상을 주는 진술 속에 부분적이고 개별적으로 들어있을 뿐이다. <회심곡>에는 하나의 단락으로서 재생의 의미를 확실하게 드러내 줄 수 있는 극락의 모습이나 왕생에 대한 구체적 내용은 이어지지 않는다. 그러므로 <회심곡>에서 내용 전개의 구조적 단계로서 재생이라는 의미단락은 제시되지 않은 것으로 볼 수 있다. 순환구조로의 파악은 윤회라는 불교적 진리에 대한 인식이 작품의 근저에 흐르고 있다는 점에서는 가능하다.

형성하는 이러한 현실지향의 회귀구조 속에서의 현실의 삶에 대한 강조는, 다음의 結詞 부분에서 교훈적 진술을 통해 보다 직설적으로 뚜렷하게 제시되고 있다.

> 선심하고 마음닥가 불의행사 하지마소
> 회심곡을 업신여겨 선심공덕 아니하면
> 우마형상 못면하고 구렁배암 못면하네
> 조심하여 수신하라 수신제가 능히하면
> 치국안민 하오리니 아뭇조록 힘을쓰오
> 적덕을 아니하면 신후사가 참혹하네
> 바라나니 우리형제 자선사업 만히하세
> 내생길을 잘닥가서 극락으로 나아가세
> 나무아미타불 나무관세음보살

善心功德을 아니하면 말과 소, 구렁이 뱀을 면할 수 없고, 극락으로 나아갈 수 있는 것은 착한 마음을 닦고, 修身, 齊家, 治國, 安民, 慈善事業 등 '내생(來生)길'을 잘 닦는 것이다. 이 '내생길'은 현실 삶 속에 존재한다. 현실 세계에서 '적덕(積德)을 아니하면 신후사(身後事)가 참혹'하게 된다. 生의 세계에서의 삶에 대한 강조로서의 끝맺음이다. <회심곡>의 유통이 <회심가>의 경우보다 더욱 광범위했던 이유 중의 하나로, <회심곡>이 이처럼 작품의 전개에 있어서 사후의 세계가 아니라 보다 현실적인 삶과 밀착된 내용을 실음으로써 청자의 관심을 끌 수 있었던 점을 들 수 있다.

3. 진술방식의 대비

불교가사에는 대중에게 불교의 교리를 전달하여 신심을 북돋우거나 불교적 수행 과정의 어려움이나 기쁨 등 정서적 상태를 표현하는 작품이 많다. 그 중에도 대부분의 불교가사는 전자의 경우에 해당하는 것으로 대중에게 불교의 가르침과 깨우침을 전달하고 설득하려는 의도가 직접적으로 표출되는데, 그러한 의도의 표출은 기본적으로 주제적 진술방식으로 전달된다고 할 수 있다.

그런데 가사의 장르적 특성이 그렇듯이 불교가사에서도 종교적인 가르침과 깨우침의 의도는 작품을 통해서 전적으로 주제적 방식으로만이 아니라 서정적, 서사적, 극적 진술이 부분적으로 혼합·병행되면서 실현된다. 따라서 여기서는 불교가사의 주제적 진술이 지향하는 설득이나 설명 혹은 주장의 측면보다는, 이러한 설득, 설명, 주장을 효과적으로 달성 위해 진술된 언어적 표현이 지니는 효용적 기능의 측면에 주목함으로써, 종교적 의도가 두 작품을 통해 문학적으로 성취된 모습의 차이를 살피기로 한다.

1) 〈回心歌〉의 진술방식

<회심가>에는 阿彌陀佛의 發願, 釋迦의 고행, 지옥과 극락의 모습 등의 話素가 등장한다. 이러한 화소들은 모두 염불을 통한 왕생이라는 불교적 진리를 전달하고, 이러한 진리를 깨달아서 실천하라는 종교적

전언을 직접적으로 일관되게 강조하는 진술과 병행·교체되면서 제시
된다. 이 화소들 중 '阿彌陀佛의 發願'에 관한 진술 내용과 진술 방식
을 살펴보자.

> 아미타불 태즈시예 념불법문 고디듯고
> 발원ᄒ야 닐ᄋ샤디 내 믄져 념불ᄒ여
> 안양국에 가온후에 귀쳔남녀 노쇼업시
> 나의명호 외오니면 악취중에 아니가고
> 극낙으로 바로갈줄 스십팔원 세워시니
> 세망에 걸닌사름 불국으로 인도ᄒ니
> 비감심을 니르와다 즐겨부터 념불ᄒ소
> 금시태평 후시안양 만고복덕 구휼딘대
> 금구소셜 무상법을 지셩으로 봉지ᄒ소

아미타불이 태자시에 발원하고 염불하여 극락에 간 후, 아미타의
名號를 왼 사람이면 귀천 남녀 노소 없이 누구나 '악취'[16) 중에 아니
가고 극락으로 바로 갈 수 있도록 48가지의 誓願을 세웠다는 내용이
다. 아미타불은 法藏比丘가 오랜 세월 동안 수행하고 48대원을 이루어
成佛한, 극락정토를 주재하는 부처이다. 이 '아미타불의 발원' 화소는
극락정토로 왕생하는 원리와 방법을 제시하는 의미가 있다.

여기에서 주목되는 점은 아미타불의 진술을 부각시켜 3인칭이 아닌
1인칭으로 나타내고 있다는 점이다. <회심가>는 작품 전반을 통하여
화자 스스로도 1인칭의 호칭을 부여하지 않고 있음에 반해, 위에서는
아미타불에 대해 1인칭 주체로서의 호칭과 진술방식을 부여하고 있
다. 이는 진술의 과정에서 대화체의 진술을 갑자기 끼워 넣음으로써

---

16) 惡趣, 악한 짓이 원인이 되어 태어나는 곳, 地獄, 畜生 등을 말함. 3악취, 4악
   취, 5악취, 6악취로 분별함.

극적 효과를 발휘함과 동시에, 아미타불에 대해 권위를 부여하는 효과를 지닌다. 이러한 권위 부여에는, 청자에게 종교적 구원으로서 아미타불의 염불이 지닌 효능과 가치를 한층 깊이 인식시켜 아미타불의 名號를 외운 사람들은 극락으로 반드시 갈 수 있다는 확신을 유도함으로써, 종교적 깨우침을 보다 치밀하고 효과적으로 실현하고자 하는 의도가 반영되어 있다.

그러므로 이어지는 '속세의 그물에 걸린 사람을 佛國土로 인도하므로 悲感心을 일으켜서 즐겨 부처를 염불하고, 현세에는 태평세월 후세에는 극락세계로 가는 만고의 복덕을 구할 수 있으니 석존의 가르침을 지성으로 받들어 모시라'는 중생에 대한 당부의 말은, 아미타불의 발원에 대한 깊은 신뢰감 속에서 청자에게 다가가게 된다.

<회심가>는 대개의 불교가사가 그렇듯이 전체적으로 진리의 깨우침과 信行에 대한 직접적인 권유 의도를 표면적으로 드러낸다.17) 그런데 <회심가>의 이러한 진술에는 종교적 진리의 전언 대상인 청자(2인칭)의 호칭 '너'가 명시되어 있지 않다. 이는 多衆을 향한 권유에 있어서 일방적인 설법보다는 비교적 객관적 전언의 효과18)를 달성하기 위한 듯이 보인다. 이러한 객관적인 전언은 <회심가>가 염불을 통한 극락왕생이라는 종교적 진리를 깨우치고 가르치는 데 있어서, 진술상의 객관성을 획득하여 화자의 전언에 청자가 보다 잘 공감하도록 하려는 의도가 담긴 것이라고 할 수 있다.

---

17) 불순인도 살피시소, 염불하고 충효하소, 충효가져 입신하고 염불가져 안양가세, 염불하소, 지성으로 봉지하소, 출농학이 어서되소, 염불하여 불국으로 어서가세, 미타성호 외우소서, 남을 보아 깨치시소…… 등 작품의 전편에 걸쳐 이러한 진술방식이 나타난다.

18) 이 객관적인 전언은 화자가 전달하고자 하는 화제에 대하여가 아니라, 청자에 대하여 일정한 거리를 두는 전언이라는 의미로 사용한다.

그런데, <회심가>에서 화자의 목소리는 염불과 극락왕생이라는 진리를 청자에게 직접 전달하기만 하는 것이 아니라, 정서적 표현의 주체로서 세계에 대한 자아의 태도를 드러내는 서정적 진술을 사용하기도 한다.

> 반야혜검 빠혀나야 무명황초 버히시고시고
> 아미타불 외오다가 즈긔미타 친히보면
> 일보도 옴디아녀 극낙국에 니뢰ᄂ니
> 부ᄂᄇ람 요풍이오 볼근광명 슌일이라
> 년화디예 올라안자 됴쥬쳥다 부어먹고
> 빅우거를 멍에메워 녹양쳔변 방초안에
> 등등임운 임운등등 즈직히 노닐면서
> 태평곡을 부르리라 나무아미타불 나라리 리라라
> 나무아미타불

위는 <회심가>의 마지막 부분으로 아미타불의 염불을 통해 自己彌陀를 발견하여 극락국에 이르게 된 화자의 진술이다. 극락의 모습과 그곳에서의 즐거움(4행~9행)에는 수행(1~2행)의 결과 이르게 된 해탈의 경지가 투영된 것이라고도 볼 수 있다. 이는 염불과 극락왕생에 관한 불교적 진리의 전언을 청자에게 직접적으로 깨우치고 가르치는 것에 그치지 않고 서정적 화자의 목소리로 전환시킨 것이다. 그러므로 이 화자는 '갈등의 요소를 내포한, 특수한 상황 속의 구체적 개인이며 세계의 어떤 양상에 반응하는 인물로서, 작품 속의 청자로 하여금 자기처럼 반응하게 하거나 적어도 그런 반응을 이해하도록 자극하는 인물'[19]로 제시되고 있는 셈이다. 이 화자의 목소리 역시 종교적 진리에 대한 깨우침과 권유라는 교훈적 전언의 의도에서 벗어나는 것은 아니

---

19) 김준오, 『시론』, 삼지사, 1994. p.198.

지만, 그러나 그러한 전언을 서정적 진술로 마감하고 있다.

2) 〈回心曲〉의 진술방식

<회심곡>은 진술방식으로 보아 출생부터 죽음에 이르러 十王의 심판에 임하기까지, 十王 심판 중의 十王의 말, 그리고 結詞 부분 등 세 부분으로 나눌 수 있다. 첫 번째 부분에서는 화자가 청자인 시주님네를 향해 인생여정을 이야기하고, 두 번째 부분에서는 十王이라는 등장인물의 입을 통하여 남녀죄인, 착한 사람, 여자죄인 등에게 각각 죄를 묻고 상을 주고 있으며, 마지막은 화자가 청자에게 직접적으로 善心功德, 修身齊家, 慈善事業 등을 권유하고 있다. 두 번째 부분의 진술은 화자가 청자에게 하는 발언을, 十王이 남녀 죄인, 착한 사람, 여자 죄인 등에게 하는 발언으로 대치시킨 것으로 볼 수 있으며, 서두에 '시주님네'라는 청자가 설정되고 결사 부분이 청자에게 직접적으로 권유하는 발언으로 짜여져 있어, 기본적으로는 주제적 방식의 틀을 갖추고 있는 것으로 보인다.

그러나 <회심곡>이 지닌 진술 방식의 특징과 묘미는 위에서 언급한, 진술 방식이 상이하게 나타나는 세 부분 중 그 첫 번째 부분(출생부터 죽음에 이르러 十王의 심판에 임하기까지)에 설정된 청자의 존재 방식과 화자·청자의 관계에서 더욱 선명하게 드러난다.

<회심곡>은 주제적 양식을 근본적으로 택하고 있으면서도 '시주님네'라는 존재가 청자로서 작품의 전면에 뚜렷하게 부각되어 있지 않다.

세상천지 만물중에 사람밧게 또잇는가
여보시요 시주님네 이내말삼 들어보소

　　이세상에 나온사람 뉘덕으로 나왔는가

　　위의 <회심곡> 서두에는 '시주님네'라는 구체적이고도 실질적 청자가 등장한다. 이는 <회심가>가 청자를 뚜렷하게 내세우지 않은 것과 다르다. 그러나 이 '시주님네'라는 청자의 구체적 호칭은 서두에서 한 번 제시될 뿐 작품의 전편을 통하여 다시 등장하지는 않으며, 후반부에 등장하는 '너'라는 존재는 모두 화자의 진술 상대인 청자('시주님네')가 아니라 화제 속의 등장인물일 뿐이다.[20]

　　이 '시주님네'는 현상적 청자로 설정되어 있어 <회심곡>에서 '청자를 향해 가르치고 지시하는 전언에 의미를 둔 욕구적 기능'[21]을 나타내는 것이긴 하다. 그러나 '화자가 청자를 향해 화제에 대한 화자의 태도나 주관적 의지를 주장하거나 강제하는 어법'[22]은 작품의 반 이상을 차지하는 생로병사의 여정을 풀어나가는 부분에서는 사용되지 않고, 후반부의 十王이라는 등장인물이 담당하는 진술과 結詞 부분에서 나타날 뿐이다.[23] 그러므로 이 호칭은 이 노래가 불리어지는 구체적인 상황이 '시주님네'라는 실질적 청자를 대상으로 하고 있다는 점

---

20) '너의죄목 엇지하리 죄악이 심중하니/ 풍도옥에 가두리라', '연화대로 가랴느냐 선경으로 가랴느냐/ 장생불사 하랴느냐 서왕모의 사환되여/ 반도소임 하랴느냐 네소원을 아뢰여라', '네원대로 하여주마 극락으로 가랴느냐', '너에죄목 들어바라 시부모와 친부모께/ 지성효도 하엿느냐' 등의 진술에 나오는 '너'는 十王의 심판에서 十王이 악인과 선인을 구별하여 상과 벌을 주는 대목에서 남녀죄인, 착한 사람, 여자죄인을 지칭하는 것으로, 상과 벌을 주는 十王의 진술 대상으로서 등장하는 인물이지, 이 작품에서 화자의 진술대상인 '시주님네'가 아니다.
21) '현상적 청자 유형', 김광조, 담화 분석을 통한 가사의 장르적 성격, 『'97년도 한국시가학회 전국학술대회 발표요지』, 1997.9.27, pp.18~19 참조.
22) 위와 같음.
23) 이 부분에도 '시주님네'라는 호칭은 진술 가운데 등장하지는 않는다.

을 반영하는 것이기는 하지만, 작가가 독자(청자)에게 직접적으로 말하는 주제적 진술방식을 부각시키는 지표가 되지는 못한다.

이 '시주님네'는 실질적이고 구체적인 청자임에는 틀림없지만, 서두에서의 한 번을 제외하고는 작품의 전반에 걸쳐 언급되지 않고 그 모습을 숨기고 있는 셈인데, 이 숨어있는 청자는 다음의 대목들에서 청자와 화자가 결합된 형태인 '우리'라는 이름으로 그 존재를 드러낸다.

> 춘초는 년년록이나 왕손은 귀불귀라
> 우리인생 늙어지면 다시점지 못하리라
> 불상하다 이내일신 인간하직 망극하다
> 명사십리 해당화야 꼿진다고 설어마라
> 명년삼월 봄이오면 너는다시 피련만은
> 우리인생 한번가면 다시오기 어려워라

서두의 진술인 '이내말삼 들어보소'에서 이미 드러난 바대로 <회심곡>은 '나'의 이야기이다. 그런데, 화자의 진술은 '시주님네'를 청자로 삼고 있지만 화자인 '나'의 진술 내용은 청자인 '시주님네'의 인생 이야기라고도 할 수 있는 까닭에, 화자가 '시주님네'를 대상으로 '시주님네'의 이야기를 대신 해주는 방식으로 볼 수 있다. '시주님네'는 작품의 내부에서는 1인칭 화자의 진술의 대상인 '너'이지만 이러한 진술방식을 통해 그 1인칭 진술 내용의 주인공이 된다. 그런 까닭에 결국 이 '시주님네'는 화자의 모습 속에 그와 함께 진술 내용의 실질적 담지자요 진술의 주체로서 존재하고 있는 셈이다.[24)

작품의 외부와 내부를 넘나드는 이러한 시점의 뒤섞임[25)은 이 노래

---

24) 이는 결사부분에서 화자가 '선심하고 마음닥가 불의행사 하지마소', '조심하여 수신하라 수신제가 능히하면/ 치국안민 하오리니 아못조록 힘을 쓰오'라고 하는 등 청자에게 직접적으로 교훈적인 전언을 수행하는 진술과는 다르다.

를 듣는 사람으로 하여금 전언의 대상이 아니라 전언의 주체로 여기게 만들어, 진술의 내용을 '너'의 이야기가 아닌 '나', 나아가서 너와 나의 구별이 아닌 '우리'의 이야기로 인식하고 공감토록 하는 것이다.[26] 이러한 청자의 존재 방식과 화자·청자의 관계 역시 <회심곡>이 많은 대중들에게 쉽게 수용되고 불교가사 중에서 가장 광범위하게 유통될 수 있었던 이유 중의 하나라고 할 수 있다.

<회심곡>의 첫 번째 분단은 생로병사라는 인생여정의 사건을 시간적 순차적으로 전개시키고 있다. <회심곡>에서 종교적 가르침과 깨우침을 위한 교훈적 전언을 보다 효과적으로 달성하기 위한 보다 적극적인 방식은 여기에서 서사적 방식[27]에 의해서 실현되고 있다. 그런데 <회심곡>의 이 서사적 방식은 사건의 흐름을 시간적 순서에 의해 서술함에 그치지 않고 그 이상의 기능을 한다는 점에서 그 효용적 의미가 더욱 깊어진다. 서사적 방식을 통해 서정적 풀어냄의 기능을 수행하고 있다는 점이 그것이다. <회심곡>에서 서사적 진술 내용

---

25) '시주님네'는 작품 내적 청자이고 또한 실질적 청자이지만, 작품내용도 청자의 생로병사의 이야기로서 작품 내의 화자의 목소리는 결국 이 '시주님네'라는 실질적 청자의 목소리를 대신하는 것이다.

26) "'우리'라는 포함의 지칭을 씀으로 해서 말하는 사람과 듣는 사람 사이에 동류감과 일체감을 지니게 되고 그 결과는 공감대의 형성이라는 효과로 나타나게 된다. 이를 가리켜 관계의 형성 효과라고 할 수 있을 것이다." 김대행, Ⅱ. 간접화의 시적 기능,『시가 시학 연구』, 이대출판부, 1991, p.60.

27) <회심곡> 전편은 표면적으로는 작가가 독자에게 직접적으로 말하기도 하고 혹은 등장인물을 통해 간접적으로 말하기도 하는 이중적인 방식의 서사적 양식처럼 보이기도 하지만, 화자의 자기 재현과 허구적 인물들의 자기 재현 사이를 교체하는 것이 아니므로 서사적 모티프를 주제적 양식으로 드러내는 의사 서사적 주제 양식에 가깝다고 할 수 있다.(의사 서사적 주제 양식에 대해서는 김학성, 제 6장 가사의 실현화과정과 근대적 지향,『국문학의 탐구』, 성대출판부, 1987, p.155 참조.) 그러나 여기에서 서사적 방식이란 사건의 순차적 서술이라는 의미에 국한하여 사용한다.

가운데 언급되는 여러 화소들은 병행, 나열, 확장, 부연되는데, 이를 통해 화자의 생로병사 인생여정의 사건을 순차적으로 풀어낼 뿐만 아니라 그와 동시에 화자의 마음 속에 맺힌 情緖를 풀어내기도 한다.[28] 이 서정적 풀어냄이 전적으로 실질적 화자로서의 '나'의 정서를 풀어내는 것으로 표현되었다면 그것은 단순한 서정적 진술이 될 것이다. 그러나 〈회심곡〉의 진술은 앞서 언급했듯이, 청자인 '시주님네'의 이야기를 화자가 대신 풀어 나가는 방식이다. 이는 작품의 외부에서 보면 화자가 실질적 청자인 '시주님네' 곧, '너'를 풀어내는 것이다. 이 풀어냄은 곧 마음의 갈등을 풀어내는 방식이다. 결국 이러한 진술 방식으로 인해 〈回心曲〉을 부르거나 듣는 사람들은 생로병사의 인간살이에 얽힌 정서적 갈등을 풀어내어 해소하면서 시원하고 후련한 느낌을 지닐 수 있었을 것이다. 또한 이러한 '너를 풀어냄'의 진술 방식은 〈회심곡〉이 解寃의 의도와 절차를 중요시하는 巫歌로 전이되어[29] 불리어질 수 있었던 작품 내적인 요인의 하나라고도 할 수 있다.

4. 맺음말

이 글은 불교가사 중 가장 널리 유통되었던, 〈회심곡〉이라 통칭해

---

28) '이삼십을 당하여도 부모은공 못다갑하 어이업고 애달고나', '애달고도 설은지고 절통하고 통분하다', '애고답답 서른지고 이를어이 하잔말가 불상하다 이내일신 인간하직 망극하다', '이세상을 하직하니 불상하고 가련하다', '의복버서 인정쓰며 열두대문 들어가니 무섭기도 끗이업고 두럽기도 칙량업다' 등 화자의 정서를 드러내는 표현들이 군데군데 나타난다.

29) 불교가사의 무가로의 전이에 대해서는 김종진, 불교가사와 무가의 상호텍스트성 연구, 『국어국문학논문집』 17집, 동국대 국어국문학과. 1996.2 참조.

온 일군의 작품을 <회심가>와 <회심곡>으로 구분하여 그 변별적 요소에 주목하면서 각각 그 내용전개의 구조와 진술방식을 대비 고찰하였다. 이를 요약하여 제시하면 다음과 같다.

<회심가>의 내용 전개구조는 현실세계와 이상세계라는 상반된 두 공간을 대립적으로 제시한 후, 현실세계로부터 이상세계로의 환원을 꾀함으로써 그 대립의 해소를 지향하는 공간적 순환구조이다. 이러한 구조 속에서 종교적 근본 문제인 生과 死의 문제는 이원적으로 제시되고(생의 세계를 떠나서 사후의 극락세계로 왕생하게 됨. 생과 사는 별개의 공간으로 제시됨), 佛法이 무너진 현실세계의 대립의 모습보다 그러한 대립의 해소를 지향하는 염불과 염불을 통한 왕생을 중심으로 내용이 전개된다. 내용 가운데 많은 부분을 차지하는 불교적 화소도 또한 생의 세계가 아닌 사후의 극락을 지향하는 염불왕생의 주제를 일관되게 강조하는 것으로 제시되고 있다. 그런 까닭에 이러한 화소들은 구체적으로 제시되지 못하고 그들끼리의 밀접한 연관을 지니지 못한 채 개별적 단편적으로 나열되는데, 이는 <회심가>가 염불왕생의 원리와 방법에 대한 개념적 강조에 역점을 두어 이치의 전달에 치우친 것에 그 원인이 있는 것으로 보인다.

<회심곡>의 내용 전개구조는 생로병사의 인생여정이 시간적 순차적으로 진행되는 구조이다. 이러한 구조 속에서 生과 死의 문제는 <회심가>와 달리 일원적으로 제시되고 있다. 이것은 곧 <회심곡>이 극락으로의 왕생보다는 이승에서의 삶에 더욱 무게를 두고 있음을 말해 준다. 그러므로 <회심곡>은, 표면적으로는 현실에서 죽음으로 향하는 시간적 순차적 진행구조이면서 동시에 심층적으로는 죽음의 세계에서 다시 현실의 세계로 향하는 회귀구조가 되는 이중적 전개구조를 띠고 있다. <회심곡>은 작품의 전개에 있어서 사후의 세계가 아니라

보다 현실적인 삶과 밀착된 내용을 실음으로써 청자의 관심을 끌 수 있었으며 이러한 점이 <회심곡>이 광범위하게 유통될 수 있었던 이유 중의 하나라고 할 수 있다.

<회심가>는 작품 전반을 통하여 화자 스스로도 1인칭의 호칭을 부여하지 않고 있는 데 비해, 아미타불의 진술을 부각시켜 3인칭으로서가 아니라 1인칭으로서의 호칭과 진술방식을 부여하고 있다. 이는 아미타불에 대한 권위를 부여하는 것으로, 청자에게 아미타불의 염불이 지니는 효능과 가치를 한층 깊이 인식시켜, 아미타불의 명호를 외는 사람들은 반드시 극락으로 갈 수 있다는 확신을 유도함으로써, 종교적 전언이 아미타불의 발원에 대한 깊은 신뢰감 속에 청자에게 다가갈 수 있게 하는 것이다. 또한 <회심가>에는 종교적 전언의 대상인 청자(2인칭)의 호칭 '너'가 명시되지 않고 있다. 이는 염불 왕생의 종교적 진리를 깨우치고 가르치는 데 있어서 화자가 보다 객관적인 태도를 유지하고 진술상의 객관성을 획득함으로써 청자의 공감을 유도하기 위한 것이다. 그리고 <회심가>의 화자는 종교적인 진리에 대한 가르침과 깨우침을 청자에게 직접적으로 전달하기만 하는 것이 아니라, 정서적 표현의 주체로서 세계에 대한 자아의 태도를 드러내는 서정적 진술을 사용하기도 한다. <회심가>의 마지막 부분에는 화자가 수행의 결과 이르게 된 해탈의 경지가 서정적 화자의 목소리로 나타나고 있는데, 이는 종교적인 깨우침과 염불왕생의 권유를 서정적 진술로 전환시켜 보다 효과적으로 화자의 의도를 달성하고자 한 것이라 할 수 있다.

<회심곡>은 진술방식으로 볼 때 세 부분으로 나눌 수 있는데, 그 중 작품의 반 이상을 차지하는 첫 번째 부분은 생로병사라는 인생여정을 시간적 순차적으로 서사적인 방식에 의해 전개시키고 있다. <회

심곡>에는 서두에 '시주님네'라는 청자가 설정되어 있는데, <회심곡>의 진술방식의 특징과 묘미는 이 '시주님네'라는 청자 존재방식과 화자·청자의 관계에서 드러난다. <회심곡>의 진술은 '나'의 이야기이면서도 '청자'의 이야기로서, 이 청자는 서두를 제외하고는 등장하지 않고 화자의 모습 속에 함께 진술내용의 실질적인 담지자요 진술의 주체로 존재하는데, 결국 화자가 청자인 '시주님네'의 이야기를 대신하는 방식이라고 할 수 있다, 여기에서 청자는 '우리'라는 화자와 결합된 형태로 드러나기도 하는데, 이는 청자로 하여금 전언의 대상이 아닌 주체로 여기게 하여 화자의 진술을 '우리'의 이야기로 인식하고 공감하게 만드는 것이다. 이러한 청자의 존재 방식과 화자·청자의 관계는 <회심곡>이 가장 널리 유통될 수 있었던 이유 중의 하나라고 할 수 있다. 그런데 <회심곡>은 사건의 진술을 시간적 순서에 의해 서술하는 서사적 방식을 택하면서도, 그 서사적 방식을 통해 서정적 풀어냄의 기능을 수행하고 있기도 하다. 서사적 방식 속에서 여러 화소들이 병행, 나열, 확장, 부연되면서, 화자가 실질적 청자인 '시주님네' 곧 '너'의 이야기를 하는 가운데 '너'의 마음 속에 맺힌 정서도 풀어내고 있다. 이러한 '너를 풀어내는' 방식으로 인해 <회심곡>을 부르거나 듣는 사람은 생로병사의 인간살이에 얽힌 정서적 갈등을 풀어내어 해소하면서 시원하고 후련한 느낌을 지닐 수 있었을 것이다. 이러한 진술방식은 또한 <회심곡>이 解寃의 의도와 절차를 중요시하는 巫歌로 전이될 수 있었던 작품 내적인 요인의 하나로 보인다.

찾아보기

ㄱ

가요의 효험 21, 23, 26, 29, 34
가창 11, 12, 22, 26, 33, 35, 40, 65, 73, 89, 90, 121
간음 98
간접적 전언 50, 51
갈등구조 157, 158, 179, 180
갈등표출 153, 161, 163, 179, 188, 189, 207, 211, 216, 217, 224, 226, 227, 232, 233
갈등해소 161, 168, 169, 172, 173, 181, 188, 197, 200, 202, 204, 205, 206, 214, 217, 222, 231
감통편(感通篇) 12, 43, 57
강호가도 156, 157, 179, 212
강호가사 153, 154, 156, 157, 158, 159, 160, 161, 162, 172, 179, 180, 185, 210, 211, 212, 213, 214, 232
江湖意識 186
개운포(開雲浦) 108, 110, 112, 113, 114, 116, 126

객관적 전언 251
乾達婆 16, 36
게송(偈頌) 132, 138, 139, 149, 150, 151, 152
경기체가 157
계층적 동일성 162, 180
골계열전 86
공식적 104
공안 98
공유소 156, 157, 179
공자 195
관기(觀機) 80, 81
관동별곡 170, 186, 187, 188, 189, 190, 192, 194, 197, 198, 199, 205, 206, 208, 220
관습적 행위 116
관음보살 63, 65, 66
광덕엄장(廣德嚴莊) 43, 44, 45, 46, 56, 57, 58, 59, 60, 61, 62, 63, 64
교훈가사 185
口唱儀禮 33

口唱者　33
국사(國師)　76, 79, 80, 81
국종망(國終亡)　109, 111, 113, 114,
　　115, 116, 117, 118, 127
규범적 문학　206
閨怨歌　153
균여대사　129
그로테스크적 웃음　103, 105, 127
극적 요소　225, 226
금강산　14, 21, 28, 36, 192
기술물　12, 43, 71
기이편(紀異篇)　95, 107, 125
길쓸별　17, 19, 37, 39, 40, 42
김명준　209, 218
김승찬　23, 35, 36, 40, 69, 82, 83
김완진　36, 40, 48, 51, 133, 151
김종우　70, 83
金鍾眞　236
김학성　28, 41, 44, 82, 83, 98, 100,
　　110, 119, 162, 227, 256

ㄴ

懶翁　235
南山神　110
낭지(郎知)　75, 76
낭지승운보현수(朗智乘雲普賢樹)　75, 80
綠衣紅裳　193
陋言　131, 132

ㄷ

大日經　69
大學　238
대화이론　208
대화체　211, 224, 225, 226, 227, 228,
　　233, 250
댓구　42
도산십이곡　160
도성(道成)　80, 81
도솔가　12, 33
道體　216
桃花女鼻荊郎　125
동일화　158, 213
동해용　107, 108, 110, 112, 113, 114,
　　115, 116, 120, 121, 126
東海龍　107, 110
둘러대기　37, 39

ㅁ

매개자　48, 49, 50
맹아득안가　12, 48, 52, 56
메타포어　15, 18, 19, 20, 27, 33, 34,
　　37
면앙정가　153, 154, 155, 156, 160,
　　161, 162, 169, 170, 171, 172, 176,
　　178, 179, 180, 181, 208
명령법　15, 16
모티프　22, 59, 107, 189, 193, 195,

197, 198, 199, 200, 201, 205, 206
목민관   192, 195, 200, 202, 203
巫歌   119, 257, 260
무량수불   47, 48, 50, 51, 54, 63
武陵世界   167
巫祖說話   125
문수보살(文殊菩薩)   76, 129, 130
문신전승(門神傳承)   96, 107, 109, 113,
    115, 116, 117, 118, 119, 120, 121,
    123, 124, 125, 126, 128
文以載道   184
문학교육   153, 154, 155, 156, 179,
    180, 183, 184, 204, 205
문학적 감동   67, 71, 72, 73, 74, 84,
    85, 91, 92
문학적 지향   129, 131, 132, 138, 139,
    149, 150, 151
물계자(勿稽子)   77, 78, 79, 80, 81, 83
물질적 구체성   102
물질적 대상화   102, 103
彌勒淨土   70
민중적 웃음   104, 105, 122, 126, 128

ㅂ

바흐찐   103, 122
박태상   68, 71, 82, 83
반사(槃師)   78, 80, 81
法藏比丘   250
벽사진경   108, 125

변재천녀(辯才天女)   76
別回心曲   236, 246
보개회향가   56
보리수왕   143
보상   199, 200, 209, 222
보조관념   37
보현보살(普賢菩薩)   75, 130, 148, 149,
    151
보현십원가   12, 56, 129, 131, 132,
    139, 149, 150, 152
보현행원품   129, 130, 131, 132, 137,
    138, 139, 141, 142, 143, 144, 145,
    146, 147, 148, 149, 150
北斗星   151, 152, 200, 201
분황사   50, 65
不穩性   104
비형랑   125

ㅅ

사기열전   86
사뇌가   18
사십팔대원   47, 50, 52, 53, 54, 55,
    58, 60, 62, 64
山岳神   110
三綱五常   238
삼국사기   22, 24, 31, 32, 33, 41, 74
삼국유사(三國遺事)   12, 15, 22, 43,
    56, 64, 67, 72, 73, 74, 78, 92,
    95, 98, 107, 124, 125

上界 198, 199
상수불학가 56
상춘곡 153, 154, 155, 156, 160, 161,
    162, 163, 169, 172, 173, 175, 180,
    181
서사구조 42, 75, 80, 89, 92
서사문맥 13, 18, 19, 20, 21, 32, 33,
    37
서사물 11, 12, 13, 14, 15, 16, 18,
    19, 20, 21, 22, 24, 25, 26, 27,
    28, 29, 30, 33, 34, 35, 40, 42,
    43, 44, 45, 46, 52, 57, 59, 60,
    61, 63, 65, 66, 72, 73, 83, 84,
    85, 89, 91, 92, 93, 95, 96, 97,
    99, 105, 106, 109, 117, 119, 120,
    121, 127
서사적 문맥 31, 67, 72
서사적 요소 12, 13, 225
서술방식 209
서승 48, 51, 52, 56, 58, 59, 60, 62,
    63, 64, 65
西往歌 235
서정구조 210, 211, 232
서정성 46
서정적 풀어냄 256, 257, 260
서정지향 228
서정표출 185
禪歌 67, 70, 83
선계 모티프 198, 200
선불교(禪佛教) 70, 71, 72, 82, 83, 98
선재동자 130, 148, 149, 151

選擇的 敍事 73
善行功德 242
선험 16, 28
說道 70, 89
설화적 인물 120
星怪 19, 28
성산별곡 207, 208, 209, 210, 211,
    213, 217, 221, 224, 225, 226, 227,
    228, 232, 233
소창진평(小倉進平) 36, 40, 135, 138
소통구조 46, 49
속요 236
續回心曲 236
수희공덕가 56
순환적 의식구조 213
僧傳 59
시상전개 209
時運 222
시적 자아 43, 45, 46, 47, 48, 49,
    50, 51, 52, 54, 55, 56, 62, 64,
    144
시점의 뒤섞임 255
息影亭 217, 229
신기루 15, 16, 17, 19, 23, 24, 36,
    37, 39
신비주의 100
신선 68, 171, 193, 194, 196, 197,
    199, 201, 202, 203, 204, 206, 209,
    224
신이(神異) 74, 76, 81, 107, 124
神異性 99

신충괘관(信忠掛冠) 77, 79, 80, 83
실질적 청자 254, 257, 260
심대성 14, 28, 31, 34
심미적 체험 183, 184, 185, 186, 205
十王 242, 243, 245, 253, 254

ㅇ

아미타불 43, 48, 50, 53, 54, 55,
    57, 59, 81, 130, 248, 250, 251,
    252, 259
악양루 172
악장 157
안민가 12, 33
안빈낙도 166, 168, 169, 173, 174,
    181
압축미 144
양주동 18, 21, 22, 36, 40, 44, 53,
    56, 68, 69, 97, 133, 151
양희철 19, 31, 35, 42, 51, 137
亦君恩 171, 172, 178, 181
疫鬼 123, 124
역신(疫神) 96, 97, 107, 108, 109,
    110, 113, 115, 116, 117, 119, 121,
    122, 123, 124, 126, 127
연군가사 185
燕行歌 153
緣會逃名文殊帖 76, 78, 80
永言之才 68
영재우적(永才遇賊) 67, 72, 74, 75,

80, 82, 83, 87, 88, 91, 92
완곡법 15, 16, 17, 27, 33, 34, 36,
    37, 39
왕권도전 31, 33, 34, 35, 37, 38, 39
왕권수호 38, 39
외설 100
우언(迂言) 15, 16, 17, 27
우적가 12, 70, 71, 72, 73, 74, 75,
    82, 83, 85, 88, 89, 91, 92, 93
욱면비념불서승(郁面婢念佛西昇) 57,
    59, 60, 64, 57
원가 12, 77
원관념 37
원성왕 70, 83, 87
원왕생가 43, 44, 45, 46, 47, 48,
    49, 52, 55, 60, 62, 63, 64, 65, 100
원효 44, 76
월명사 100
流動性 120
유아적 단순성 104
遊宴 200
유우머 15, 18, 19, 20, 27, 33, 34, 41
유창균 133, 151
유하주 197
유희의 언어 118
육체적 욕망 61, 62, 63, 64, 65, 66
肉體的 遊戲 100
윤리적 명분 218
융천사 14, 15, 26, 29, 31, 100
융천사혜성가진평왕대 12, 13, 14,
    20, 21, 25, 29, 34, 35, 37

은일(隱逸) 79, 155, 190, 193, 194, 218
意境論 210
이념적 갈등 160, 170, 180, 181, 197,
　　204, 206
이념적 긍지 178
이념적 사고 163, 166, 167, 180, 214,
　　216, 217
이념지향 158, 163, 166, 167, 169,
　　172, 178, 191, 197, 205, 206, 218
이상세계 157, 159, 172, 178, 181,
　　198, 202, 203, 204, 206, 211,
　　237, 238, 239, 240, 241, 258
이재선 15, 43, 98, 100, 102
이태백 172
匿名性 119
일관 46, 88, 107, 112, 120, 187,
　　221, 223, 228, 233, 242, 250, 258
日東壯遊歌 153
일본병 12, 14, 16, 17, 19, 20, 21,
　　22, 23, 24, 25, 26, 27, 28, 30,
　　31, 34, 36, 37, 41, 42
일본서기 22
일연(一然) 33, 60, 62, 72, 73, 74,
　　78, 79, 92, 113
임기중 12, 14, 20, 21, 24, 30, 43,
　　47, 71, 75, 84, 88, 99, 136, 237,
　　242
입법계품 129, 130
自警歌 70, 83

ㅈ

자랑의 화법 219
자연탐승 192, 206
자연풍류 220, 223
자연흥취 153, 157, 159, 160, 161,
　　162, 163, 164, 165, 166, 167, 168,
　　169, 170, 171, 172, 173, 177, 178,
　　179, 180, 181, 187, 189, 191, 193,
　　195, 196, 197, 198, 199, 202, 204,
　　206, 213, 214, 216, 217, 218, 219,
　　220, 221, 232
장르요소 224, 233
積層性 120
漸移的 서사 115
정대림 187, 208, 219, 222
정병욱 97, 98
정서적 구조 160, 210, 217
정서적 위상 45, 46, 49, 50, 51, 52,
　　54, 55, 63, 64
정서적 지향 158, 172, 181, 213
정읍사 49
정치적 언술 39
제망매가 12, 56
提喩 98, 102
조선영 210
조세형 208, 218, 226
종교가사 236
주관적 발화 46
주력 33
주술성 13, 15, 16, 17, 18, 28

주술적 가요 14, 16, 119
周元系 69
竹林 190
證道歌 70, 83
池鉼圭 236
지통 75, 76
지헌영 69, 83
직유법 18, 19
진술방식 139, 148, 150, 151, 152,
    186, 188, 205, 207, 210, 225, 227,
    232, 233, 237, 249, 250, 253, 255,
    258, 259, 260
진술의 진실성 225, 229
진술태도 148, 149, 161, 162, 186,
    205, 207, 232
진평왕 31, 33, 35, 36, 41

ㅊ

찬기파랑가 27, 100
찬시(讚詩) 60, 62
滄海水 200, 201
처용가 56, 95, 96, 97, 98, 99, 101,
    106, 107, 108, 109, 110, 115, 117,
    118, 119, 120, 121, 126, 127
처용랑망해사(處容郎望海寺) 95, 96,
    106, 107, 109, 113, 120, 126, 127
처용이야기 96, 106, 109, 110, 113,
    114, 115, 117, 118, 119, 121, 122,
    123, 124, 125, 126, 127, 128

첩사(牒師) 80, 81
청전법륜가 56
촉매 196
총결무진가 56
총체적 서사문맥 13, 18, 19, 20
최규수 209
최행귀(崔行歸) 132, 138, 139, 150
축제 100, 103, 105, 117
출사 157, 158, 163, 164, 165, 168,
    169, 170, 171, 174, 175, 181, 190,
    199, 201, 203, 210, 212, 213, 216
출사지향 164, 168, 170, 213, 216
충담사 100
治理歌 11, 27

ㅌ

彈琴 217, 222
탈해왕 31
탐락(耽樂) 109, 111, 112, 113, 114,
    115, 116, 117, 118, 127
태평성대 107, 109, 113, 114, 116,
    117, 127, 177
퇴처 211, 212, 213
特別回心曲 236

ㅍ

八條目 238

포교담 71
포천산오비구경덕왕대(布川山五比丘
　景德王代) 57, 59, 64
풍월도 38, 41
풍월주인 163, 164
풍자 101, 104, 117, 160
피은편(避隱篇) 72, 73, 74, 75, 78,
　79, 80, 81, 82, 83, 84, 88, 91, 92

ㅎ

한림별곡 97, 160
閑情 176, 177, 185
항순중생가 56, 129, 132, 133, 138,
　139, 142, 145, 146, 148, 149, 150,
　151, 152
恒順衆生頌 132
解冤 257, 260
향찬 70
향찰 11, 12, 133
헌강왕(憲康王) 99, 107, 109, 110, 111,
　112, 113, 115, 116, 121, 122, 127
獻舞 110, 111, 112, 113, 120, 121
憲昌系 69
헌화가 56
현상적 청자 228, 230, 254

현실지향 157, 164, 248
형상화 11, 13, 21, 35, 55, 61, 155,
　157, 162, 179, 186, 189, 206, 225
혜공왕 32
혜성가 11, 12, 13, 14, 15, 16, 17,
　18, 19, 20, 21, 22, 23, 25, 26, 27,
　28, 29, 30, 31, 32, 33, 34, 35, 37,
　39, 41
惠現求靜 77, 88
화랑 14, 20, 21, 23, 26, 27, 28, 29,
　30, 31, 32, 34, 35, 37, 38, 39, 42,
　69, 100
화소(話素) 20, 22, 84, 88, 242, 249,
　250, 257, 258, 260
화엄경 129, 130, 132, 134
환로 212, 213
황패강 97, 98, 100, 132
回歸構造 247
회심가(回心歌) 236, 237, 239, 241,
　242, 243, 245, 246, 249, 250, 251,
　252, 258, 259
회심곡(回心曲) 236, 242, 243, 245,
　246, 247, 248, 253, 254, 255,
　256, 257, 258, 259, 260
효소왕 32
흥덕왕 32
희극미 70, 97, 98

■ 저자약력

이승남(李丞南)

경남 남해 출생
동국대학교 국문과 졸업
동대학원 석·박사과정 졸업(문학박사)
동덕여대, 강원대, 대전대 강사와 동국대 한국문학연구소
　전임연구원 역임.
현재 동국대 강사

<저서>

『경기체가 연구』(태학사, 1997, 공저)외 논문 다수

고전시가의 작품세계와 형상화

인　쇄　2003년　09월　05일
발　행　2003년　09월　10일
저　자　이승남
펴낸이　이대현
편　집　박윤정
펴낸곳　도서출판 역락 / 서울 성동구 성수2가 3동 301-80
　　　　(주)지시코별관 3층(우 133-835)
TEL　대표·영업 3409-2058　편집부 3409-2060　FAX 3409-2059
E-MAIL youkrack@hanmail.net / yk3888@kornet.net
등　록　1999년 4월 19일 제2-2803호
ISBN　89-5556-250-0-93810

　정가　13,000원

* 잘못된 책은 교환해 드립니다.